中国文学评论史书写问题论集

港台及海外学人学术系列丛书

丛书主编　龚鹏程

杨松年 著

华中师范大学出版社

新出图证(鄂)字10号

图书在版编目(CIP)数据

中国文学评论史书写问题论集/杨松年 著.—武汉:华中师范大学出版社,2011.3

(港台及海外学人学术系列丛书/龚鹏程主编)

ISBN 978-7-5622-4757-9

Ⅰ.①中… Ⅱ.①杨… Ⅲ.①文学史—中国—文集Ⅳ. ①I209-53

中国版本图书馆CIP数据核字(2010)第265221号

中国文学评论史书写问题论集

杨松年 著

责任编辑：杜李娟 陈兰枝　**责任校对**：李萌　**装帧设计**：刘亚宁 杨继龙

编辑室：教育社科编辑室　**电话**：027-67867317

选题策划：金轮　**电话**：010-63703938

社址：湖北省武汉市珞喻路152号　**邮编**：430079

电话：027-67863040（发行）　**传真**：027-67863291

网址：http://www.ccnupress.com　**电子信箱**：hscbs@public.wh.hb.cn

经销：全国新华书店　**印刷**：湖北鄂东印务有限公司

字数：200千字　**督印**：章光琼

开本：710mm×1000mm 1/16　**印张**：13

版次：2011年3月第1版　**印次**：2011年3月第1次印刷

定价：29.80元

欢迎上网查询、购书

前言

文学史与文学评论史书写一直是我关心的研究课题。从1971年开始撰写有关中国文学评论史编写问题的博士论文，到1999年撰写新马华文现代文学初编，甚至到现在，我都没有离开这一方面的研究。因此，当龚鹏程教授希望我能整理出一本关于文学史研究的论文集时，我心中即刻想到的就是要整理一本从古代到现代有关文学史书写问题的论文集，而且这本论文集要能够涵盖我在这方面提出的意见以及处理的方法。本书是我要整理的论文集的前一部分：中国古代文学评论史编写问题研究。

我是从1968年开始研究中国文学评论的。当时我到香港大学中文系攻读硕士学位，研究的课题是明末清初王夫之的诗论。这项研究对我后来整理中国文学评论影响很大。其一是研究方法。中国文学评论和其他中国古代著作一样，存在严重的用语语义含混的现象。当时为探索王夫之的诗观，我决定首先阐释有关作品中的主要用语，然后对其诗见进行论析。结果发现，在论述他的作品中的主要用语后，潜存于其用语下的诗论系统也清楚地显现出来了。这带给我在研究方法上一个巨大的惊喜。后来，我在探讨文学评论作者的诗观上，在整理文学理念的发展上，甚至在处理文学史的分期上，多采用这种方法。其二是对文学史书写的看法。当时研究王夫之的诗论，我发觉中国文学批评史专书中有关王夫之诗论的论析以及单篇论文关于王夫之诗论的探讨所采用的资料，只是根据其《姜斋诗话》发掘的诗观。无论是资料的采用，还是所发掘的王夫之的诗见，和我所研究的发现都有很大的差距。原因是《姜斋诗话》为王夫之诗论的一小部分，虽然重要，但是较之于王夫之费时更长、用力更深的几部诗评选，如《古诗评选》、《唐诗评选》、《明诗评选》，分量显得太单薄了。后三部诗评选包含王夫之更多的诗见，从中更能看出王夫之对诗的多方面见解以及精彩的评析[1]。

《古诗评选》、《唐诗评选》、《明诗评选》不见于清代的《船山遗书》，它们的出版是1933年的事。这当然会影响到后人的研究，以至于后人把对王夫之诗论著作的关注只放在《姜斋诗话》上，而忽略了这三部诗选。然而我的王夫之研究，却让我思考这样的问题，是不是我们的文学批评史作者把古代文学评论的重点放错了位置。于是在我确定文学评论或文学批评的定义和范围后，观察中国文学评论史或中国文学批评史作者所取用的资料，结果发现这些著作多集中于对诗话、书信、专书、序跋、笔记小说等作品的探讨，而较少论及选集、评点、诗传、论诗诗等评论类型。于是从1971年开始，我就展开了对中国文学评论史编写问题的研究，并于1974年完成了我的博士学位论文。研究成果后来改写为《中国文学评论史编写问题论析：晚明至盛清诗论之考察》[2]一书。书中我指出，中国过去的文人非常重视文学选本，在《四库全书》的排列中，集部以总集（选集）为先，受文学评论史作者所重视的诗话、笔记小说，反而被列为集部后的“诗文评”类。而且过去文人一旦成为文坛领导人，常常编选文学选本来影响文坛的风气、文风的吹向，前后七子、钱谦益、王士祯、沈德潜等都是如此。此外，中国文人平时阅读、评论，常常就在选本上进行圈圈点点、旁批尾评，这类作品数量远远超过诗话、笔记小说、序跋等著作，意见的表示也更加鲜明、具体。可是文学评论史或批评史的著作为什么不以这类选本、评点为主要取材对象呢？本书第一篇《选集的文学品论价值——兼评中国文学批评史的写作》[3]和第二篇《清代诗学研究的反思——史著的检讨》[4]，讨论的就是这个问题。20世纪80年代及90年代初期，我多致力于文学选集的探讨工作，希望通过我的探讨，唤起文学批评研究界对这一文学批评文种的重视。这时期我完成的选集探讨的论文有好几篇，如《李攀龙及其〈古今诗删〉研究》[5]、《王夫之〈唐诗评选〉研究》[6]、《王夫之评选明代诗人与诗作——〈明诗评选〉研究》[7]、《钱谦益〈列朝诗集〉与王夫之〈明诗评选〉比较研究》[8]等。本书第三篇《王夫之评选明代诗人与诗作——〈明诗评选〉研究》是其间发表的一篇文章，从这篇论文可以了解我整理选集的一些理念和方法。

在文学评论的体制中，还有一类是论诗诗。论诗诗，顾名思义就是评论或讨论诗的诗作。这类作品又以七言论诗绝句组诗更受当时文人重视。七言论诗绝句组诗，在前有唐代杜甫的《戏为六绝句》，其后有金元好问的《论诗三十首》，清代中叶以后这类文学评论体制更受文人的欢迎，数量之多、表现形式之众、作者企图之大，都令人难以想象。郭绍虞等人编的《万首论诗绝句》，收集自唐代至清代的论诗绝句约九千多首，其中大部分作于清代中叶以后。由于这些作品太吸引人了，故20世纪90年代中期以来，我一直沉浸其中，也根据有关的材料先后完成了《杜甫〈戏为六绝句〉研究》[9]、《姚莹〈论诗绝句六十首〉研究》[10]两书以及多篇学术论文。从本书第四篇《研究论诗绝句的意义——以清代论诗绝句为例》可以知道我为何强调文学评论史的书写绝对不能无视论诗绝句之作。

上面说到，论诗绝句作者的企图是很大的。他们企图以此体制来讨论历代诗人诗作，来议论一代诗作，来专论某个地区的诗人与诗作，来专门评论闺秀之作，来评论《诗经》、《楚辞》，来抒发读诗话后之感想等。本书第五篇《清代中叶以后区域“论诗绝句”之建设》，以专论地区诗人诗作的论诗绝句为对象，论述清代区域论诗绝句的丰富内涵及其意义。在20世纪90年代中期以后，我也多在论诗绝句的其他问题探讨上下功夫。论诗绝句有专论作家的，这方面我整理和分析了历代论诗绝句作者是如何讨论前代个别作家及其作品的，如孟郊诗、屈大均诗。前者见本书第六篇《东野穷愁死不休，高天厚地一诗囚——元好问论孟郊诗与后代论诗绝句》，后者见本书第七篇《屈大均与后代论诗绝句》。

不少论诗绝句之作是有计划、有系统地来写作以及来评论诗人与诗作的。从他们的论诗作品中，可以窥测他们的诗观，我写作《姚莹〈论诗六十首〉研究》时，除了论述他如何批评历代诗人与诗作外，也论述了他的诗见。元好问是系统论诗绝句的始创者，我曾根据他的论诗绝句之作并结合他的其他作品，论析他的诗观。成果见本书第八篇《元好问〈论诗三十首〉诗观论析》。在探讨元好问的诗观上，我所取用的方法就是前文提及的以诗论者所取用的主要用语为线索来窥探其论见。除了研究元好问的诗观采用这种方法外，我在探索个别诗论者的诗见，如清代叶燮诗论的中心精神，以及指导研究生分析前人的诗歌见解时，也多采用这方法。

在拙著《中国文学评论史编写问题论析：晚明至盛清诗论之考察》中，我批评传统中国文学批评史的写作太过于偏重在文学论者意见的分析，以为将历代文学论者的论见串联起来，就是一部文学评论发展的历史。这种处理方法有待商榷。文学批评史正如一般文学发展史一样，绝对不是作家作品史。对中国文学批评史而言，它更应该是文学观念在历代发展的历史。因此有一段时间，我极力探讨一些文学评论界关心的文学理念，如"温柔敦厚，诗教也"，"杜诗为诗史"等理念在历代文学批评史著中的发展与变迁的情形。本书第九篇《明末清初诗文本末观念之新发展》是其中的一项尝试。

在中国文学评论的探讨上，我也采用图解的方法来分析论者的见解。例如在论析钟嵘在《诗品序》与《诗品》中对诗的发生、诗的写作、诗作者的评论及他对诗作与读者的关系的看法时，我就采用图解的方式来剖析、说明。这种方法的优点是可以让人一目了然地认识到有关论者的理论体系，特别是在教学方面，这方法所取得的作用更大。本书第十篇《范仲淹的文学思想》就是采用这方法来论析批评者见解的一个范例。

在整理中国文学评论时，我常常为中国文学评论者能在数世纪前提出的卓越、精彩的见解感到惊奇，同时也常常思考将之用在作品分析实践的可能性。本书第十一篇《若即若离，诗鉴赏的原则与方法：据王夫之的诗歌鉴赏说论析〈毛诗·关雎〉篇》举出早在17世纪明末清初时，已经有一些论者如王夫之，提出有如我们现在的读者理论的阅读见解。第十一篇中对《毛诗·关雎》篇的分析，我就是根据王夫之的诗见来论析这首诗的。

本书表面上看似在论析、评论作者的诗观，其实其中也包含了我对中国文学评论史书写的看法：对文学评论范围的认识、对文学批评新领域的关心以及对文学评论史研究方法的见解。

是为前言。

注释：

【1】详见杨松年：《王夫之诗论研究》，台湾文史哲出版社，1986年。

【2】详见杨松年：《中国文学评论史编写问题论析：晚明至盛清诗论之考察》，台北文史哲出版社，1988年。

【3】原载陈平原、陈国球等编：《文学史》第一期，北京大学出版社，1993年。

【4】会议论文，宣读于2000年新加坡国立大学中文系举办的第二届明清国际学术会议：“明清研究：现状的探讨与方法的反思”。

【5】杨松年：《李攀龙及其〈古今诗删〉研究》，台湾《中外文学》1981年第9卷第9期。

【6】杨松年：《王夫之〈唐诗评选〉研究》，收于《中华文化的过去，现在与未来：中华书局八十周年纪念论文集》，新加坡中华书局，1992年，第130～155页。

【7】杨松年：《中国文学批评问题研究论集》，台湾文史哲出版社，1994年，第93～120页。

【8】杨松年：《钱谦益〈列朝诗集〉与王夫之〈明诗评选〉比较研究》，收于《王船山研究》，王船山学会，1993年，第154～166页。

【9】杨松年：《杜甫〈戏为六绝句〉研究》，台湾文史哲出版社，1995年，第433页。

【10】杨松年：《姚莹〈论诗绝句六十首〉研究》，台湾文史哲出版社，1999年，第380页。

content目录

选集的文学品论价值——兼评中国文学批评史的写作 > 1

清代诗学研究的反思——史著的检讨 > 15

王夫之评选明代诗人与诗作——《明诗评选》研究 > 25

研究论诗绝句的意义——以清代论诗绝句为例 > 48

清代中叶以后区域“论诗绝句”之建设 > 72

东野穷愁死不休，高天厚地一诗囚
——元好问论孟郊诗与后代论诗绝句 > 93

屈大均与后代论诗绝句 > 109

元好问《论诗三十首》诗观论析 > 122

明末清初诗文本末观念之新发展 > 153

范仲淹的文学思想 > 176

若即若离，诗鉴赏的原则与方法：
据王夫之的诗歌鉴赏说论析《毛诗·关雎》篇 > 191

选集的文学品论价值
——兼评中国文学批评史的写作

中国文学批评史的著作，一向以来，存在着颇为严重的资料掌握不足与分析方法偏差等问题，以至不能较为全面与深入地展现各个时期文学批评的面貌以及发展状况。20世纪70年代初期，当我在香港大学撰写博士学位论文的时候，已经觉察到当时所见到的几部中国文学批评史著作存在上述问题，于是在论文中详加指出并提出质疑。80年代中期，我曾将论文中的部分章节略加整理，写成《诗选的诗论价值：文学评论研究的另一个方向》，发表于台北《中外文学》，希望引起台湾研究中国文学批评的同道的注意[1]。这篇论文也收在香港三联书店于1987年出版的拙著《中国古典文学批评论集》之中[2]。在这段期间，我也开始修订我的那篇博士学位论文，并细阅70年代初期以后所出版的各种中国文学批评史的著作，发现过去所看到的和提过的问题，依然没有得到很好地解决，所以也在修订论文时再加指出与批评。修订后的那篇论文，交由台北文史哲出版社出版，书名为《中国文学评论史编写问题论析：晚明至盛清诗论之考察》[3]。近日读及简锦松《明代文学批评研究》[4]，书的序中也曾提及文学史与文学批评史资料取用的偏差与分析方法的失当问题；再环视近年来，从事中国文学批评工作的阵容已较过去壮大得多，也出现不少杰出的专著与单篇作品，而中国文学批评史性质的著作，依然不能很好地突破原来的局限，解决所存在的问题。因此，深感惋惜，再撰本文，以冀能引起较多与较大的反响。

简锦松在他的书中言及资料处理的重要性时说：

> 学术研究中，资料之取得与运用，即可决定研究品质之高下，大量新而正确之资料，殆可提升研究之水准。[5]

书中批评一些明文学史著作如钱基博的《明代文学》与宋佩韦的《明文学史》在这方面所出现的偏差：

> 试考其资料来源，《明代文学》以钱谦益《列朝诗集》、朱彝尊《明诗综》、沈德潜《明诗别裁》为主要出处，故全书所引例证多为诗，而少见文章；其人物评论多采《明史》、《清史稿》及钱、朱两选之小传为根据，而参以《四库总目提要》。《明文学史》始注意文人之别集，书中每论一人，常举其集之名称；察其所举明人文集，出于四部丛刊者共十一家，南京龙蟠里图书馆所藏明刻本十八家及少量清刻本而已。此外，俞宪《盛明百家诗》亦见于引书中，钱、朱二选及四库提要，虽不见称引，而书中意见多与此合。[6]

简君对其书之资料处理，亦加说明。简言之，有以下几点：第一，逐一详读成化至嘉靖中期在世者之别集，以考察明人所面对文学之问题。第二，总集以黄宗羲的《明文案》、《明文海》，钱谦益的《列朝诗选》，朱彝尊的《明诗综》为主。其他诗话之书，附于集部中者亦取之。第三，文集以外资料，正史以《明实录》为主，兼及《明史记事本末》、《明通鉴》、《明史稿》、《明书》；制度之书，以俞汝楫《礼部志稿》，李东阳奉敕撰《大明会典》，黄佐《翰林记》、《南雍记》为主，辅以《明会要》、《吏部考功司题稿》、《大明诏令集》；文献之书，取《国朝献征录》、《皇明名臣墓铭》；科举之书，取《登科录》、《会试录》、《乡试录》、《进士题名碑录》、《皇明进士登科考》；此外，亦多方面参考方志资料，以考订人物传记。第四，于文集中，不仅取谈文学批评者，亦择取有助于说明典章制度、社会经济，而堪以描绘文坛概况者[7]。所以简君之作，特别强调对所研究时期（成化至嘉靖）社会背景、思想背景、文人出身与交往背景、文坛概况之论析，并由此而展现那个时期文学批评之情况。我在《中国文学评论史编写问题论析：晚明至盛清诗论之考察》一书中曾论及背景研究对于编写中国文学评论史的重要性，而简君所论，实比我所论及的要更全面与深入。他所持有的态度与取用的方法，可供欲撰写文学批评史者参考。不过，要强调的是，目前文学批评史著作所出现的资料处理问题的偏差，不仅在于背景研究，更在于文学评论的论析。我尝以诗论作品为例说明这个问题。所谓诗论作品，如果是指讨论诗的原理问题、评析诗人及其诗作的文字，那么其范围当包括诗话、诗选诗汇、笺注批点、诗人小传、序跋、书信、论诗诗、笔记小说、书目提要、读书记和文集中有关的单篇论文、纪事诗、墓铭、史书与方志中的诗人传记等作品。因此表示：

> 各种文学批评史，在资料的处理上，多偏重于诗话、序跋、书信、笔记小说等资料，来整理中国文学批评史，而较少注意到诗选诗汇、笺注批点、论诗诗、读书记等作品。[8]

而选集与笺注批点，实为过去中国文学批评极为重要的一环。编写中国文学批评史的学者，多忽视这一重要环节而编述中国文学批评史，实令人慨叹。这也是我特写《诗选的诗论价值：文学评论研究的另一个方向》一文的原因。文中所强调的有以下几方面：

第一，选集是中国文学批评作品中极为重要的一个部分，但并没有获得应得的重视。

选集可包括搜罗浩博、“使零章残什，并有所归”的全面收集一个时期的作品的汇编和“删汰繁芜，使莠稗咸除，菁华毕出”的经过删选的选本[9]。前者如顾嗣立（1665—1722）的《元诗选》，后者如沈德潜（1673—1769）的《明诗别裁》。不论汇编者或删选者从哪个立场、哪个角度进行汇编或删选作品，这种行为本身往往反映了他们的文学观点。如顾嗣立汇辑元诗，目的即在澄清一般人对元诗的误解，说明元诗在中国诗发展的历史河流中与宋诗有不同的特点，并具有上接唐、宋诗，下启明诗的承传作用，而不只是存诗与存人而已[10]。沈德潜《明诗别裁》选辑的目的，除突出他所肯定的诗人与诗作，标示明诗发展的正变盛衰情况之外，亦肯定明诗在中国诗史上的地位，它具有古风，其成就“陵宋轹元而上追前古”[11]。

选集在古代中国的地位是极高的。王瑶曾经指出：中国人一向不太注重诗文评，他们对诗文的意见，常常寓于总集之中，因此一部《文选》对中国诗人与文人的影响，远远超过任何一部诗文评之作[12]。我们可从过去的文学活动来鉴定它的真实性。过去在诗文创作有一定成就、在文坛有一定地位的写作者，往往通过他们的选集来表达对诗文的看法，由此奠定他们在文坛的地位。在晚明至盛清这段时间，名作者如钱谦益（1582—1664），就有《列朝诗集》、《吾炙集》之选，朱彝尊（1629—1709）有《明诗综》，王士祯（1634—1711）有《古诗选》、《唐贤三昧集》、《十种唐诗选》、《唐人万首绝句选》、《感旧集》之作，沈德潜有《古诗源》、《唐诗别裁》、《明诗别裁》、《国朝诗别裁》之选。选集之作，对文学批评影响很大。《四库全书总目提要》批评明别集，就多征引朱彝尊《明诗综》的有关论见[13]。钱谦益《列朝诗集》出，朱彝尊不满意钱谦益的选录与持论态度，乃另选《明诗综》以“纠其谬”[14]。钱谦益的另一部选同时期诗友的作品《吾炙集》出，王士祯承其余绪，另编其同时诗友之作《感旧集》。沈德潜编《国朝诗别裁》，取顺治、康熙、雍正三朝作品[15]，其弟子王昶（1724—1806）觉得意义重大，乃作《湖海诗传》[16]。王昶选诗论诗极重沈氏之说，故为后代学者所嗤[17]。

诗文选集还可反映一代诗风。明代崇古、唐诗而贬斥宋、元诗。这固然是前后七子之主张，但在诗选上也有鲜明的反映，如张之象（1496—1577）的《古诗类苑》、《唐诗类苑》；冯惟讷（1513—1572）的《古诗纪》、《唐诗纪》；臧懋循（？—1621）的《诗所》、《唐诗所》；李攀龙（1514—1570），后七子领袖，其《古今诗删》之作，只取古诗、唐诗与明诗，全不取宋、元诗。其后万历朝的钟惺

（1574—1624）、谭元春虽然不崇七子，但选编历代诗作，也只取古诗与唐诗，而不及宋、元诗，所以只有《古诗归》、《唐诗归》之作。崇祯朝之陆时雍（生卒年不详）有《古诗镜》、《唐诗镜》。近几年来，我较为注意各种明诗选集，并为这些选集作“提要”，结果发觉这类选集的数目比预想的还要多，共百余种。从这些选集之中，我们可以了解选者对待选集的认真态度、他们选诗的不同标准、选者对于明诗整个发展的意见以及不同选集所反映的选者的不同诗观。明诗选集已是如此，唐诗选集、宋诗选集的数目尤多，从这些选集中，更可以发掘选者的种种观点和意见。

第二，选集所包含与反映的选者的文学见解，宜通过更仔细地阅读及采用各种有效的方法整理与分析。

上面提及，选集虽说包含与反映了选者对有关诗文作者和作品的看法、评价以及选者对整个诗文发展的意见、批评，然而，如果不仔细地阅读与采用有效的方法整理与分析，实难取得预期的效果。

对诗文选集选录诗文作者与作品数量的统计与比较，是探测选者的诗文观点与对有关诗文作者与作品评价的一个方法。例如从钱谦益《列朝诗集》选诗数量的统计，得知他选诗最多的五名诗人为：1. 高启（1316—1374），864首；2. 刘基（1311—1375），559首；3. 李东阳（1447—1516），347首；4. 杨基（1326—1378?），327首；5. 袁凯（生卒年不详），304首。参之《列朝诗集》中之诗人小传，钱氏亦大力赞扬上述诗人。如引王子充之言赞美高启之作云：

> 季迪之诗，隽逸而清丽，如清空飞隼，盘旋百折，招之不肯下；又如碧水芙渠，不假雕饰，翛然尘外。[18]

又引李东阳之言云：

> 国初称高、杨、张、徐。高才力声调过三人远甚。百馀年来，亦未有见卓然有过之者。[19]

赞刘基之作云：

> （刘基）为诗，悲穷叹老；咨嗟幽忧。昔年飞扬硉矹之

气，澌然无有存者。岂古之大人志士，义心志调，有非寻常竹帛可以测量其浅深者乎？呜呼！其可感也。[20]

他赞扬李东阳、杨基、袁凯，亦给予高度评价。

沈德潜《明诗别裁》选录诗篇最多的前五名诗人为：1. 何景明（1483—1521），49首；2. 李梦阳（1472—1539），47首；3. 王世贞（1526—1590），40首；4. 李攀龙（1514—1570），35首；5. 谢榛（1495—1575），26首。沈氏《明诗别裁序》评明诗各时期之诗人云：

宋诗近腐，元诗近纤，明诗其复古也。而二百七十余年中，又有升降盛衰之别。尝取有明一代诗论之。洪武之初，刘伯温之高格，并以高季迪、袁景文诸人，各逞才情，连镳并轸，然犹存元纪之余风，未极隆时之正轨。永乐以还，体崇台阁，骫骳不振。弘、正之间，献吉、仲默，力追雅音；庭实、昌谷，左右骖靳，古风未坠。余如杨用修之才华，薛君采之雅正，高子业之冲淡，俱称斐然；于鳞、元美、益以茂秦，接踵曩哲，虽其间规格有余，未能变化，识者咎其鲜自得之趣焉。然去取菁英，彬彬乎大雅之章也。自是而后，正声渐远，繁响竞作。[21]

因此，沈氏特别推重"力追雅音"的何景明与李梦阳和能"接踵曩哲"的李攀龙、王世贞与谢榛。受钱谦益力赞的刘基与高启，因其作"犹存元纪之余风"，所以居于何、李、王、李、谢之下。相反，钱谦益诋諆七子，对七子中之代表作者李梦阳、何景明、王世贞及李攀龙评击尤烈。如斥李梦阳的诗文及有关诗文论之主张，为模拟剽贼，为婴儿学语，为桐子洛诵，断绝天下读书种子[22]；讥刺何景明的诗说，使后代谬学泛滥，令后生面目偭背，不知向方[23]；评李攀龙僻学自师，封古为是，并揭发其诗作之种种缺点[24]；不满王世贞早年与李攀龙互相推挽[25]。所以选四人诗，分别为：何景明，102首；李梦阳，50首；王世贞，70首；李攀龙，25首，与刘基、高启受选之诗数，恰成鲜明对照。

我也曾就几部诗选进行个案的分析，更感到选录作者与作品数量的统计与比较，确实有助于探测选者的诗观及其对有关诗人与诗作的评价。如李攀龙说："文自西京以下，诗自天宝以下，皆不足观。"所以在《古今诗删》的唐诗部分，选诗最多的八位诗人中，盛唐诗人就占了七位：杜甫、李白、王维、高适、岑参、王昌龄、韦应物，另一位是初唐诗人沈佺期。更值得注意的是，在所选的742首唐诗中，这七位唐诗人的作品，就占了325首，将近一半。而对唐代七古，李氏推崇杜甫，认为其作品"不失初唐气格而纵横有之"，对李白七言之作，则有微辞，认为"往往强弩之末，间杂长语，英雄欺人耳"。于近体，七言律诗方面称赞王维、李颀，而认为杜甫的这类作品，"篇什虽众，愦焉自放矣"。于五言绝句，则嘉许李白的作品，"实唐三百年一人，实以不用意得之"。揆之选诗数目，情况也是如此。在七言古诗中，选杜甫这体诗章最多，共21首。由于对李白七古不表好感，因此只取他的作品8篇而已。而七言律诗方面，也选王维的这体诗章最多，共11首，李颀7首，仅次于李白的13首。而王维的11首和李颀的7首，是他们各体诗中受选最多的。相反，由于对杜甫七律不表好感，因此只取一首。李氏盛赞李白的五七言绝句，所以在七言绝句中，选李白诗18首，仅次于王昌龄的19首；在五言绝句中，选李白5首，仅次于王维和韦应物的6首[26]。就总篇数来说，李氏选杜甫最多，共82首；其次李白，70首；王昌龄第三，40首。多选杜甫的作品，也和前后七子盛赞杜甫的见解相合[27]。

分析王夫之的诗评选集，不但可以了解到他对初唐诗人与盛唐诗人的高度推崇，而不满意中晚唐诗作；了解到在芸芸众多的唐代诗作者中，他所欣赏的诗人与诗作；了解到他对所推崇的诗人所写的不同诗体的不同评价；而且也让我解决了一个在《姜斋诗话》与《诗广传》中曾经发现而不能解决的问题：有时高度称赞杜诗，有时却又极度贬低杜诗。问题的关键，即他所称赞的是杜甫入夔以前的诗作，而不满意入夔以后的作品，这都充分显示在他的《唐诗评选》的选诗数字中[28]。此外，从王氏的《明诗评选》我们还可以了解到他对明代诗歌的发展有"三变"的看法，以及在整个明代诗歌发展的长河中，他又是如何赞赏前期的高启、刘基、杨慎、杨维桢的作品与稍后苏州文坛的徐渭与祝允明等人之作的。他对“三变”的主要人物，甚为赞扬公安的三袁，极为贬斥竟陵的钟惺与谭元春，其中对钟惺，更是施予无情的笔伐。他也非常不满前后七子，但对前后七子的领袖人物何景明、李梦阳、王世贞、李攀龙四者之间，亦有不同看法。他批评李梦阳诗不能具六义之旨，才能在公安之下[29]；批评何景明诗风莽撞，为“浑”一字所误，才品在李梦阳、李攀龙、王世贞之下[30]；批评李攀龙时，时有赞许之语，但仍惋惜他的诗风粗豪浅率[31]；对于王世贞，虽以其诗作还不至掉落嚣豪咆哮的泥坑，可是诗品卑弱，欠缺思致，而且只是着重于局面的形式铺排[32]。因此选四人诗的情况是：李梦阳，8首；李攀龙，6首；而何景明与王世贞，各1首[33]。

通过选集选录的诗篇与对选者如何选诗的观察与分析，也可了解选者的诗文观点。选者在删汰或录取诗文作品时，选择的态度是非常认真的。他们承认选汰作品是一项艰难的工作，邹迪光序华淑（1589—1643）的《盛明百家诗选》就详细说明了这一点：

> 为诗非难，选难。选诗非难，选今人诗难。盖有去取，则有爱憎，取未必爱而去无不憎，任爱寡而任憎多，难也。雕虫名高而刷青未出，帐中之秘，无由觅之，难也。能诗者未必真能诗者，吾以名取而人以实求，实不如名，不以为阿则以为瞽，难也。截贽而求绍介。以请冀一厕而名其间，而许之不可，不可不能，难也。肆口嘲讥，解忌抵讳，强而入之，人不作者憾而厕者憾，难也。本名流而或娴无韵，不娴有韵，因无韵而及有韵，即识者以为然，而于吾心不然，信人不自信，难也。海人词人夥矣，不宜一失，而况百漏，即千手千足，历殊域而网罗之，虞穷年皓首之不逮，难之难者也。若其识亏罔象，见局离黄，昧雌雄之神锷，忽山水之绝调，不能诗而论诗，斯之为难，又所勿论矣。[34]

因此，当选录作品时，编选者非常小心。如《皇明诗选》的编者不满李梦阳的近体诗，所以在录取李氏的这类诗作，编者之一的李雯就曾表示：“我辈去取之际，极有甄汰。今之所录，皆见其英分者也。”[35]另一编者宋征舆亦云：“献吉七言绝，拟少陵者甚多，以不成章尽删去，今存者乃可观。”[36]沈德潜《明诗别裁》也尝提及他甄选明代一些诗人的作品，是经过精细思考、严加淘汰的。曾言其处理高启之作云：“侍郎诗，上自汉魏盛唐，下至宋元诸家，靡不出入其间，一时推大作手。特才调有余，蹊径未化，故一变元风，未能直追大雅。集中所存，皆最上者。”[37]言其处理戴冠（1442—1512）之作云：“南枝《钓台诗》，多至千馀章，皆潦倒浅率，此择其尤雅者。首尾浑成，精神满腹，可以传世。”[38]言其处理杜浚（1610—1686）之作云：“茶村长篇颇近颓唐，又闻灯船鼓吹歌，以此得名，其实颓唐之尤者也。兹录其整顿有骨格者。”[39]所以从沈德潜《国朝诗别裁》不取王次回的诗，可以察知他论诗主张关于人伦日用的诗观；不取青楼妇女的诗，也可察觉他讲求名教道德的意识[40]。从王夫之不取杜甫情绪愤昂的诗作《北征》等和叙事直率的《古诗为焦仲卿妻作》，也可察觉他赞赏诗情和缓、风格飘逸、诗味悠长的诗观。

如何选诗也和选者的诗文观点有密切的关系，如杜甫之《秋兴八首》。钟惺以为杜氏写秋兴而至八首，乃偶然如此，因此八首是可以独立分开存在的，所以《唐诗归》选《秋兴》，只取“昆明池水汉时功”一首[41]。颜廷榘的《杜律意笺》以八首除与秋有关系之外，可以各自独立成章[42]。卢德水以八首中第三首与第五首是杜诗败笔，删去此两首可使《秋兴》价值提高[43]。王嗣奭的《杜臆》则以八首中第一首为起兴，后七首皆抒发诗人之感触，或者承上，或者启下，或互相引证，或互相和应，拆去一章不得，单选一章亦不得[44]。金圣叹亦以杜诗一题数首的，自有其起承转合的结构，恰似一篇文章，因此不主张删去其中的任何一首来析解。他分析《秋兴八首》就基于上述的理念[45]。徐增的《而庵说唐诗》析《秋兴八首》的态度与原则，也是如此。因此，从上述的选者如何选诗，可见及他们的诗观。

第三，选集中的笺注批点的文字，是选者或选集读者的具体批评实践，是文学批评者最实际的批评运作，应视为中国文学批评重要的另一环节。

有人选诗时或在选诗后，或在读他人编选的选集时，常就选集中的作品予以笺注。有些笺注作品偏重于分析原作的时代背景、题旨、典故和字句，如钱谦益的《笺注杜工部诗》；有些不受原作的字句所拘限，能够进而就阅诗的感受来揣摩诗人作诗时的心境、用字的方式和组句的格法，并发挥自己的赏析，如浦起龙（1679—？）的《读杜心解》；有些笺注者进而大谈诗的原理，援引他人的评语作为佐证，或引用这些评语再加以自己的批评，如仇兆鳌的《杜少陵集详注》。

古人读书，习惯上常随读、随批、随点。心中有所感触，就将他们的体会写在作品页的“天头”（阑上），这是眉批；或写于句旁，是为“旁批”；或注明于篇末，是为“尾批”；或表明于题下，是为“题下注”。批者多数针对诗句提出批评，评语少则一字，多至数百字。批语中，有些是独抒己见，有些是援引他人的文字，以替代自己的批评。有时，批者不愿明言，就用圈点表示。凡觉得诗的文字或句子奇警，心拟赞美，又想使它更为注目，就在有关文字或诗句旁加圈点。不论是笺注或批点的作品，常具有丰富的诗文评论内涵。王夫之固有《姜斋诗话》之作，但是他对历代诗人诗作的具体批评，却更多地呈现于他的选集《古诗评选》、《唐诗评选》、《明诗评选》的批语之中。要了解金圣叹与徐增用起承转合法论析诗歌的详细情形，单是靠金氏的书信、序跋或是徐增的《而庵诗话》是绝对不够的，而必须进入他们《贯华堂选批唐才子诗》（金圣叹）与《而庵说唐诗》（徐增）中的批语详加论析。

至于选集中的诗人文人小传，有些选者只简录其字号、年龄、官爵、著作，这些固有参考价值，但文学批评的意义不大。但是有些小传，在表明有关诗人文人之字号、年龄、官爵、著作之后，进而批评作者之为人，著作之特色，甚而说明他们的师友交游以及对当时文坛的影响，这些就是文学评论研究的重要资料了。如卓尔堪《明遗民诗》的屈大均小传云：“（屈氏）字翁山，广东番禺人。文学。为屈原后代。少丁丧乱，长而远游。其所跋涉者，秦、赵、燕、代之区；其所目击者，宫阙陵寝、边塞营垒废兴之迹，故其诗多悲伤慷慨。”【46】这具体呈现出屈氏的“诗文穷而后工”与“江山之助”的诗文观。钱澄之小传云：“（钱澄之）原名秉镫，字饮光。桐城人。……公以夙负盛名之士，慷慨好持正论，与乡人迕。及其得志，修报复，亡命走浙、闽。又自闽入（人）粤，崎岖绝徼。数从锋镝，支持名义，所至辄有可纪。”【47】这也呈现出他强调作者的气节人品的精神。

以上所述，多与拙文《诗选的诗论价值：文学评论研究的另一个方向》有重复之处，但旨在强调选集的文学价值，因此不惮重述。

然而，中国文学批评史的著作，却忽略选集之研究与分析。在拙书《中国文学评论史编写问题论析：晚明至盛清诗论之考察》中曾指出："每一部中国文学批评史的著作，都提及钟惺、谭元春的'竟陵派'，对于代表他们诗观的《诗归》，郭绍虞只表示深切地了解到钟、谭选此书的原因及它对于当时诗风所产生的影响，但没有予以进一步的分析。朱东润、复旦大学中文系古典文学教研组、敏泽等都有论及此言，但只就《诗归序》进行分析，不曾进一步分析其批文。黄海章提及其批文，以之作为反对钟、谭的论据，而不是就中发掘其诗观。……又如谈王夫之的诗观，多数论著只谈及他的《姜斋诗话》，而不及他的各种诗评选。郭绍虞、朱东润、黄海章、周勋初等人的著作都是如此；陈子龙等为首的云间诗派，尊奉七子，在明末清初的诗论界，别开生面。郭绍虞、黄海章、周勋初等都没提及陈子龙；朱东润、复旦大学中文系古典文学教研组提及陈子龙，后者甚至辟设一节专论，实属难得，但都只是利用书信、序跋之资料，而不及陈氏与宋征舆、李雯合选并加批点的《皇明诗选》。朱彝尊《明诗综》，乃正钱谦益的《列朝诗集》而作，影响清代诗论不小，但是多数文学批评史论著多不提及朱彝尊。朱东润在批评钟惺、谭元春的诗论时，曾经引用《明诗综》的评语，可是，在介绍朱氏的诗观时，只曾提起这部选集的名称，而不作任何进一步的分析。这些著作，有谈及金人瑞者，也只析其《西厢记》、《水浒传》的批文，而不谈他的《唐才子诗》与《杜诗批》；介绍沈德潜时，多只强调他的序跋、书信文字及其诗话《说诗晬语》，而少言及他的各种诗别裁；至于《杜诗评钞》，更不见论者提起。"[48]以上所说的还是以晚明至盛清的诗论情况来说明中国文学批评著作存在的问题。如果从更大的方面来说，《诗经》是中国第一部诗歌选集。历代笺注论析《诗经》的作品甚多[49]。汉郑玄如何笺注诗章，唐孔颖达《毛诗正义》又是如何赏析其中的篇章，朱熹的《诗集传》、清姚际恒的《诗经通论》、方玉润的《诗经原始》等的意见又是如何，这都可以当做个案研究的资料。各家重要的看法和他们见解中的承传关系都可以列入中国文学批评史的范围，因为诗经学本就是中国文学批评史不可或缺的一环。

杜诗学也是如此。唐、宋人对杜诗有不同的看法，而从五代以来，选者亦致力于杜诗的编选，也为杜诗进行不少笺注批点的工作。明代杜诗的笺注批点，其风甚盛，到了清代，更是达到一个高峰。钱谦益是开启清代杜诗学的前驱，而明王嗣奭的《杜臆》、清仇兆鳌的《杜少陵集详注》、浦起龙的《读杜心解》、杨伦的《杜诗镜铨》等，也全是杜诗学的重要著作，其中包含了不少对杜诗的精辟意见。文学批评史的作者，有些只了解到钱谦益杜诗学的重要性，或者就诗话、书信、序跋论析了一些诗文论者对杜诗的见解，可是对为数众多的笺注批点杜诗的作品却不见提及。

简锦松《明代文学批评研究》曾批评郭绍虞《中国文学批评史》使用文集的缺点时说：

> 其一，为偏重于家数，而所择家数有限；其二，为论一家时，仅以一家文集为证，而未能参证同时代之其他文集。[50]

我认为偏重家数，不但是郭氏著作的缺点，也是其他文学批评史著作的缺点，同时这缺点不仅在使用文集方面，而是关系到整个文学批评史的架构的问题。我不否定每一时期都有主要的文学评论者，文学批评史应当突出这些主要的评论者并详加论析。可是，文学批评史绝对不是文学评论者的历史，不能只是集中于几位既定的文学评论者的分析，而应该能结合有关时期、有关评论者的背景（社会背景、思想背景、文坛背景、文学背景），突出当时文学的思潮、文学界所关心的一般问题，并且说明当时的文学思想与对所关心的问题以及所提出的看法的前后传承关系。

简君评郭氏论一家时，言其仅以一家文集为证，而未能参证同时之其他文集。我同意简君的看法。不过，如从另一角度看，文学批评史所存在的问题，更在于他们在论一家时，仅以一家之文集中之序跋、书信、诗话为证，而不能广泛地参阅其他如选集、笺注批点作品等著作，以至造成析论之不足与偏差。有关这一点，前文已多论及，这里不再详述。

在中国文学批评的领域中，许多资料还有待发掘与论析。研究者应加强那些尚未发掘与论析的著作的个案研究工作，唯有在这些研究工作完成的基础上，我们才能比较全面地认识一个时期的文学批评史。而在比较全面地认识到各个时期的文学批评史的基础上，我们才能比较全面、深入地整理与编写出较好的中国文学批评史。因此在目前这个阶段，着重于文学评论作品、历代文学评论者所关心的文学上的中心问题的个案研究以及整理断代的文学批评史，要比撰写通代的中国文学批评史更有意义，更为重要。

注释：

【1】载《中外文学》，1981年第10卷第5期。

【2】见《中国古典文学批评论集》，香港三联书店，1987 年，第74~108页。

【3】书由台湾文史哲出版社于1988年出版。

【4】书由台湾学生书局于1988年出版。

【5】同上书，第50页。

【6】同上书，第5~6页。

【7】同上书，第9~10页。

【8】杨松年：《中国文学评论史编写问题论析：晚明至盛清诗论之考察》，台湾文史哲出版社，1988年，第303页。

【9】《四库全书总目提要》186卷，台湾艺文，1969 年，第1页。

【10】详见该书凡例，第1页。

【11】沈德潜：《明诗别裁序》，《明诗别裁》，上海商务印书馆，1933年，第2页。

【12】王瑶：《中国文学批评与总集》，《关于中国古典文学问题》，古典文学出版社，1969年，第46~47页。

【13】如《文征明甫田集提要》、《王慎中遵严集提要》、《邱云霄南行集、东游集、北观集、山中集提要》、《尹台洞麓堂集提要》、《黎民表瑶石山人稿提要》等，见《四库全书总目提要》卷一七二。又《朱应登凌辖集提要》、《程诰霞城集提要》、《韩邦靖玉泉集提要》等，见该书卷一七六。

【14】《四库全书总目提要》卷一九〇，第26~27页。

【15】沈德潜：《国朝诗别裁》凡例，香港商务印书馆，1961年，第1页。

【16】取康熙五十一年至嘉庆年间之诗作，见王昶：《湖海诗传序》，《湖海诗传》，上海商务印书馆，1958年，第1页。

【17】李慈铭：《越缦堂读书记》，上海商务印书馆，1959 年，第623页。

【18】钱谦益：《列朝诗集小传》甲集，中华书局，1959 年，第75页。

【19】同上注。

【20】同上书，甲前集，第13页。

【21】沈德潜：《明诗别裁序》，《明诗别裁》，商务印书馆，1933年，第1页。

【22】钱谦益：《列朝诗集小传》丙集，第311~312页。

【23】同上书，第313页。

【24】同上书，第428~430页。

【25】同上书，第436页。

【26】关于李攀龙评杜甫、李白、王维、李欣等人诗作语，见李攀龙：《选唐诗序》，《沧溟先生集》，明徐中行重刊本，藏台湾“中央图书馆”。

【27】杨松年：《李攀龙及其〈古今诗删〉研究》，原刊于台湾大学《中外文学》1981年第9卷第9期。后收于杨松年：《中国古典文学批评论集》，香港三联书店，1987年，第109~126页。

【28】杨松年：《王夫之评选唐代诗人与诗作：〈唐诗评选〉研究》，《中华文化过去、现在与未来——中华书局八十周年论文集》，新加坡中华书局，1992年，第130~155页。

【29】王夫之评李梦阳《赠青石子》一诗语，见《明诗评选》，《船山全书》卷四，上海太平洋书店排印本，1933年，第30页。

【30】王夫之评何景明《太祀》一诗语，同上书，卷五，第19页。

【31】王夫之评李攀龙《寄许殿卿》一诗语，同上书，卷五，第34页。

【32】王夫之评王世贞《闺恨》一诗语，同上书，卷七，第6页。

【33】详见本书《王夫之评选明代诗人与诗作——〈明诗评选〉研究》。

【34】华淑编：《盛明百家诗选》，台湾“中央图书馆”藏明末刊本。

【35】《皇明诗选》卷一，台湾“中央图书馆”藏明崇祯癸未李雯等会稽刊本，第2页。

【36】同上书，卷十三，第4页。

【37】沈德潜：《明诗别裁》卷一，商务印书馆，1933年，第10页。

【38】同上书，卷十二，第112页。

【39】同上书，卷十二，第110页。

【40】沈德潜：《国朝诗别裁》凡例，香港商务印书馆，1961年，第2~3页。

【41】钟惺、谭元春：《唐诗归》卷二二，台湾“中央图书馆”藏明刊本，第7页。

【42】颜廷榘：《杜律意笺》，台湾“中央图书馆”藏明末颜尧挺刊本，第22~30页。

【43】卢德水：《尊水图集略》卷六，台湾“中央研究院”傅斯年图书馆藏清顺治间见宾堂刊本，第28页。

【44】王嗣奭：《杜臆》卷八，中华书局，1963年，第277页。

【45】金圣叹：《唱经堂杜诗解》，《金圣叹全集》第41册，江苏古籍出版社，1985年，第655~671页。

【46】卓尔堪：《明遗民诗》卷七，采华书屋，第255页。

【47】卓尔堪：《明遗民诗》卷四，采华书屋，第135页。

【48】杨松年：《中国文学评论史编写问题论析：晚明至盛清诗论之考察》，台湾文史哲出版社，1988年，第303~304页。

【49】《四库全书总目》所著录《诗经》笺注作品，有62部941卷，另存目84部913卷。

【50】简锦松：《明代文学批评研究》，台湾学生书局，1988年，第7页。

清代诗学研究的反思
——史著的检讨

清代诗学，指的是探究有清一代论者对诗的原理的批评、鉴赏与研究。犹记得20世纪60年代末我刚开始研究文学批评时，学术界对中国文学批评的关注，多侧重在魏晋南北朝的文论，刘勰的《文心雕龙》与钟嵘的《诗品》，更是研究界热门的课题。70年代初我到台北搜集资料，与当时在台大攻读高级学位的吴宏一先生和陈万益先生谈起研究界的这种情形，都有无限的感慨。

一

回顾过去30年中国文学批评研究走过的道路，令人感到非常欣喜的是中国文学批评研究队伍增强了，单是中国文学批评史的著作，过去只有区区的几部：陈钟凡的《中国文学批评史》，方孝岳的《中国文学批评史》，铃木虎雄的《支那诗论史》，青木正儿的《支那文学思想史》，郭绍虞的《中国文学批评史》，罗根泽的《中国文学批评史》，朱东润的《中国文学批评史大纲》，等等。

近十多年来，这方面的著作急遽增加，首先，一些大学教学人员与专家学者积极地编写中国文学批评史，如复旦大学中文系古典文学教研室编的《中国文学批评史》，黄海章的《中国文学批评简史》，敏泽的《中国文学理论批评史》，郭绍虞的《中国文学理论批评史》，周勋初的《中国文学批评小史》，成复旺、蔡钟翔、黄葆真合著的《中国文学理论史》，刘若愚的《中国文学理论》，朱维之的《中国文艺思潮史略》，张少康、刘三富合著的《中国文学理论批评发展史》，蔡镇楚的《中国古代文学批评史》，郭英德、谢恩炜、尚学锋、于翠玲合著的《中国古典文学研究史》等。着重中国某一文学批评体制发展历史的研究著作也出现了，如蔡镇楚的《中国诗话史》。这些文学批评史著作，也多涉及清代的诗学。

论析断代文学批评史的著作在20世纪70年代之前是极为罕见的，青木正儿撰写的《清代文学评论史》[1]，在当时被认为是非常难得的研究专著，研读清代文学批评的，莫不把它当做宝贵的参考书籍[2]。70年代吴宏一完成了《清代诗学初探》的写作，该书在台北出版，也是当时文学批评研究界非常重要的研究论著。之后，研究断代文学批评的论著陆续出现。其中包括朱荣智的《两汉文学理论之研究》、《元代文学批评之研究》，许结的《汉代文学思想史》，张仁青的《魏晋南北朝文学思想史》，罗宗强的《隋唐五代文学思想史》，简锦松的《明代文学批评》，张健（北大）的《清代诗学研究》等。上海古籍出版社编订《中国文学批评通史》，更是有系统、有规划地实施编写中国断代文学批评史的计划。该出版社请了多位学者参与这项计划的经营，其中顾易生与蒋凡完成先秦两汉卷，王运熙、杨明完成魏晋南北朝卷，王运熙、顾易生完成隋唐五代卷，顾易生、蒋凡、刘明今完成宋金元卷，袁震宇、杨明今完成明代卷，邬国平、王镇远完成清代卷，黄霖完成近代卷。各卷都在1996年由该出版社出版。这确实是一项重大的工程，在各位学者的精心处理之下，各代的文学批评的发展得到了较为细致的分析。

学者们也致力于各代文学批评资料的搜集。如台北成文出版社请了多位学者编订文学批评资料汇编，其中包括罗联添编的《隋唐五代文学批评资料汇编》，黄启方编的《北宋文学批评资料汇编》，张健（台大）编的《南宋文学批评资料汇编》，林明德编的《金代文学批评资料汇编》、曾水义编的《元代文学批评资料汇编》、叶庆炳、邵红编的《明代文学批评资料汇编》，吴宏一、叶庆炳编的《清代文学批评资料汇编》；北京人民文学出版社也请专人编辑各代的文论选，这些都是文学批评史上的盛事。

而着重探讨清代的文学评论者、流派的著作也急遽增加。单行本不少，单篇论著更多。以单行本来说，王英志的《清人诗论研究》就以清代评论者为主，探讨这些诗论者的诗观。而学术界也为王夫之[3]、金圣叹[4]、王士祯[5]、袁枚[6]、叶燮[7]、赵翼[8]、姚莹[9]、刘熙载[10]、王国维[11]等人及其文学批评著作撰写了多部论著。此外，也有研究文学派别的[12]，可以说是形形色色。而美国史丹福大学于1992年召开的"清代文学批评"学术会议，是中国文学批评，特别是清代文学批评研究的盛事，会议上所发表的论文收录在王靖宇先生所编的《清代文学批评》一书中，由香港大学出版社于1993年出版。

二

然而，回顾过去清代诗学的研究，我们不可否认，需要改进的地方不少。由于时间关系，这里仅针对研究清代诗学发展的专著，提出一些观察的报告，供研究界参考。

首先是有关清代诗学或清代文学批评的问题。有清一代，始于1644年顺治元年，终于1911年宣统三年。然而不论是研究历代文学批评的学者或是专论清代诗学的学者，当言及这一时期的文学批评或诗学时，或止于道光年间鸦片战争前，或兼及鸦片战争之后的近代文学批评，如张健的《清代诗学研究》就采用清代诗学止于鸦片战争之前的处理办法[13]。上海古籍出版社编订的《中国文学批评通史》，于清代分为清代卷与近代卷，也是根据这种理念。郭英德等的《中国古典文学研究史》则以鸦片战争为界限，分清代文学批评为前后两个时期[14]，我们非常理解学者们将清代文学批评的下限置于鸦片战争前的处理，这正如张少康等在《〈中国文学理论批评发展史〉后记》中所说的："近代部分文学思想和文学理论批评较为复杂，涉及东西文化思想的碰撞和结合问题，论述太简单了不易说明问题，要说得比较充分，有一点新意，则需要较大篇幅。"[15]又说："近代部分独立出来，另外写一本中国近代文学理论批评发展史，这样也许更能确切地反映中国文学理论批评发展的历史面貌。"[16]

我非常同意这种看法，处理清代文学批评或清代诗学，要么干脆以鸦片战争为下限，因为近代文学不论在资料搜集上，还是在文学理念上都与传统的中国文学批评或中国诗学有显著的不同；要么如郭英德等人的处理那样，将整个清代统合在一起详细处理。文学批评研究界出现的问题，就是在面对清代与近代的区分时，有犹豫不决或拖泥带水的弊病；既注意到近代以后的文学批评与前代的不同，又害怕不论及近代文学不能全面探究清代文学批评或诗学的弊端，于是详于论析鸦片战争前，而略于鸦片战争后。这样反而不能清楚地论析整个清代文学批评或诗学了。

中国文学批评史著作，普遍上有将罗列历代文学批评者的言论等同于叙述历代文学批评发展的缺点。较早的著作如朱东润的《中国文学批评史大纲》，就是如此处理的。以朱著所论及的清代文学批评来说，该书自第五十二节至第七十六节，讨论了钱谦益、冯班、陈子龙等清初至晚清约三十多位文学批评者的言论。这反映出作者以为处理一个时期中几位代表文学评论者的言论就等于概述了那个时期的文学发展的观点[17]。这是很难令人信服的。不仅前代的作品如此，近期的不少论著也有同样的缺点，如黄海章的《中国文学批评简史》、敏泽的《中国文学理论批评史》等都有同样的问题。我在《中国文学评论史编写问题论析：晚明至盛清诗论之考察》中曾经指出："中国文学批评史，绝对不是一部中国文学评论者的历史那么简单。""文学批评史，则必须有史之实。所谓史之实，意味着文学批评史的写作，必须能够连贯地叙述历代文学思潮的主流与支流，承继前代的发展，或者改辙易向，以及他们在自己道路上驰走的情形，也意味着作者必须发掘历代评论者所关心的主要文学问题，这些问题背后产生之背景，评论者之间因这些问题而展开之论辩，以及有关之文学观念之继承、发展、影响之情况。”[18]

近来也有一些学者努力摆脱过去的框框，希望能以言论、意见为主来整理一个时期的文学批评的发展。以清代文学批评或清代诗学的研究来说，应该对郭英德、谢思炜、尚学锋、于翠玲等合著《中国古典文学研究史》[19]的努力给予肯定。该书于第七章和第八章将清代文学批评分为清前期与后期两部分。第七章分七节，讨论清前期（清初至嘉庆年间）的文学研究，分别论析清前期文学研究的背景和特点，文献整理，文学研究方法的反思，对诗文艺术标准的争鸣，文体研究，文学技法研究，文学史研究等方面的问题。第八章分五节，分别论析文学研究的背景，文学研究流派的特点，文学领域的开拓，文学观念，文学研究方法等。由于该书所面对的是整个中国文学批评史，于清代的论述自有其局限，特别是对一些文学观念的继承与发展、各门派主张的沿袭与纠纷，还不能有更细致的分析，但已是非常难得的尝试。

张健在《清代诗学研究》[20]中的努力令人赞赏，该书共十六章，第一章论明清之际儒家诗学政教精神的复兴，第二章论云间派、西冷派对七子派诗学价值系统的重建与调整，第三章论以钱谦益为代表的虞山派诗学，第四章论清代晚唐诗歌热的兴起，第五章论清初诗论者对云间派诗学的进一步展开与修正，第六章论王夫之的诗学理论，第七章论叶燮对钱谦益一派诗学的继续展开，第八章论主真重变与清初的宋诗热，第九章论对七子、虞山派诗学继承与超越的王士祯的诗学，第十章论与神韵说异趣的非主流诗学，第十一章论沈德潜的诗学，第十二章论沈德潜同调者的诗学及纪昀对诗歌史的总结，第十三章论浙派的学人之诗理论，第十四章论从金圣叹以时文法论诗到桐城派的以古文法论诗，第十五章论翁方纲以宋诗为基点的诗学，第十六章论袁枚的性灵说。虽然有些章节还不能跳脱以个人为单位论析的局限，例如第六章专论王夫之，第十一章专论沈德潜，第十五章专论翁方纲，第十六章专论袁牧等，不过，这部书确能细致地分析清人对一些重要的文学理念的承袭、发展的关系，提出文学评论者关心的重要课题，正如张少康在该书序中所说的："他研究的起点比较高，善于准确地把握明清两代各个历史阶段的文学思潮主要特点。他的视野也非常开阔，除了对一些主要的诗歌理论批评家的诗学思想有精深独到的剖析外，还对各个诗学流派的群体作了细致的综合考察，分析了各个诗学流派的相互关系，比较了他们之间的异同，结合社会历史背景和文化思想、学术思想状况，清楚地阐明了他们各自的发展嬗变轨迹，对清代诗学发展中的一二流的批评家也作了比较充分的研究。他对清代诗学的研究不是孤立的，而是把它放在整个诗学发展历史长河中来考察。"【21】

我们希望有更多的研究清代文学批评的著作，能像张健与郭英德等的著作那样，从多个角度，以文学理念的传承与发展、文学派别的主张与纷争等为基点，来探讨清代文学批评的特色。

当我们以文学理念、文学批评所关心的问题为基点来展开论述时，我们仍然会面对不少难题。如何处理这些理念的传承、沿袭、影响就是其中的一个问题。一些日本学者在处理清代文学批评理念时，喜欢分派论析，像铃木虎雄的《支那诗论史》分清诗论为三派：性灵派、格调派、神韵派。郭绍虞本铃木虎雄之说，但见及钱谦益很难归属以上三派，乃别立虞山诗派来容纳钱氏以及虞山诗派一些诗论者的言论。在《中国文学评论史编写问题论析：晚明至盛清诗论之考察》一书中，我曾经表示："分派析论某一时期的诗论，往往使复杂的诗论简单化，也使一些诗论被误入或活生生被押入三派之中。"【22】如郭绍虞将叶燮归入格调说与将赵执信归入性灵说中，就是明显的例子。叶燮与赵执信的诗论，从整体上说，不但不应该归入上述门派，事实上他们的论点刚好和这些门派的论说有相抵触之处。在同书中，我也表示："立三说论诗，但见诗论者论说有与其中一说相关者，遂定其为某某说、某某派，这种只取某诗论者之部分诗见而径以为系其整体诗见之以偏概全之论诗态度，是分派论诗的另一个缺点。"书中，我就表示不同意学者将王夫之的诗见列为神韵说的处理方法。理由是：王夫之的诗说，其理论中心仍然是继承《毛诗·关雎序》诗言志说的。学者只见王夫之之诗论主张有要求诗须有言外情致、字外余味的一面，而忽略王氏本于传统之讲诗言志、诗之政教作用的另一面，于是以部分为全体、以枝叶为主干，乃强押王夫之入神韵派了[23]。“派”这一字，用时应该非常小心，意见相同的，不一定成派；主张相互呼应的，也不一定有派的关系；同属一个地区的诗论者，其诗见不一定成派；即使有师承关系的诗论者，其见解也不一定成派。举些例子说，王夫之比较赞同公安派的主张，但其诗见不能列为性灵说；钱谦益与冯班都属常熟人，又有师承关系，但诗见不同者处处可见，不能将钱谦益、冯班俱列为虞山派。

过去中国文学批评研究所存在的另一个重大的问题是没有全面占有相关的重要资料。以诗话这一体制来说，一般上，研究清代文学批评者所注意的清代诗话，依然过分依赖《清诗话》和《清诗话续编》。实际上，清代诗话数目之多，是令人震惊的。蔡镇楚的《中国诗话史》对此稍有拓宽，也注意到地方性的诗话、闺秀诗话的意义与价值[24]。但是比较现存众多的诗话之作，我们仍然深感所容纳的这类作品还很不足。蒋寅先生曾经搜集清代诗话之作，他的搜集品就足以改变人们对清代诗学的认识[25]。

近几年，我对文学批评体制中的论诗绝句有极大的兴趣，使我对这种批评体制产生极大兴趣的原因是它的研究意义与价值。去年到高雄参加中山大学举办的清代国际学术会议，曾提出研究清代论诗绝句意义的论文。清代的论诗绝句作品，不但数量多，而且作者耕耘的目的性也非常强烈。不少作者仿元遗山《论诗三十首》，希望通过这种批评体制和历代重要诗人对话，对这些诗人进行评价。如姚莹的《论诗绝句六十首》、许奉恩的《兰苕馆论诗九十九首》等；仿元遗山《论诗三十首》的作品中，单论一代诗人与诗作的也很多，如谢启昆的《读〈全唐诗〉仿元遗山论诗绝句一百首》之论唐代诗人，钱陈群的《宋百家诗存题词一百首》之论宋代诗人与诗作。这些作品简直可以当做断代诗史来读，而一些论诗绝句作者在撰写一代论诗绝句时，其抱负并不只是反映一代诗歌那么简单，如谢启昆，当他创作这类作品时，实际上是在进行他的一系列工作计划的。他在这方面的整体计划，是以断代的诗歌为基础，企图与整个中国诗歌的发展历史对话。为了这个宏愿，他先后撰写了《读〈全唐诗〉仿元遗山论诗绝句一百首》、《读〈全宋诗〉仿元遗山论诗绝句二百首》、《读〈中州集〉仿元遗山论诗绝句六十首》、《书五代诗话三十首》、《书周松霭〈辽诗话〉二十四首》、《论元诗绝句七十首》及《论明诗绝句九十六首》。从纵线看其所撰作品，可以说谢启昆所论已含括自唐至明的诗人与诗作。而且为每一朝代所作的论诗绝句，少的二十四首、多的达二百首，是一项极大的工程。

清人在论诗绝句上，极力开拓的还不止于此。这类作品中，有专论某个地区的诗人与诗作的，可以说保留了区域文学的重要文献；有专论闺秀之作的；有评论历代作品其中包括诗话而作的；有回应批评者的言论而发的；可以说缤纷多彩。而作品中关心的众多课题，如诗穷而后工的问题、唐宋诗论争的课题等，都可以补充中国文学批评体制在文献上的不足。而且从论评的手法看，清代论诗绝句也具有缤纷多姿、范围全面的特色。以姚莹《论诗绝句六十首》来说，其所采用的手法就有十余种：如通过对诗人的比较，达到抑扬的作用；善于捕捉不同诗人作品的特色，比较论述这些诗人；通过对诗人不同诗作体制的比较，来突出一个诗人某种体制的成就；由对诗人的不同诗作的说明来肯定该诗人的成就；就学术著作与诗歌创作的多方面成就来评论有关诗人；以赞扬和批评有关诗人与诗作的意见，来突出有关诗人的成就；援引有关诗人的诗句，来赞扬该诗人；以当时的诗风来衬托诗人的成就；由选者选诗与评诗的偏差来突出诗人的成就等。

清代论诗绝句为一时之盛，而其影响实由钱谦益与王士祯开先。在钱谦益之前，除了元好问的《论诗三十首》之外，多数论诗绝句作者只是停留在抒写读诗后的感受。钱谦益显然见及元好问《论诗三十首》的特出之处，又受杜甫《戏为六绝句》的影响，乃兼取两者的长处，作《姚叔祥过明发堂论近代词人戏作绝句十六首》来评论明末的一些诗人与诗作。而王士祯则紧紧效仿元好问《论诗三十首》的体例，评论历代诗人与诗作。在钱、王之后，清人受两人的影响，大量创作论诗绝句，数量达七千余首。虽然讨论清代文学批评的当代学者，都不会忽略钱、王两人在文学批评界的地位与重要性，可是多从他们的序跋、诗话、书信等作品来讨论他们的诗见，又有多少人从论诗绝句的层面来肯定他们的成就？又有多少人曾认真地翻阅清代大量的论诗绝句，来肯定论诗绝句在清代文学批评发展的地位？

谈及钱谦益对后代文学批评的贡献，有一方面还须强调的是他对清代杜诗学的影响。由于文学批评研究者的取材多数是依赖序跋、书信、诗话，而忽视过去文学批评者的一门重要的实践方式，即通过文学选集、笺注批点等来进行文学批评，于是对一些评论者在这方面的贡献也就忽略了。钱谦益的杜诗学对清代杜诗研究的重大贡献就是其中一例。简恩定研究清初杜诗学时曾说："清初对诗史的观念发展，既由钱谦益开出以诗补史或正史的观念之后，诸家注杜，都不可避免受其影响。"[26]而当钱谦益之作遭禁时，清代杜诗学也立即受到挫折。洪业《杜诗引得序》云："乾隆中叶以后，钱氏之书，法所厉禁，纵曾读其书而不敢征引，故杨、许辈皆不曾举谦益之名，处此局势下，纵于读杜兴趣浓厚，而欲有所称述，只可转而作诗话笔记之属耳。"然而研究清初钱谦益者，又有多少人能从钱谦益笺注评点杜甫诗这一方面来肯定他在诗论上的成就？清代是中国杜诗学非常光辉灿烂的时期，又有多少学者能占有这方面的资料，来肯定清代在这方面的贡献？

谈到这一点，不禁令我想起多年来强调的文学选集的价值与对其研究的意义的问题。目前学术界对文学选集的文学批评价值越来越重视了，谈清初的陈子龙，会提及他编选的《皇明诗选》；谈王夫之，会涉及他的《古诗评选》、《唐诗评选》、《明诗评选》；谈金圣叹，会论及他批点的《唐才子诗》及其他选集。清代的文学选集种类繁多，可令我们开发的重要作品不少，学术界还须在这方面多加努力[27]。

以上是我在清代文学批评研究上的一些观察和感想，大胆提出，请各位指正。

注释：

【1】青木正儿：《清代文学评论史》，东京岩波书店，1950年。译本有陈淑女译，台湾开明书店，1955年；杨铁婴译，社会科学出版社，1988年。

【2】20世纪40年代，断代论诗文理论批评之作，还有杨启高的《唐代诗学》（重庆正中书局，1943年）、罗根泽的《周秦两汉文学批评史》（重庆商务印书馆，1944年）。

【3】研究王夫之文学批评的专著有杨松年的《王夫之诗论研究》（台湾文史哲出版社，1986年）等。

【4】研究金圣叹文学批评的专著有刘欣中的《金圣叹的小说理论》（河北人民出版社，

1986年）等。

【5】研究王士祯文学批评的专著有黄景进的《王渔洋诗论之研究》（台湾文史哲出版社，1980年）、张健（北大）的《王士祯论诗绝句三十二首笺证》（台湾文史哲出版社，1994年）等。

【6】研究袁枚文学批评的专著有王英志的《袁枚与随园诗话》（上海古籍出版社，1990年）、顾远芗的《随园诗说的研究》（上海商务印书馆，1936年）、杨鸿烈的《袁枚评传》（台北牧童出版社，1976年）、郭沫若的《读随园诗话札记》（作家出版社，1962年）、胡明的《袁枚诗学述论》（黄山书社，1986年）、简有仪的《袁枚研究》（台湾文史哲出版社，1988年）、司仲敖的《随园及其性灵诗说之研究》（台湾文史哲出版社，1988年）、杜松柏的《袁枚》（台湾河洛）等。

【7】研究叶燮文学批评的专著有蒋凡的《叶燮和原诗》（上海古籍出版社，1985年）等。

【8】研究赵翼文学批评的专著有王建生的《赵瓯北研究》（台湾学生书局，1988年）等。

【9】研究姚莹文学批评的专著有杨松年的《姚莹〈论诗绝句六十首〉论析》（台湾文史哲出版社，1999年）等。

【10】研究刘熙载文学批评的专著有王气中的《刘熙载和〈艺概〉》（上海古籍出版社，1987年）等。

【11】研究王国维文学批评的专著有萧艾的《王国维评传》（浙江文艺出版社，1983年）、叶嘉莹的《王国维及其文学批评》（广东人民出版社，1992年）、佛雏的《王国维诗学研究》（北京大学出版社，1987年）、陈鸿祥的《王国维与文学》（陕西人民出版社，1988年）等。

【12】如王英志的《性灵派研究》（辽宁大学出版社，1998年）、魏际昌的《桐城古文学派小史》（河北教育出版社，1988年）。

【13】张健：《〈清代诗学研究〉后记》，《清代诗学研究》，北京大学出版社，1999年，第782页。

【14】郭英德、谢思炜、尚学锋、于翠玲：《中国古典文学研究史》，中华书局，1995年，第517~683页。此书的特色是将中国文学批评史、中国文学理论史与中国文学研究史分别开来。本文对中国文学批评史的了解，则采取较广义的释义，合中国文学批评史、中国文学理论史与中国文学研究史为一。

【15】张少康、刘三富：《中国文学理论批评发展史·后记》，北京大学出版社，1995年，第470页。

【16】同上注。

【17】朱东润：《中国文学批评史大纲》，上海古籍出版社，1993年，目录第3~4页。

【18】杨松年：《中国文学评论史编写问题论析：晚明至盛清诗论之考察》，台湾文史哲出版社，1988年，第308~309页。

【19】郭英德、谢思炜、尚学峰、于翠玲：《中国古典文学研究史》，中华书局，1995年。

【20】同注【13】。

【21】同上注，第3页。

【22】杨松年：《中国文学评论史编写问题论析：晚明至盛清诗论之考察》，台湾文史哲出版社，1988年，第310页。

【23】杨松年：《中国文学评论史编写问题论析：晚明至盛清诗论之考察》，台湾文史哲出版社，1988年，第310~311页。

【24】蔡镇楚：《中国诗话史》，湖南文艺出版社，1988年。

【25】郑静若的《清代诗话叙录》（台湾文史哲出版社）也可参考。

【26】简恩定：《清初杜诗学研究》，台湾文史哲出版社，1986 年，第120页。

【27】有关文学选集的批评价值等问题，可参阅杨松年的《选集的文学评论价值》，陈平原、陈国球主编的《文学史》第一辑（北京大学出版社，1993年），第301~316页。

王夫之评选明代诗人与诗作
——《明诗评选》研究

笔者前曾撰写《王夫之诗论研究》一书，主要是通过王氏之诗话、诗选以及其他与诗论有关的作品，剖析其中所用之主要术语，经组织整理后，进而分析他的诗观[1]。在研究过程中，我已对他所评选的各种诗选深感兴趣，加上我曾在《诗选的诗论价值：文学评论研究的另一个方向》一文中[2]，吁请中国文学批评研究界注意文学选集的研究，以扩大中国文学评论研究的范围，发掘这种在古代文艺评论圈极受重视而在当代文学评论研究界仍然被忽略的体制的诗文评论价值，这使我更立意进行王氏各种诗评选的论析。本文是该研究计划的一部分。

一

王夫之（1619—1692）评选历代诗作成书而传于世的，有《古诗评选》六卷、《唐诗评选》四卷、《明诗评选》八卷。此三种俱见于刘人熙于辛亥革命前后于长沙排印的《船山遗书》及民国二十二年（1933）

上海太平洋书店排印的《船山遗书》之中。而王夫之另选有《夕堂永日宋诗选评》，唯此书已佚。关于各种诗评选成书的时间，周调阳《王船山著述考略》曾引湘西草堂刻本《夕堂永日绪论》后船山子王敔的学生曾载阳的附识道：

> 子船山先生，初徙茱萸塘，同里刘庶仙前辈近鲁，藏书甚多，先生因手选唐诗一帙，颜曰《夕堂永日》。夕堂，子先生之别号也。继又选古诗一帙，宋元诗、明诗各一帙，而暮年重加评论，其说尤详。[3]

王夫之由南岳双髻峰续梦庵移徙茱萸塘败叶庐，时年四十二岁[4]。选辑历代诗作，开始于此时。王氏《〈夕堂永日绪论〉序》道：

> 阅古今人所作诗不下十万，经义亦数万首，既乘山中孤寂之暇，有所点定。[5]

《〈夕堂永日绪论〉序》作于庚午年（1690），时王夫之七十二岁。由此结合曾载阳所说的暮年重加评论，可知王氏品评所选各种诗选，应在1690年以前的一段时间。甄选批评所选诗作之后，王氏才开始写作他的诗话文话之作《夕堂永日绪论》两卷。上卷又称《夕堂永日绪论内编》，多论诗之语，故被后人辑于《姜斋诗话》之中；下卷多论制义之法，称《夕堂永日绪论外编》。

《明诗评选》，亦称《夕堂永日明诗选评》。此书面世极迟。王敔《姜斋公行述》在提及王氏之著作时，不曾提到这部作品。辛亥革命前的各种《船山遗书》版本，如王敔刊本、衡阳学署本、湘潭王氏本、金陵刻本等，都不曾辑有此集。清邓显鹤（1777—1847）《船山著作目录》中，有《夕堂永日八代诗选》、《唐诗评选》之目[6]，但于《明诗评选》，却全没提及。辛亥前后刘人熙搜得王氏各种诗评选集，并排印成书。1933年上海太平洋书店更辑其于《船山全集》中，排印出版，以广流传。一方面由于《明诗评选》与王氏的其他诗选出版成集相比较迟，一方面由于中国文学研究者多忽略文学选集的研究，所以直到现在，还没有一篇专文或一部专著全面分析这些诗选。

二

《明诗评选》八卷，卷次依诗体排列。卷一，乐府；卷二，歌行；卷三，四言诗；卷四，五言古诗；卷五，五言律诗；卷六，七言律诗；卷七，五言绝句；卷八，七言绝句。所撰各种诗作数目如下表：

诗体	乐府	歌行	四言	五古	五律	七律	五绝	七绝	共计
诗数	74	81	17	228	257	179	63	213	1112
诗人	27	34	6	65	102	73	36	96	231

以上诗人之统计总数231人，乃扣除各体中重复诗人而得，换句话说，共选231人，诗1112首。（统计数字，据《明诗评选》目录，唯目录中朱阳仲与朱青城乃一人之二名，因此诗人数目当为230人）在230位诗人中，王氏选诗最多的前十名诗人为：1. 刘基，85首；2. 高启，75首；3. 杨慎，40首；4. 汤显祖，37首；5. 徐渭，31首；6. 杨维桢，29首；7. 沈明臣，25首；8. 蔡羽，21首；9. 祝允明，20首；10. 王穉登，20首。其中所选刘基、高启二人诗最多，远远超越名列第三的杨慎。

刘基（1311—1375），字伯温，浙江青田人。元进士。洪武中以佐命功封诚意伯，其后为胡惟庸毒死。正德中，进谥文成。高启（1336—1374），字季迪，江苏长州人。洪武初召修元史，授翰林院国史编修，擢户部侍郎，放还。后由于为魏观作上梁文，连坐死。刘、高二人传俱见《明史》。

王夫之对刘基、高启二人的诗作评价甚高。在《夕堂永日绪论内编》中，就称赞他们两人都能自展骐足，不受元人门阀之习影响，而树立起明初诗作的独特风格。他说：

> 建立门庭，自建安始。……沿及宋人，始争疆垒。……胡元浮艳，又以矫宋为工。蛮触之争，要于兴、观、群、怨，丝毫未有当也。伯温、季迪以和缓受之，不与元人竞胜，而自问风雅之津。故洪武间诗教中兴。[7]

在诗评中，王氏对刘基诗的赞赏尤高，许之为天才。如评其乐府诗《蜀国弦》道：

饶有往复，而无一溢词；点染已至，而抑无一浮字。所谓拓小以大，居多以少者也，何得不雅为天才。（卷一，页三）

许其作为天授而非人力，如评其乐府《大墙上蒿行》道：

一直九折，竟以舒为敛。天授，非人力也。（同上）

评其另一首乐府诗《东飞伯劳歌》时，更以他能以雅笔写作而无襁板气，许之为可独步千古。他说：

较梁武始制，以雅弃郑。雅而不作糨板气，千古唯公独步。（卷一，页四）

评其四言诗《青阳》，亦用“古今无匹”的赞语：

闲朗，古今无匹。（卷三，页二）

赞其五言古诗《旅兴》中之“雨来群山暗”一首更许之为“唐以下第一首古诗”：

是唐以下第一首古诗，几于无字。（卷四，页四）

而当拿其诗与前代诗作比较时，更可见及他对刘基诗作推崇的程度。王氏称赞他夺得《三百篇》与汉人作品之精髓，评刘氏的乐府《静夜思》道：

状景状事易，自状其情难。知状情者，乃可许之绍古。文成起千年后，夺得《三百篇》、汉人精髓矣。（卷一，页四）

称其五言古诗《游仙》“娟娟姮娥女”一首，认为实属“汉人第一乘”之作：

明洁示人，深弘自处，真汉人第一乘。（卷四，页三）

称另一首《正月二十三日得台州黄元徽书有感》，几可与《古诗十九首》争席：

公佐石末慕以还，心计较粗，托于瑰奇以示异，杂诗三十余首，未足深静者。如此篇乃见公本色，几与《十九首》争席矣。（卷四，页三）

而与唐人诗作相比时，就认为他的作品高于李贺、张籍、韦应物、陈子昂、甚至杜甫的诗作，如评其乐府《王子乔》：

骀宕深骏，汉人夺色。李贺、张籍何有哉！（卷一，页二）

评五言古诗《感怀》“驱车出门去”一首：

如转如不转，如结如不结，一为平衍，一为光耀。韦苏州不逮此多矣，况陈正字一流辈。（卷四，页一）

评五言古诗《感春》：

悲而不伤，雅人之悲故尔。古人胜人，定在此许。终不如杜子美愁贫怯死双眉，作层峦色像。（卷四，页六）

王夫之对阮籍、李白诗，评价甚高。于称赞刘基诗时，认为与阮籍相当，如评其五言古诗《感怀》“结发事远游”：

光力似阮公，沉勇过之，是以所就不等。（卷四，页一）

评其《旅兴》“青青潇湘竹”与“吾观穹壤间”两首道：

二首又极似阮步兵《咏怀》，非取肖也，英雄略同。（卷四，页五）

而评其乐府诗《走马引》说：

一浅一深，俱致极人心，太白尚逊其峭云。（卷一，页三）

王氏于刘基诸体诗作中，给予高度推崇的是他的乐府、四言诗和五言古诗之作。所以选他这方面的作品也比较多。在所选的85首诗作中，五言古诗37首，乐府16首，四言诗12首，其他体制的诗作，都在10首以下，如七言绝句8首，七言律诗7首，歌行3首，五言律诗与五言绝句各1首。而和王氏所选的其他明人诗作比较，刘基五言古诗37首，乐府16首与四言诗12首，亦居各诗人之冠。

王氏对高启诗的推崇不如刘基，但是评价亦甚高，许之为一代诗人。于评高启五言律诗《味梦》时说：

冥搜无迹，拣取精纯。……一代诗人，非季迪不足以当之也。（卷五，页十）

又称赞他的乐府诗《短歌行》说：

气势，在曹瞒之右，沉勇，亦不下之。唐以来不见乐府久矣。千年而得季迪，孰谓乐亡哉！（卷一，页六）

王氏认为他的乐府，得《三百篇》、汉人乐府之妙。他评《堂上歌行》说：

乃似大无意味，不知中有三山十二楼在。熟诵《三百篇》及汉人乐府，方知其妙。（卷一，页六）

而王氏将高氏与前代诗人相比，认为其与谢玄、李白、江淹、王维、王勃、骆宾王、沈佺期、宋之问相当。评五言古诗《过百鹤溪》道：

声情俱备，遂欲左挹玄晖，右拍太白。（卷四，页十一）

评《题曹氏春江云舍》道：

炼而不劌，俭而不削，仿佛江郎早岁。（卷四，页十二）

评五言律诗《咏梦》道：

冥搜无迹，拣取精纯。一皆在王、骆、沈、宋间入手。（卷五，页十）

评七言绝《少年行》道：

一气磅礴，定不下王江宁矣。（卷八，页五）

王氏所选75首高启诗作中，以五言律诗最多，共29首，居所有诗人之冠；其次为七言律诗11首，与杨维桢诗数相同，俱为所有诗人之冠；乐府、五言古诗及七言绝句各10首；五言绝句5首。

王氏比较高启之五言律诗与七言律诗，认为他的五言律诗高于七言律诗，并称赞前者为神品。评高氏七言律诗《丁校书见招晚酌》说：

高五言近体，神品也。七言每苦死拈，时有似许浑者。此

诗傲岸萧森，不愧作家矣。（卷六，页八）

王氏不满高启的七言律诗，当是针对其早年诗作而言。所以他评高氏之《春来》时说：

季迪早岁，七言拘忌不闳。（卷六，页九）

然而，总的来说，在高氏的各体诗中，王氏还是比较推崇他的近体之作的，如他评张羽《三江口望京阙》说：

季迪之近体，来仪之古诗，双羽凌空，是鹤是凤。（卷四，页十四）

这也是他选高氏五言律诗及七言律诗最多的原因。

至于名列第三位及以后的其他诗人，王夫之对他们的作品亦力加赞扬。如王氏评名列第三位的杨慎（1488—1559）的乐府《扶南曲》“游赏上春时”一首：

才是乐府，才是诗人所作，看他一结平远雍容处。（卷一，页十二）

评他的五言律诗《折杨柳》时说：

才说到折处便休，无限无穷，天流神动，全从《十九首》来。以古诗为近体者，唯太白间能之，尚有未纯处，至用修而水乳妙合，即谓之千古第一诗人，可也。（卷五，页二四）

又评他的五言律诗《乙酉元日新添馆中喜晴》说：

元声远响，此与秦时明月一首，（升庵集）中最上乘，亦三百年来最上乘也。（卷五，页二三）

王氏评位居第四位之汤显祖（1550—161？）的歌行《次笙歌送梅禹金》说：

妙处只在叙事处偏著色搅碎。古今巨细，入其兴会，从来无人及此，李太白亦不能然。（卷二，页十七）

评汤氏之五言古诗《南旺分泉》说：

指事发议诗，一入浅人铺序格中，则但一篇陈便宜文字。强令入韵，更不是以感人深念矣。此法至杜而裂，至学杜者而荡尽。含精蓄理，上继变雅，千年以来，若士一人而已。（卷四，页三九）

又评《黄罔西生寄小声》说：

栖栖王子情，亦是出题，看他化骨为筋，化筋为液之妙。序事如不序，谓千五百年来一人，余自信非诬。（卷四，页四十）

王氏评位居第五位的徐渭（1521—1593），则赞其深于诗法。评徐氏之五言律诗《铜雀妓》说：

一意不滥，陶石篑谓文长诗深于法，可谓只眼。（卷五，页三九）

评其七言绝句《武夷山一线天》道：

文长、义仍，坛坫各立，而于七言小诗，往往有合。技到绝处，必合也。（卷八，页二十）

王氏评位居第六的杨维桢（1296—1370）为真作家。评杨氏歌行《莲花抖抖在太湖之西蓟氏村》说：

递换有神，非真作家不能。（卷二，页一）

他推崇杨维桢为抗御宋元矜尚之风的"中流砥柱"。评其《送贡尚书入闽》一诗说：

宋元以来，矜尚巧凑，有成字而无成句。铁崖起以浑成易之。不避粗，不避重，洶万里狂河，一山砥柱矣。（卷六，页三至四）

又赞其七言律诗之带歌行意说：

七言近体，带歌行意，不迷初始，开、天以下，一人而已。（评杨诗《寄小蓬莱主者闻梅涧并柬沈元方宇文仲美赞主宾》语。卷六，页五）

他对沈明臣、蔡羽、祝允明（1460—1526）、王穉登之评价亦甚高，此不拟一一言述。要特别强调的是，有一些诗人，虽没名列在选诗最多的前10人之中，但由于其在某一种诗体有杰出表现，王氏选该类作品亦多，并且也给予佳评。如王氏选张羽（1333—1385）五言古诗11首，仅次于刘基的37首。王氏就曾评其五古之作道：

季迪之近体，来仪之古诗，双羽凌空，是鹤是凤。（评张诗《三江口望京阙》语。卷四，页十四）

又评其五古《春日陪诸公往戴山眺集莫入北麓得石床岩洞诸胜》道：

国初诸公，根科不妄者，唯司丞耳。虽才不自摄，偶或烦沓，而当其纯浃，真不知世有谢朓、王融，况俗目所惊之李、杜哉？（卷四，页十三）

王氏亦选许继之五言古诗11首，与张羽相同。评其五言古诗《雨中有怀》道：

五言，静业也。然纤人之静，非佻则晦。彼貌日静，彼心日动，安得蠲烦以向逸乎？唐三百年，诗人渊薮，能此者，张曲江一人而已。是知纤人君子言无不如心之理。士修得见于当世，当与曲江并驾，吾以其诗知之。（卷四，页二一）

评其《村中晚兴》道：

深于陶，纯于柳。旧云公诗有陶、柳之风，皮相耳。（卷四，页二十）

王氏又选陈秀民歌行8首，与徐渭同居各诗人之冠。王氏或赞之为天授，如评陈氏之歌行《太白》：

白战直陈、正尔丰神逸绝。此乃以知天授。（卷二，页四）

评《悲歌》：

如缓如不欲言，万年四方，神摇天动。（卷二，页三）

以夸张之譬喻言此歌行之感人情况。

三

王夫之论明诗的发展，有“三变”之说。第一变始自李梦阳（1472—1529），第二变始自公安三袁，第三变始自竟陵钟、谭。王氏对启此三变之三家是没有好感的。《明诗评选》评李梦阳诗《赠青石子》时说：

> 三家者，岂横得誉，亦横得毁。如吴、越争伯春秋之所必略，蜗角虚争、徒劳而已。（卷四，页三十）

又说：

> 三家之兴，各有徒众。北地之裔，怒声醉呶，掣如狂兕。康德涵、何大复而下，愈流愈莽。公安乍起，即为竟陵所夺，其党未盛，故其败未极。以俗诞而壤公安之风矩者、雷何思、江进之数子而已。若竟陵，即普天率土干死时文之经生，拾沈行乞之游客，乐其酸俗淫佻而易从之，乃至鬻色老妪，且为分坛坫之半席，则回思北地，又不胜朱弦疏越之想。（卷四，页三十至三一）

由上可知，王氏于三家之中，对公安尚有好评，于李梦阳之前后七子与竟陵钟惺（1574—1625）、谭友夏（1586—1637）之间，对后者则抨击尤烈。所以他说：

> 要以平情论之，北地天才，自出公安下。六义之旨，亦坠一偏，不得如公安之大全。至于引情动思，含深出显、分胫臂，立规宇，殴俗劣，安襟度，高出于竟陵者，不啻华族之视侩魁。此皇明诗体三变之定论也。（卷四，页三十）

王氏曾经比较三家之高下，以公安袁宏道（1568—1610）无所从入，因其兴之偶然，而标榜学白居易与苏轼。前后七子之李梦阳、何景明（1483—1521）、王世贞（1526—1590）、李攀龙（1514—1570）则有从入，但舍其从入而无自位，而竟陵钟、谭则无自位，亦无从入。评袁宏道诗《和萃芳馆主人鲁印山韵》云：

> 中郎诗以己才学白、苏，非从白、苏入也。李、何、王、

李，俱有从入。舍其从入，即无自位。钟、谭无自位，亦无从入，暗靠元、白、孟、贾、陈无已、黄鲁直作骨子，而显则相叛。故三变之中，钟、谭为尤劣。心之不臧，其殆婢者之窃也。中郎若不夭，伯敬终不敢自矜。看破底里，只资其一嚏而已。……中郎舍王、李而归白、苏，亦其兴会之偶然，不与开帐登坛争名闻利养者，志同趣合。（卷六，页二八）

又就三家对用字之不同态度而比较其优劣道：

诗莫贱于用字。自汉、魏至宋、元，以及成、弘，虽恶劣之尤，亦不屑此。王、李出而后用字之事兴。用字不可谓魔，只是亡赖偏方下邑劣措大赖岁考捷径耳。王、李则有万里千山、雄风浩气、中原白雪、黄金紫气等字，钟谭则有归、怀、遇、觉、肃、钦、澹、静、之、乎、其、以、孤光、太古等字，舍此，则王、李、钟、谭，更与可言诗矣。钟、谭以其数十字之学，而诮王、李数十字之非。此婢妾争针钱盐米之智，中郎不屑也。中郎深诋王、李，诋其用字，非诋其所用之字。竟陵不知但用字之即可诋，而避中郎之所斥，窃师王、李用字之法而别用之，中郎不夭，视此等劣措大，作何面孔邪？王、李用字，是王、李劣处；王、李犹不全恃用字以立宗。全恃用字者，王、李门下重儓也。钟、谭全恃用字，即自标以为宗，则钟、谭者，亦王、李之重儓，而不足为中郎之长鬣，审矣！无目者，犹以公安、竟陵相承而言。公安即以轻俊获不令之报，亦不宜如此之酷也。（卷六，页二八至二九）

因此，在选公安袁宏道、袁中道（1570—1623）、前后七子中的李梦阳、何景明、王世贞、李攀龙与竟陵谭友夏、钟惺的诗作时，情况亦有不同，此由下可见：公安袁宏道15首，袁中道10首；七子李梦阳8首，李攀龙6首，王世贞1首，何景明1首；竟陵谭友夏1首，钟惺0首。

在诗评中，王氏对公安袁宏道、袁中道之作品，亦多赞语。如评袁宏道乐府《紫骝马》云：

一意不乱，亦不穷尽。东坡放翁库中，初无此宝刀。（卷

一，页十四）

评其七言律诗《登华》：

真刘播州，白尚不能，勿论苏矣。（卷六，页二九）

评其七言绝句《桃花流水行》：

游仙诗，无俯仰意，即道士铃鼓中物耳，此正得景纯三昧。（卷八，页二三）

评袁中道《别顾太史开邕时册封周藩取道回吴》：

通首高、岑。（卷五，页四十）

评另一首五古《感怀》：

贵重，不入溪径。小修自命，正以千古为期，不但标宗与王、李为敌也。（卷四，页四二）

对前后七子，王氏虽然于其中一二子或有佳评，一般上常将其列为负面的批评对象看待，如评蔡羽《桑乾河》说：

绝不入板隙雄壮语，乃知嘉靖七才子，一似全幞头演宋江，了无生理。（卷一，页九）

评梁有誉《咏怀》"阮公叹广武"一首说：

全赖一结之深，彼七子者到此，便一直去，悻悻然穷日之力。（卷四，页三六）

评徐磷《山家》说：

不仅恃思理，亦不仅恃典致。规之极大，入之极沉，出之极曲，乃是真诗人。足知九逵于此道，已透过一切，绍卿其嫡传巨子，自不堕恶道中。当时所称七才子者，知否？（卷五，页三二）

评朱曰藩《鸡笼山房雨霁》"客楼睡起西日曛"一首说：

五六入事，点染成致，非七才子辈，寻事填腔活字印板套

也。(卷六，页二一)

但于前后七子之中，王氏并非一棒压杀众人，他对于那些被认为有杰出表现的诗人，则给予赞扬，如他在李(梦阳)、何(景明)、王(世贞)、李(攀龙)四位前后七子的代表者之中，就比较欣赏二李。评李梦阳《赠青石子》道：

此亦自关性灵，亦自有余于风韵。立北地于风雅中，恰可得斯道一位座，乃苦自尊已甚。推高之者，又不虞而誉，遂使几为恶诗作俑，亦北地之不幸。要以平情论之，北地天才，自出公安下。六义之旨，亦坠一偏。不得如公安之大全。至于引情动思，含深出显，分胫臂，立规宇，殴俗劣，安襟度，高出于竟陵者，不啻华族之视侩魁。(卷四，页三十)

评李梦阳之五言绝句《江行杂诗》道：

如此为雄浑，为沉丽，又谁得而闻之？北地五言小诗，冠冕今古。足知此公才固有实，丰韵亦胜，胸中擎括，亦极自郑重。为长沙所激，又为一群噇蒜面烧刀汉所推，遂至戟手赦颧之习成，不得纯为大雅，故曰不幸。(卷七，页四)

评李攀龙《寄许殿卿》道：

破尽格局，神光独运。于鳞自有此轻微之思，深切之腕，可以天游艺苑，其不幸而以粗豪诞率标魔诗宗派者，正坐为谢榛、宗臣辈牵率耳。(卷五，页三四)

评李攀龙之《重别李户曹》道：

亦渐入钱、刘，而风神自腴。此等诗蔑论宗、谢、吴、徐，即元美亦必不能至，以其腕粗指硬，喉咙陡，肠胃直也。于解因有远神，不容渠辈梦到，又况汪南溟以下，卢柟、李先芳之区区者乎！论嘉靖诸子诗者，当亟为分别。(同上)

但对王世贞，则评价不高。于评王世贞诗《闺恨》时道：

弇州记问博，出纳敏，于寻常中自一才士，顾于诗，未有所窥耳。古诗率野，似文与可、梅圣俞；律诗较宽衍，而五言捉对排列，直犯许浑卑陋之格。七言斐然可观者，则又苏长公、陆务观之浅者耳。（卷七，页六）

又比较李攀龙、王世贞二人之作说：

沧溟言唐无五言古诗，一句壁立万仞，唐且无之，宋抑可知已。弇州却胎乳宋，寝食宋，甚且滥入兔园千家纤鄙形似处，则王、李公标一宗，王已叛李，又不知其又何以为宗也。弇州既浑身入宋，乃宋人所长者，思致耳。弇州生平所短者，莫如思致。一切差排，只是局面上架过。（卷七，页六）

显见对李攀龙更有佳评。由于他认为王世贞“于诗未有所窥”，于评他人诗时，亦常取王世贞诗加以揶揄，如评杨慎《硖石道》：

逶迤遂入吊古，又以平结。风雅鼓吹，元不居行墨间也。即此诗旨无余。王元美者，奚皇皇而更索哉！（卷五，页二三）

对于何景明诗，评价尤低。最令王氏不满的是他的诗风莽撞，王氏称之为“浑”。评何景明诗《大祀》时说：

信阳为浑之一字所误，一往莽撞以为浑。（卷五，页十九）

评杨慎《锦津舟中对酒州刘善充》亦说：

通首浑成，方是作者。何大复但于句句见浑，何得不入俗。（卷二，页九）

故评沈明臣《上滩行》时说：

何仲默一派，全体落恶劣中。但于句争唐人，争建安，古诗即亡于仿古者之手，如新安大贾，烹茶对弈，心魂却寄盐绢簿上，雅人固不屑与立谈也。（卷二，页十三）

评郑善夫（1485—1523）《即事》时说：

何仲默、傅木虚、谢茂秦，皆魔民眷属也。（卷五，页二十）

评高叔嗣（1501—1537）《秋郊雨后》说：

亦渐入钱、刘，然自是钱集中有风度者，高文房一格，何仲默插身钱、刘中，何曾道得渠一句。（卷五，页二七）

王氏甚而表示：

以品言之，于鳞最上，献吉次、元美次、友夏次、仲默次、伯敬最下。（评何景明《大祀）语。卷五，页十九）

何氏的排名不但在二李与王世贞之下，甚至在谭友夏之下，可知王氏对他作品不满的程度。所以王氏有以下严苛的评何氏的言论，也是不足为怪的：

何、李同时并驾。何之取材尤劣，于古诗则蔑陶、谢而宗潘尼，近体则言沈、宋而师罗隐、杜荀鹤，又不得肖，大抵成乎打油钉绞语而已。（同上）

这也是王氏会选李梦阳诗8首、李攀龙诗6首，而只取王世贞与何景明诗各1首的原因。

王氏尤其不满羽翼李、何、王、李者，除了讥称他们为“重儓”之外，诗评中也多是讥讽贬斥之语。而其中批评谢榛（1495—1575）与宗臣（1525—1560）等人的也不少，如言及李攀龙诗时，曾说：

其不幸而以粗豪诞率标魔诗宗派者，正坐为谢榛、宗臣辈牵率耳。（评李诗《寄许殿卿》语。卷五，页三十四）

评梁有誉《暮春病中述怀》诗时亦说：

如此乃可许之壮。钱世仪精神满腹，原非夯也。如谢榛诗：檄出汉中鸦作阵，角吹岭上马嘶声；徐中行诗：芙蓉剑口星文乱、霹雳车前杀气横；宗臣诗：青山一战残鼙鼓，落日千家泣绮罗。但夯而已，何壮之有？壮者如骏马，才蹍地即过；夯者如笨水牯，四蹄入泥一尺。晚唐末流，有罗隐、李山甫、胡曾者，皆夯货也。宗、谢辈正是渠老牸下犊子耳。（卷六，页二十）

所以在《明诗评选》之中，王夫之根本就不选取谢榛、宗臣、徐中行（1517—1578）等人之诗。

王氏对竟陵诗之批评尤烈，如评陈子龙诗《江南曲》云：

崇祯初，竟陵恶染横流。（卷一，页十五）

就诗评有关文字来看，王氏不满竟陵者，在它尽废拟古，封正始元音，而提倡淫媟市巷之语。评钱宰（1299—1366）之《拟客从远方来》说：

《十九首》旷世独立，固难为和。然以吟者心理求跻已怀于古志，而以清纯和婉之心将之，古人亦无相拒之理。李于鳞辈心理不逮，求之无端，竞气躁情，抑不相称，固已拙矣。竟陵复以浮狭之识，因于鳞而尽废拟古，是惩王莽而禁人之学，周公不愈悖乎？且竟陵于《子夜》、《读曲》，一切淫媟市巷之语，字规句矩，而独以一丸泥封正始之音，安在其舍拟议以将性情邪？（卷四，页十九）

王氏对他们提倡幻、归、怀、遇、觉、肃、钦、澹、静、之、乎、其、以、孤光、太古等字亦持批评态度，如评顾开雍《游天台歌》说：

清密如一，尤妙在作恍惚语，仍不入幻。竟陵倡一幻字，误人不少。（卷二，页二一）

评袁宏道《和萃芳馆主人鲁印山韵》说：

钟、谭则有归、怀、遇、觉、肃、钦、澹、静、之、乎、其、以、孤光、太古等字，舍此则……钟、谭更无可言诗矣。（卷六，页二八）

因此讥刺竟陵有苦言而无深旨，如评高叔嗣《宿香山僧房》说：

排心惜句，得中、晚之髓，亦大不易。如竟陵一派，有苦字无深旨，又乌足以望中、晚哉？（卷五，页二七）

讥刺竟陵淫甚媟甚，而无韵致，如评刘涣《绝句》说：

韵胜即雅，竟陵淫媟已甚，亦由韵不足耳。（卷八，页七）

评石赛《秋夜》说：

深夜始多梦，初获语，不入荒淫。后来竟陵喜效此，非淫则荒，雅郑之分在此。（卷四，页二五）

并讥笑竟陵诗人为措大，如评赵南星《灌园》道：

衣食生君臣，忠孝复何有？使纳入《诗归》中，必为钟、谭所推奖。然钟、谭实不知此种语有风雅者，有酸馅者，作何分别。一以灵快赏之，走死措大于判棒，何嗟及矣！（卷四，页三八）

评王世懋（1536—1566）《横塘春泛》道：

关情是雅俗鸿沟，不关情者，貌雅必俗。然关情亦大不易。钟、谭亦未尝不以关情自赏，乃以措大攒眉市井附耳之情为情，则插入酸俗中为甚。情有非可关之情者，关焉而与当，于关又奚足贵哉！（卷六，页二一）

但于钟、谭二人，王夫之又有明显高下之判别，稍微肯定谭友夏而更加排斥钟惺，用王氏的话说，就是还需要在泾水之中分出泾中之渭。评谭友夏《安庆》道：

人自有幸有不幸，如友夏者，心志才力所及，亦不过为经生，为浪子而已。偶然吟咏，或得慧句，大略于贾岛，陈师道法中依附光影，初亦何敢以易天下。古今初学诗人如此者，亦车载斗量，不足为功罪也。无端被一时经生浪子，挟席下之姿，妄篡风雅，喜其近己，翕然宗之。因昧其本志而执牛耳。正如更始称尊，冠冕峨然，而心怀忸怩，谅之者亦不能为之恕已。伯敬自是种性入魔，佛出世亦不能度。友夏为其所摄，狂谬中尚露本色，得良友挟持之，观可与陈仲醇、程孟阳并驱。其不能尔，且不至作蛇虎夜深求忏度，估客孝廉佯不问，遥天峰没却如空，等语。而伯敬公然为之，曾为愧耻。言钟、谭者，不可不分泾中之渭也。（卷七，页八）

所以王氏于《明诗评选》中，还选取谭友夏诗作1首而全不取录钟惺诗。

四

由于不满文坛树立门庭及严苛批评明诗三变的有关诗人作品，王夫之对那些能不受这种诗风影响的诗人及诗作就力表赞扬。在评蔡汝楠（1516—1555）《报恩寺塔》时，他就盛赞蔡氏能独立于七子之外，不为所染：

安顿清圆，方可许之雄丽。以此输攻历下，直令墨守无权。白石自一代伟人，如裴晋公立元稹、白敏中间，正以矜度压其躁竞。（卷五，页三三）

又评蔡氏另一首《晚过施子》时也说：

用事无用事气，收落自然。王元美讥公诗晚攻钱、刘，正皮相此等诗耳。且白石即攻钱、刘，亦踞钱、刘上，不至如弇州屈膝苏子瞻、陆务观檐下也。公与皇甫子安，力摩琅琊之垒，雅道乃有中兴之望。（同上）

评王韦《芙蓉阁》时说：

文心笔妙，独立弘、正间，真舞鹤之视斗鸡也。（卷五，页二二）

赞祝允明及一些诗人之不苟同何景明、李梦阳，于评其诗《述行言情诗》“绩勋惟在力”一首时说：

空千年，横万里，仅有此作。要一一皆与汉、魏人同条共线。当枝山之时，陈、王讲学，何、李言诗，不知俱但拾糟粕耳。真理真诗，已无有容渠下口处。（卷四，页二七）

又评同诗“高闳众祥集”一首说：

弘、正间，希哲、子畏、九逵领袖大雅，起唐、宋之衰，一扫韩、苏淫诐之响。千秋绝学，一缕系之。北地、信阳尚欲类频而争诚，何为邪？（同上）

赞出自王世贞门下而又能不受其影响之张元凯说：

古诗一脉，斩于嘉、隆。此公亦弇州门下客，不肯投入伪建安胎中，独留心敛从纵，虽未备体古人风旨间，一扣高、岑之垒，乃其绍高、岑以入汉、晋，固非弇州所知也。……知此则知左虞非仅弇州门下客矣。（评张氏《志别》诗语。卷四，页三八）

甚至将徐渭诗矫枉过正之处理，亦归咎于王世贞，如评徐渭《侠客》：

安祥包孕，文长固有此古人手笔。顾以弇州标伪建安之目，笼罩天下士。文长傲岸，不屑入其篱下，矫枉过正，遂以唐、宋人刻划飞扬之体，唯恐七窍不即凿死，大损五言风轨，故欲按文长称兵之过，先诛弇州激变之辜。（卷四，页三八至三九）

而赞朱阳仲《长门怨》诗时说：

不可竟作比锐，即此是述情事，即此似可作比。空微想象中，忽然妙合，必此乃办辨（辨）作诗。嘉靖中，天下自有如此人才，不向弇州挂籍，弇州亦收渠不得。（卷八，页十八）

可知他对能独立于门派之外有识之士的高度推崇。

王氏对不受竟陵影响之诗人诗作也是如此，如评徐渭《写竹赠李长公歌》云：

四句后不复及写竹，末虽叙明亦不缴上意。此是要离焚妻子手段。仙才侠骨，驰骋风云。自有醋（措）大以来，能不醋（措）者，渭一人而已。（卷二，页十六）

故称赞陈子能（1608—1647）之力挽竟陵狂流：

崇祯初，竟陵恶染横流，卧子鸣孤掌以止狂波，才实堪之，不但志也。（评陈氏《江南曲》诗语。卷一，页十五）

也于评李雯诗《古别离》时盛赞陈子能、李雯等云间诗人之功：

不序事，不发议。一色以情中曲折立宛转之文。此道自竟陵椓丧殆尽，云间起白骨而肉之功，不在岐黄下矣。（同上）

相反，类如七子、竟陵之讲宗派、倡狂傲等陋习的其他诗派或诗风，也遭到王氏的抨击，如对景泰十子，王夫之评屠隆（1542—1605）《重遇桃江别业》时说：

生来自带侠氛、逸氛，以学青莲即得，亦当看其细润高简处。景泰中有十狂人，自号才子，唯粗燥烦沓耳。正于此争雅俗一大疆界。（卷二，页十二）

评桃花仕女《绝句》说：

景泰时，风雅道绝，如刘溥，汤胤勣之流，自称才子者，即以十斛纯灰，涤其肺肠，亦不能得。（卷八，页二六）

而对启景泰十子之陋或受景泰十子影响的诗风，也力加苛评，如评解缙《怨歌》云：

藏吐有风裁。永乐初，大绅光大风韵自存。向后诸公，采掇近似套语以供应制，而诗遂为之绝，以启景泰十子之陋，将道泰则文否，两者不并立乎。（卷一，页十）

评桑悦《感怀》云：

成、弘之际，风雅道展，上沿景泰十狂人之陋，一切以嚣凌卤莽相长。（卷四，页二六）

对林鸿等所提倡之闽派诗[8]，王氏亦表反感，如评林鸿之《塞上逢故人》云：

子羽，闽派之祖也。于盛唐得李颀，于中唐得刘长卿，于晚唐得李中。奉之为主盟，庸劣者翕然而推之，亦典高廷礼互相谁戴。……一千秋以来，作诗者但向李颀坟上酹一滴酒，即终身洗拔不出，非独子羽、廷礼为然。子羽以平缓而得沓弱；何大复、孙一元、吴川楼、宗子相辈，以壮激而得顽笨；钟伯敬饰之以尖侧，而仍其莽淡；钱受之游之以圆活而用其疏梗；屡变旁出，要皆李颀一瞪所染。他如傅汝舟、陈昂一流，依林、高之末焰，又不足言已。吾于唐诗深恶李颀窃附孔子恶乡愿之义，睹其末流，益思始祸。区区子羽者流，不足诛

已。（卷五，页十三至十四）

评王偁《晚宿双峰驿楼与故人陈哲言别》：

孟阳、子羽、安中、彦恢，皆闽诗鼻祖也。一瓣香俱从唐人拈起，便落凡近。而于唐人，又拣钱、刘为宗主，卑弱平俗，益不可耐，相对正令人生气都尽。（卷四，页二四）

评郑善夫《寒食与木虚登岃崱峰遂饯公衡》道：

闽中一派，昔乏英气，子羽、叔扬斯以不能长鸣艺苑。（卷六，页十七）

而评孙蕡（1334—1389）《南京行》道：

成化以降，姑苏一种恶诗，如盲妇所唱琵琶弦子词，挨日顶月，谜谈不禁，长至千言不休、歌行惫贱，于斯极矣。（卷二，页六）

他要求时人要善学杜以及批评不善学杜而造成诗风之陋习，也是如此，如评郑善夫《即事》时表示：

杜有上承必简翁，翁正宗诗有下开卢同、罗隐魔道诗。自非如继之者，必坠魔道，何仲默、傅木虚、谢茂秦，皆魔民眷属也。善学杜者，正当学杜之所学。（卷五，页二十）

此是要求后人应善学杜。王氏评杨基《客中寒食有感》时表示：

国初艺苑，以高、杨、张、徐并称四才。杨之于高，声气之交耳，殆犹富侩之视王孙，邸妓之拟闺秀，清浊异流久矣。蒙古之末，杨廉夫始以唐体杜学救宋之失。顾其自命曰铁，早已博战张拳，非廊清之大器；然其所谓杜者，犹曲江以前秦州以上之杜也。孟载依风附之，偏窃杜之垢腻以为芳泽，数行之间，鹅鸭充斥，三首之内，柴米喧阗。冲口市谈，满眉村皱。……呜呼！诗降而杜，杜降而夔府以后诗，又降而有学杜者，学杜者降而为孟载一流，乃栩栩然曰：吾学杜，杜在是，诗在是矣。又何怪乎近者山左两河之间，以烂枣糕酸浆水之脾

舌，自鸣风雅，若张、王、刘、彭之区区者哉！操觚者有耻之心焉，姑勿言杜可也。（卷六，页十）

也讥刺时人之学元稹、白居易、贾岛、孟郊等人诗。评祝允明《董烈妇行》道：

长篇为放元、白者，败尽。挨日顶月，指三说五，谓之诗史，其实盲词而已。（卷二，页八）

评徐渭《沈叔子解番刀为赠》道：

学杜以为诗史者，乃脱脱宋史材耳。杜且不足学，奚况元、白？（卷二，页十六）

评刘琏《自武林至丁郭舟中杂兴》：

国初诗，有直接魏、晋者，有直接初唐者，后来苦为伪建安，伪高、岑、李、杜一种粗豪抹杀，故末流遂以伪元、白，伪郊、岛承之，而泛滥无已，不可方物矣。（卷五，页一）

至于不满诗人落入李欣、许浑之窠臼者，前已言及，此不复述。

五

明、清选诗风气极盛，选录有明一代之作者也不少。单是明末清初这段时期，有钱谦益（1582—1664）的《列朝诗集》，陈子龙、宋征舆、李雯共同选批的《皇明诗选》，朱彝尊（1627—1709）的《明诗综》，彭孙贻的《明诗抄》等。各选者的诗观、选诗的标准不同，评诗的见解也不同。钱谦益不满七子，推崇高启、刘基，为贬斥七子，乃高尊七子之首李梦阳的老师李东阳的诗作，其去取标准，常遭后代论者、选诗者的非议[9]；陈子龙等选的《皇明诗选》，推崇前后七子之贡献，所以选七子中人之诗极多，李攀龙、何景明、李梦阳、王世贞等四人之诗，均居榜首，名列前十名者尚有谢榛、吴国伦、徐祯卿等人，羽翼前后七子者亦得到佳评[10]。朱彝尊的《明诗综》则采取折中平和的态度，所选诗人当中，诗数最多并名列前两名者，为高启和刘基；名列第三、第四者则为李梦阳与何景明[11]。王夫之《明诗评选》虽然推崇刘基和高启，而不满前后七子，有类钱谦益的《列朝诗集》，实则有很大的不同。王夫之论诗主诗有其特质，虽是言志，但言志并不能保证所写的必定成为好诗，关键在于是否能和缓出之，曲折出之；是否能神行象外，不着形迹，落人意想之外。因此，他不满以诗代史，不满以“诗史”一词来称誉前人的诗作，不满受钱谦益所极力推崇的夔州以后的杜诗，认为好诗多在《三百篇》，在汉魏，在初唐，他的选诗评诗的标准，主要就是依此在为据点出发[12]。

无论如何，从诗选中，我们不但可以察觉诗者的诗观，也可以了解选者选诗的标准以及他们对诗人诗作之具体批评。我之所以强调诗选的诗论价值，道理就在此点。于分析王夫之《明诗评选》后，我更坚定了我的看法。

注释：

【1】杨松年：《王夫之诗论研究》，台湾文史哲出版社，1986年。

【2】杨松年：《诗选的诗论价值：文学评论研究的另一个方向》，《中国古典文学批评论集》，香港三联书店，1987年，第74~108页。

【3】周调阳：《船山著述考略》，《王船山学术讨论集》，中华书局，1965年，第500页。

【4】湖南省博物院：《王船山年表》，《王船山学术讨论集》，第593页。

【5】王夫之：《船山全书》，上海大平洋书店，1933年。

【6】金陵刻本，上海太平洋书店排印本《船山遗书》均收有邓显鹤《船山著作目录》。

【7】王夫之：《姜斋诗话》卷下，《清诗话》，中华书局，1963年，第15页。

【8】闽人林鸿等倡唐诗，时称闽中十子。闽中十子指林鸿、陈定、唐泰、郑定、王褒、高棅、王偁、王恭、黄玄、周玄等人。袁表、马荧辑有《闽中十子诗》，《四库全书》本。

【9】王士祯《居易录》云：“牧斋訾謷李、何。则并李、何之友如王襄敏、孟大理辈而俱贬之；推戴李宾之，则并宾之门生顾文僖而俱褒之。他姑勿论，《东江集》，子所熟观，诗不过景泰、成化间拖沓冗长之习，由来谈艺家何尝推引？而遽扬之王子衡、孟望之之上，岂以至天下后世人尽聋瞽哉？”（该书卷二十）。

【10】杨松年：《中国文学评论史编写问题论析：晚明至盛清诗论之考察》，台湾文史哲出版社，1988年，第33~34页，第44~49页。

【11】同上注，第32~33页，第42~44页。

【12】有关王夫之于评选诗所持之诗论诗观，详见杨松年：《王夫之诗论研究》，台湾文史哲出版社，1986年。此不具述。

研究论诗绝句的意义
——以清代论诗绝句为例

20世纪70年代初期，当我在思考重新编写中国文学批评史问题时，曾经表示，文学批评研究所面对的一个重要问题是资料的掌握问题。文学批评史的作者，主要是依据过去批评者的书信、序跋、一些专书与论文、诗话等资料来整理与撰写历史，这是非常不够的。文学选集是过去文学批评者主要文学批评的结晶，这类作品数目众多，而且不少作品影响文风、思潮极大。当时不少文坛领袖为增强他们的影响力，乃操选政，多有选集之作。然而相对地说，中国文学批评史没有给予这些作品应有的地位。80年代及90年代初期，我多致力于文学选集的探讨工作，希望通过我的探讨，唤起文学批评研究者对这一文学批评文种的重视。在思考重新编写文学批评史的问题时，我也表示：论诗的诗作也是中国文学批评特有的文种，并且强调在中国论诗的诗作中，论诗绝句光辉灿烂的表现。当时我也呼吁文学批评研究者对这类批评体制的注意。1991年2月，北京人民文学出版社出版了《万首论诗绝句》，该书收录了文学批评前辈郭绍虞、钱仲联以及王遽常、林东海、宋红等人数十年辛勤搜集的数百家作者创作的论诗绝句近万首，共四册，洋洋大观。我在上海得到这部作品后，近五六年来都一直沉浸其中，也根据有关的材料先后完成了《杜甫〈戏为六绝句〉研究》、《姚莹〈论诗绝句六十首〉研究》两书以及多篇学术论文。我之所以沉浸在这些论诗绝句中，除了受到这类批评体制的吸引之外，更重要的是，我认为这是中国文学批评的主要与重要的体制，传统的文学批评研究不会给予这类批评体制应有的重视，以致所撰写的文学批评史或一些文学批评家的研究显得贫弱与不足。

论诗绝句这种文学批评体制，首创于杜甫。杜甫的《戏为六绝句》当然是后代论诗绝句的始祖，在他的《解闷十二首》、《复愁十二首》中，也有论诗之作。唐人除了杜甫之外，王维、李嘉祐、钱起、褚朝阳、秦系、窦牟、戴叔伦、李端、杨凭、司空曙、王健、刘商、杨巨源、韩愈、刘禹锡、吕温、李何、元稹、白居易、刘言史、孟简、徐凝、李涉、杨敬之、施肩吾、姚合、张祜、杜牧、李商隐、赵嘏、薛能、李群玉、贾岛、温庭筠、段成式、林宽、陆龟蒙、司空图、张乔、方干、罗隐、唐彦谦、周朴、郑谷、崔涂、韩偓、杜荀鹤、韦庄、张蠙、崔道融、李洞、李忠、孙元晏、王梦周、释贯休、释齐己等都有论诗绝句之作。在唐籍的记载中，还有伪托李白所作的论评杜甫的七言绝句之作《戏赠杜甫》。不过这些诗人的论诗之作，或者是在某一组诗中，一二诗篇涉及诗人诗作的讨论，或者是单篇诗作点到诗人名字而已，诗论价值不高。具有以组诗规模来进行议论的，只有白居易的《听歌六绝句》，但它是论歌，而非论诗。

到了宋代，徐铉、潘阆、苏舜钦、欧阳修、李觏、邵雍、张载、王安石、沈辽、苏轼、苏辙、黄庭坚、释道潜、米芾、张耒、晁补之、陈师道、韩驹、贺铸、吴可、龚相、盖屿、汪藻、陈与义、邓肃、朱松、王铚、方丰之、王十朋、林光朝、洪适、杨万里、陆游、陈傅良、辛弃疾、周必大、王质、周紫芝、朱熹、楼钥、袁说友、卢侍、赵蕃、王炎、叶适、刘过、张镃、戴复古、刘翰、陈藻、陈造、曹彦约、刘宰、程公许、史弥宁、刘克庄、王庭珪、韩淲、方岳、宋伯仁、许棐、周弼、胡仲参、陈鉴之、徐集孙、刘翼、叶因、朱南杰、杨梦信、俞桂、张蕴、萧立之、徐瑞、裘万顷、林景熙等人也有论诗绝句之作。纵观宋代的论诗绝句，在写作上，参与的诗人比唐代多了一些，写作者也更专注和灵活地运用了这一体制。吴可、龚相、王镃、赵蕃、戴复古、史弥宁、杨梦信、萧立之、徐瑞等将学诗或诗法和参禅关系结合起来的言论，对当时的诗论产生了重大的影响。其中戴复古的《论诗十绝》[1]，被誉为杜甫《戏为六绝句》之后受杜甫影响的两大论诗绝句之作的其中一部[2]。另一部作品是金代元好问的《论诗三十首》。凭心而论，戴复古的《论诗十绝》固有其特色，但论到对后代的影响，是远远不及元好问之作的。

金、元、明三代，金的时间虽短，但也出现了一些论诗绝句作者，如周昂、王若虚、元好古、房暭、元好问、张炜等。元好问《论诗三十首》对后代论诗绝句的重大影响，已为文学评论界全面肯定。他的其他论诗绝句之作，如《论诗三首》、《答俊书记学诗》、《自题二首》、《自题〈中州集〉后五首》等，也常受到后代文学评论研究界的征引。当时其他作者如王若虚的作品，也是文学评论研究界重视的研究资料。元代的论诗绝句乏善可陈，当时的作者有：王义山、刘秉忠、方回、刘因、贡奎、柳贯、虞集、吾衍、许有壬、王沂、李孝光、萨都剌、王逢、张昱、张玉娘等。方回的《瀛奎律髓》固然是文学评论的重要之作，但是他在论诗绝句的创作上并没有什么表现。明代的成果虽然不如唐、宋、金，当然更不如后于它的清代，不过几篇讨论诗与禅关系和评论诗人与诗作的作品，填补了当时的空白。前者如都穆的《学诗诗三首》、游潜的《和〈学诗诗三首〉》，被惠洪的《冷斋夜话》记载；后者如高启的《读韦苏州诗》、陈献章的《读韦苏州诗四首》、陈继儒的《读少陵集》等，颇引人注目。当时的论诗绝句作者有：高启、张羽、戴用、方孝儒、邱睿、陈献章、吴宽、都穆、徐祯卿、郑善夫、游潜、李濂、杨士云、许相卿、王世贞、陈继儒、万家春、谢肇淛、胡应麟、谢如珂等。都穆、徐祯卿、王世贞、胡应麟等虽然都有诗话之作，可是在论诗绝句的创作上，并没有相应的积极的发挥。

论诗绝句这一文学评论体制，在清代达到空前也可以说是绝后的高峰。不论就量还是就质上说，都较前代有巨大的突破。郭绍虞、钱仲联等编写的《万首论诗绝句》中，所载录的诗人和诗篇的数目，属于唐代的有57位诗人的157首，属于宋代的有77位诗人的358首，属于金代的有6位诗人的63首，属于元代的有16位诗人的26首，属于明代的有18位诗人的51首，而大部分是清人作品，特别是清代中叶以后的产物。

在论诗绝句的创作上，清代可以说是一个辉煌灿烂的时代。从体制的层面说，这时期的论诗绝句已从杜甫六首论诗绝句、戴复古的十首论诗绝句、元好问的三十首论诗绝句发展到超越三十首，甚至达到数百首的数目，蔚为中国论诗绝句史的大观。

一、清代论诗绝句的带动者：钱谦益与王士祯

清代的论诗绝句，在清初的钱谦益与王士祯的引导之下，积极发展了杜甫《戏为六绝句》与元好问《论诗三十首》的论诗评诗模式，使得这种论诗的机制更加丰富多姿，也更能从多方面探讨与批评诗作的问题。论诗绝句探讨诗作问题基本上有两种模式，其一是这类文体创始者杜甫《戏为六绝句》的模式，以组诗批评某些作者，批评诗风，也检讨诗歌创作的问题；其二是元好问的模式，以规模更大的组诗，拟写历代的诗人对话，批评历代的诗人与诗作。清代的论诗绝句是在清初的钱谦益与王士祯的带领之下发展起来的。在体制上，钱谦益受杜甫的影响较大，王士祯受元好问的影响较深；在诗意与诗句的承用上，杜甫与元好问对清代论诗绝句都有重大的影响。

在钱谦益之前，自唐至明的论诗绝句，除了元好问的有关作品之外，多数或者是停留在读诗后感受的抒发上，或者只是集中在对时人或前人的诗作、画作的题词上，其中或有一些针对诗歌原理问题表示意见的诗篇，如宋吴可的《学诗三首》、龚相的《学诗三首》、明都穆的《学诗三首》等，涉及诗与禅道关系的问题，但为数不多。元好问是一个有着高度智慧的人物，他深切地了解论诗绝句组诗的功能，并极力从杜甫论诗绝句的框套中脱颖而出。在论诗绝句之作《论诗三十首》中，他“相当完整地评述了汉魏以来，下迄宋季，一千余年间的作家作品、诗派诗风，以作家论为主，然艺术创作原理亦时有涉及”[3]。

钱谦益显然见及元好问《论诗三十首》特殊之处，同时他研究杜甫诗，也受杜甫《戏为六绝句》的影响，于是在主要尊重杜甫又兼顾元好问《论诗三十首》体制的情况下，撰写了《姚叔祥过明发堂论近代词人戏作绝句十六首》来论评明末的一些诗人与诗作。从钱氏的这组论诗绝句可以见及，他仿效元好问的体例，基本上以论评作者为纲来评述晚明的诗人，然而仔细分析其诗作，其受杜甫影响的痕迹更为明显。如上述钱诗的诗题，即取用杜甫《戏为六绝句》中的“戏”字；诗句中更多取用杜甫此组诗的词语，其情况如下表：

《姚叔祥过明发堂论近代词人戏作绝句十六首》	《戏为六绝句》
嗤点前贤岂我曹	今人嗤点流传赋，不觉前贤畏后生
过都历块皆神骏	历块过都见尔曹
肯与钟谭作后尘	恐与齐梁作后尘
丽句清词堪大嚼	清词丽句必为邻
高杨文沈久沉埋	王杨卢骆当时体

至王士祯，则紧紧仿效元好问论诗绝句的体例进一步发挥，他不像杜甫，只停留于对一个短时期的诗作与诗人的漫论，而是较为严刻地评论历代的诗人与诗作，因此对后来清代的论诗绝句的影响更为巨大。这可以从以下几个方面说明：

（一）

就诗题的层面说，王士祯首先以诗题标明“效元遗山论诗绝句”。此后清代论诗绝句，题作效元遗山论诗绝句或仿遗山体的，就不下三十种，马长海、袁枚、尹嘉年、谢启昆、程尚濂、张晋、彭光澧、叶绍本、吴应奎、况澄、潘德舆、韩印、虞鈖、唐仁寿、林枫、朱彭年、冯煦、苏念礼等有这类诗题的作品。其中谢启昆的论诗绝句，或论唐诗，或论宋、元诗，或论金诗，或论明人诗，都直题为仿遗山之作，更引人注目。而诗体不作效元遗山体或仿遗山体，却又仿效元好问论诗绝句体例之实的，数目尤多。宫尔铎更有这样的诗题，如《读元遗山王渔洋论诗绝句爱其文词之工惜其所言尚非第一义漫成此首以志知音》。此外，甚至有一些作品直接题明为仿王士祯之论诗绝句而作，如黄小鲁《楚北论诗诗：仿王渔洋论诗体三十二首》、方于谷《仿王渔洋论诗绝句四十首》。

（二）

就后代论诗绝句的序跋说，不少论诗绝句作者曾经表示元好问与王士祯影响他们写作论诗绝句，如舒位（1765—1815）的《瓶水斋论诗绝句二十八首》的序言说："元遗山撰《论诗绝句》，王文简尝仿之，嗣后诗家亦各有著于篇者。虽所见有异同，所造有所浅深，而习之既久，自不能已于言也。"[4]林昌彝（1803—1876）《论本朝人诗一百五首》也表示他的论诗绝句之作是参阅元好问、王士祯、袁枚（1716—1787）与蒋士铨（1725—1785）的同类创作之后而写成的。他说："金元裕之，本朝王渔洋，袁简斋，蒋苕生诸公，均有论诗，有尽当人意，亦有不尽当人意者。"[5]方廷楷《习静斋论诗百绝句》也说："论诗一体，首自元遗山。后人王阮亭，袁简斋均有是作。"[6]张晋写成论诗绝句六十首，附刻于《续尤西堂明史乐府》，刘汲在后记中表示："元遗山《论诗绝句》，渔洋仿之，久已脍炙人口。"[7]丁咏淇说明他之所以写作《论诗绝句》五十首，原因也是如此。《论诗绝句》序说："论诗绝句发源于杜陵，衍派于遗山，疏瀹决排于渔洋、尧峰、迦陵。余杜门闲居，耽情吟咏，窃欲为兹道推波助澜，蠡测所及，得诗五十首。"[8]邵堂也表示他的论诗绝句六十首是广元好问之意而作。他说："遗山论诗多主严刻，爰广其意，统总其贤。人系以诗，或隶以事，恐袭蹈虚之伪，仍戾汰冗之雅。"[9]黄维申也把他写作《论诗绝句四十二首》的触因归之于元好问与王士祯的影响。他说："元遗山论诗多主严刻，国朝王新城效其体，立论较精。若袁仓山、宋于庭诸公，专论近人之诗，亦皆抒其所见。春日课余，悉取三百篇以下迄于唐末诸家诗读之，心有所得，辄著之于篇，凡四十二首，汇而存之，仍遗山之名，题曰《论诗绝句》。"[10]所以王芝林《读渔洋诗》云："试读《论诗三十首》，阮亭心事接遗山。"[11]况澄《仿元遗山论诗三十首》云："放遗山作有渔洋。"[12]

（三）

就王士祯《戏仿元遗山论诗绝句》中的词语受到后代沿用的程度，也可以见及王士祯论诗绝句影响后代的情况。以王士祯这组诗影响姚莹《论诗绝句六十首》为例，可以了解其中的情形。

《戏仿元遗山论诗绝句》	《论诗绝句六十首》
中兴高步属钱郎	中兴风度忆钱郎
钟嵘去后殷璠死	边徐去后东桥死
笑煞谈诗谢茂秦	砂目谈诗谢茂秦
长城何意贬文房	仲文犹自逊文房
苦学昌黎未赏音	秋竹春兰是赏音
玉鹿风流自一家	摧廓榛芜又一家
绮语翻教诋白公	翻教杜曲误名流
缓步崆峒独擅场	说与张徐齐缓步
翩翩安定四琼枝	君胄翩翩发艳香
解识无声弦指妙	何当更说无声妙

二、研究清代论诗绝句的意义

清代诗论者在钱谦益与王士祯，特别是王士祯的带动之下，在论诗绝句的创作上，可以说出现了一个辉煌灿烂的时代。它的盛况与研究意义可以从以下几个方面说明：

（一）

清代诗论绝句在体制上获得空前甚至也可以说是绝后的蓬勃发展。杜甫所作论诗绝句只有六首，杜甫之后直至明末，这类体制作品超越三十首的，似乎只有元好问的论诗之作。这也是元好问之作显得极为特殊的地方。自从王士祯仿元好问之作，完成《戏仿元遗山〈论诗绝句〉三十五首》之后，这类体制就蓬勃发展起来。清代论诗绝句诗题直署仿元好问作的有：

作者	诗题	作者	诗题
王士禛	戏仿元遗山《论诗绝句》三十五首	翁方纲	论国朝人仿遗山体
谢启昆	读《全唐诗》仿元遗山论诗绝句一百首	谢启昆	读《全宋诗》仿元遗山论诗绝句一百首
谢启昆	读《中州集》仿元遗山论诗绝句六十首	张晋	仿元遗山论诗绝句六十首
彭光澧	论国朝人诗仿元遗山三十六首	叶绍本	仿遗山论诗得绝句廿四首
吴应奎	读明人诗戏仿遗山论诗绝句二十五首	程恩泽	仿遗山绝句答徐廉峰仁弟
况澄	仿元遗山论诗三十首	潘德舆	仿遗山论诗绝句论遗山诗二首
汪士铎	读金兀人诗仿元遗山论诗绝句	虞鈖	论六朝人诗绝句仿遗山体
唐仁寿	论六朝诗绝句仿遗山体	林枫	论诗仿元遗山体
朱彭年	仿元遗山论诗绝句	陈炽	效遗山论诗绝句十首
蔡邦甸	咏唐人诗仿元遗山论诗绝句	冯煦	论六朝诗绝句仿元遗山体
苏念礼	仿遗山绝句	尹嘉年	论国朝诗人仿遗山体
韩印	论白门近日诗人戏仿元遗山	将其章	论六朝人诗仿遗山体二首
袁枚	仿元遗山论诗三十八首	杨深秀	仿元遗山论诗绝句五十首

论诗绝句写作的数量也在元好问三十首的基础上急剧增加，创作三十首至四十九首作品的不少，有些作者甚至在写作超越百首以上的诗作，蔚为中国论诗绝句史的大观。

以下是清代写作论诗绝句三十首及其以上的作者：

组诗首数	作者
三十首至四十九首	王士禛（35首）、马长海（47首）、屈复（34首）、袁枚（38首）、王昶（46首）、朱炎（30首）、张玉谷（40首）、彭光澧（36首）、柯振岳（39首）、吴应奎（35首）、沈彩（49首）、叶廷管（32首）、况澄（30首）、杨秀鹭（30首）、朱庭珍（49首）、萧重（33首）、沈寿榕（31首）、高彤（40首）、黄维申（42首）、陈衍（30首）、邱晋成（36首）、黄小鲁（32首）、林思进（30首）、朱应庚（32首）、邓镕（30首）、蒋士超（43首）、袁翼（38首）
五十首至九十九首	焦袁熙（52首）、张晋（60首）、姚莹（60首）、张之杰（52首）、毛国翰（52首）、杨浚（90首）、许奉恩（99首）、杨深秀（50首）、徐嘉（57首）、袁翼（60首）
百首或以上	钱陈群（100首）、林昌彝（105首）、冯继聪（571首）、方廷楷（100首）、廖鼎声（198首）、沈景修（100首）、郭曾炘（124首）、陈芸（221首）、陈融（311首以上）

除了上举诸家之外，谢启昆系列论诗绝句之作，数量在二十四首至二百首之间，成绩斐然可观，作品计有：《读〈全唐诗〉仿元遗山论诗绝句一百首》、《读〈全宋诗〉仿元遗山论诗绝句二百首》、《读〈中州集〉仿元遗山论诗绝句六十百首》、《五代诗话后三十首》、《书周松霭〈辽诗话〉后二十四首》、《论元诗绝句七十首》、《论明诗绝句九十六首》等。

这些论诗绝句的价值并不只是在量上的可观而已，更重要的是它的运作以及运作下所呈现的成果，有关这一点，将在下文进一步论及。

（二）

清代论诗绝句的讨论范围多方面扩大。杜甫的《戏为六绝句》重在批评文坛现象，端正一些评论者对前代作者的偏激态度，同时也说明文学优良传统与如何学习前代作者等问题。后来的一些论诗绝句作者如宋代戴复古等人基本上是继续他的道路。然而打开《万首论诗绝句》，进入眼帘的大多数是受元好问论诗绝句影响的诗例。元好问所论的是自曹魏以后的历代作者，清代多数论诗绝句作者也延续元好问的路线。这种影响不仅限于理论与批评的层面。譬如说，元好问的《论诗三十首》，重在批评历代诗人，清代不少论诗绝句也是如此。从另一个角度说，即使是元好问《论诗三十首》的结构，影响清代也不小。例如元好问的《论诗三十首》在第一首以历代诗作繁盛众多，没有什么人来分辨其中的正体与伪体，而他愿意以“疏凿手”的姿态来进行这方面的工作为引后，就从第二首起展开评述历代诗人的工作。清代的论诗绝句作者也是如此。如焦袁熙的《论诗绝句五十二首》，以前两首强调诗作表露自然真情的重要性之后，遂在第三首开始评论自阮籍至明末的诗人；屈复的《论诗绝句三十四首》在第一首说明论诗须重“源头水”，而他所认为的“源头水”为孔子的文学观之后，乃评论自汉李陵、苏武至清王士祯等诗人；姚莹的《论诗绝句六十首》以前两首诗为引起，先在第一首通过对昭明《文选》与挚虞《文章流别论》的评论，肯定文学批评的作用，以及在第二首用他十年学诗的经验为例，强调《风》、《雅》

才是正确的写作路线之后，从第三首开始，乃评论自曹丕与曹植至明末清初的诗人屈大均、陈恭尹、梁佩兰。元好问《论诗三十首》的中间二十八首，漫论自魏曹植、刘祯至宋陈师道等诗人。诗人排列基本上依诗人年代先后序次。焦袁熙《论诗绝句五十二首》的中间四十九首，漫评自晋阮籍至清初学习西昆体的冯班等诗人，评述诗人序次，虽没有元好问的严谨，但也有一定先后的排列。屈复《论诗绝句三十四首》的中间三十二首，漫论自汉苏武、李陵至清王士祯等诗人，序次排列颇为谨严。姚莹《论诗绝句六十首》的中间五十四首，细论魏曹丕、曹植至清初屈大均、陈恭尹、梁佩兰等诗人，序次也是依据诗人年代的先后。不过一些论诗绝句，有稍微脱离元好问模式的现象，也就是全组诗没有“引起”的诗句，一开始就直接评论诗人。从这些论诗绝句，我们见及清代作者在批评历代诗人的处理上，基本上是依据元好问的体例，但在批评实践中，又有一些不同。例如有的论诗绝句作者以汉苏武、李陵开先，有的以魏曹丕、曹植开先，有的以晋阮籍开先，有的以晋陶渊明开先，有的从唐代论起，这反映了不同论诗绝句作者对诗之发展本源的不同认识。在结构上，元好问《论诗三十首》在评论历代诗人后，最后一首以自嘲的方式总结全诗。这对清代论诗绝句也有不小的影响。如焦袁熙《论诗绝句五十二首》的最后一首，批评当时诗人名利熏心、淹没真情，从而慨叹：“乾坤岂是无清气，不值诗脾可奈何？”屈复《论诗绝句三十四首》的最后一首，以轻松笔调自谦地说明他的论诗绝句之作为：“好花一树几枝红，只在佳人采择中。辛苦世间莽儿女，拾将零落骂春风。”姚莹《论诗绝句六十首》则以最后四首作结，态度严肃，先赞赏三部唐人所选的唐诗集《中兴间气集》、《河岳英灵集》及《极玄集》，表示他对选集在中国文学批评史地位的肯定；又从芸芸众多的前代诗人中，特别标举杜甫、韩愈与苏轼，以此总括他对诗人的见解与对诗作功能的看法。

最后一首多用禅语，显示他们除了肯定《风》、《雅》之诗旨外，也同意禅道在诗歌创作中的重要性。评论历代诗人与诗作的论诗绝句，当然不只以上所说的数种，实际上，况澄的《仿元遗山论诗三十首》、李希圣的《论诗绝句四十首》、张晋的《仿元遗山论诗绝句六十首》、柯振岳《论诗二十八首》、邵堂《论诗六十首》、朱庭珍《论诗四十九首》、黄维申《论诗绝句四十二首》、许奉恩《兰苕馆论诗九十九首》、邓镕《论诗三十首》等也是如此。这些作者，很明显地是希望通过这种论诗体制来和历代主要诗人对话，对这些诗人进行评价。

清代论诗绝句，仿元好问评论诗人，但只议论一代诗作的也非常之多。如冯煦的《论六朝诗绝句仿元遗山体》和唐仁寿的《论六朝诗绝句仿元遗山体》论六朝人诗，冯继聪的《论唐诗绝句》和谢启昆的《读〈全唐诗〉仿元遗山论诗绝句一百首》论唐代诗人，钱陈群的《宋百家诗存题词一百首》和谢启昆的《读〈全宋诗〉仿元遗山论诗绝句二百首》论宋代诗人，汪士铎的《读金元诗仿元遗山论诗绝句十二首》和袁翼的《论金诗三十八首》及《论元诗六十首》分论金、元诗人，张之杰的《读明诗五十二首》和姚椿的《读明人诗戏仿遗山论诗绝句三十五首》论明人诗，林昌彝的《论本朝人诗一百五首》和彭光澧的《论国朝人诗仿元遗山三十六首》论清代诗人。这些作品，有的简直可以作断代诗史来看，举谢启昆的《读〈全唐诗〉仿元遗山论诗绝句一百首》与《读〈全宋诗〉仿元遗山论诗绝句二百首》二书为例。前者评论唐代诗人，基本上依诗人年代先后为排列次序，所批评的诗人达八十五人，多数诗人每人一首，唯李白、杜甫、韩愈、白居易各四首，元稹、杜牧、李商隐各两首，合一百首。能为这些诗人写作超越一首的论诗绝句，也可以视为谢氏对他们的看重。后者评论宋代诗人，也是依诗人年代先后为排列次序，所批评的诗人达一百七十三人，基本上也是每人一首，只有苏轼八首，欧阳修、黄庭坚、姜夔各四首，梅尧臣、秦观各三首，杨亿、王安石、陈师道、范石湖、杨万里、尤袤、陆游各二首，合两百首。从这两种论诗绝句组诗，我们可以看出，谢启昆撰写作品是有一番策划的，这可由以下几方面见及：第一，谢启昆说为唐代诗人写一百首绝句，为宋代诗人写两百首绝句，所举的都是实数，而非虚数。第二，所写的诗人，都是依诗人年代先后为排列次序的。第三，那些他为之写超过一首论诗绝句的诗人，都是他特别肯定的诗人，而且所写绝句多少，也反映他对这些诗人的看法。如他为李白写了四首作品，在诗句中，他如此地称赞李白："李侯佳句似阴铿，天上珠矶咳唾成。"又云："古风哀怨激骚人，删述千篇接获麟。"称赞杜甫云："文章于道未为尊，作者寥寥孰共论？笔力直教余地破，读书万卷是根源。"又以韩愈可颉颃李白与杜甫，云："李杜光芒万丈长，乾坤刻划摆雷硠。元和圣德平淮颂，硬语盘空欲颉颃。"论白居易则云："鸡林争售香山句，老妪能为学士歌。我听琵琶江上曲，青衫千古泪痕多。"

一些清代作者在撰写一代的论诗绝句时，其抱负并不只是反映一代的诗歌那么简单。像谢启昆，当他在撰写《读〈全唐诗〉仿元遗山论诗绝句一百首》与《读〈全宋诗〉仿元遗山论诗绝句二百首》时，实际上是在进行他的系列工作计划的一部分而已。他的整体工作计划是以断代的诗歌为基础，企图与整个中国诗歌发展的历史对话。为了这个宏愿，他先后完成了《读〈中州集〉仿元遗山论诗绝句六十首》、《书五代诗话三十首》、《书周松霭〈辽诗话〉二十四首》、《论元诗绝句七十首》及《论明诗绝句九十六首》等作品。从纵线看这些作品，可以说谢启昆所论，已含括自唐至明的诗人与诗作。而且为每一代所写的论诗绝句，少的二十四首，多的达二百首，可说是一项极大的工程。谢启昆拟通过系列论诗绝句与整个中国诗史对话的宏愿，在他的弟子邵志纯在《读〈全宋诗〉仿元遗山论诗绝句二百首》附志的一段话中有清楚的反映。他说："吾师方伯谢公尝有《论唐诗绝句》一百首，近读宋诗，又得《论诗绝句》二百首，选言居要，记事钩元，沨沨乎皆大雅之音。子舆氏言诵其诗，读其书，不知其人可乎？公之诵诗而论世，殆与史学相表里欤。夫论诗莫盛于遗山，而少陵集中'不废江河''别裁伪体'诸诗，实开其先。少陵号称诗史，而公之论诗，即公之所以论史；公之论史，亦即公之所以为政。公固不仅以诗见也。"【13】

清人在论诗绝句上，极力开拓讨论范围的努力还不止于此。在论诗绝句作品中，也有专论某个地区的诗人与诗作的，如颜君猷的《论岭南国朝人诗绝句》、黄培芳的《论粤东十绝》、谢章铤的《岭南杂诗》，评论广东诗人之作；张祥河的《论楚诗十二首》评论湖南人诗；张祥河的《粤西论诗九首》评论广西人之作；黄小鲁的《楚北论诗诗》评论湖北人诗；杨浚的《论次闽诗》、谢章铤的《读〈全闽诗话〉杂感五首》及《论诗绝句》评论福建人之作；秦锡田的《沪上论诗绝句》评论上海人诗；柳商贤的《苏州论诗绝句》评论苏州人诗；岑振祖的《读〈姚江逸诗〉前后集得七绝二十六首》、谢章铤的《杭州杂诗》评论浙江人诗；蒋师辙的《青州论诗绝句》、于祉的《论国朝山左诗人绝句十二首》评论山东人诗；毛翰丰、傅世洵、范溶、林思进和邱晋成分别以《论蜀诗绝句》为题的论诗绝句评论四川人诗；吴仰贤的《偶论滇南诗》评论云南人诗；胡奂的《论江西诗派绝句十五首》评论江西人诗。钱仲联认为这类作品“可以作为地方文学史的重要参考数据”，实不为过。以某个地区诗人与诗作为对象而作的论诗绝句中，值得一提的是廖鼎声的《拙学斋论诗绝句一百九十八首》与谢章铤的《论诗绝句三十首》。廖鼎声的《拙学斋论诗绝句一百九十八首》，专论从唐代至清代的粤东诗人与诗作，其中包括总论一首，论唐人六首，论五代人一首，论宋人十三首，论明人二十一首，论国朝人七十四首，补作论国朝人诗七十八首，缀以论诗成后自题二首。作者在诗作的序言中表示：“昔元遗山作《论诗绝句》，渔洋尚书仿之。兹予所作，皆论吾粤自唐迄今诗，成于庚申之岁。”[14]谢章铤的《论诗绝句三十首》则专门写作福建一地自欧阳詹至清刘家谋等诗人。两诗所涉及的地方诗人甚多。从他们诗前所写的序言可以知道，两位论诗绝句作者在写作论诗绝句前对有关地区诗歌发展的历史作过一番功夫深入的了解，如谢章铤为写作闽诗论诗绝句，曾探研闽诗过去发展的情形，他说：“闽登第始于薛庶子，而文章名世，始于欧阳四门。五代徐正字、黄推官辈，各以风雅显。宋则杨文公为大宗，西昆之体，直继玉溪。其后道南启教，不重词华，然朱子五言醇穆有古意。至季世月泉吟社谢皋羽主坛坫，连文凤之才，亦远过于江湖诸人。明则林子羽倡其首，诸子为羽翼。高廷礼《唐诗品汇》一书，其所分初、盛、中、晚，举世胥奉为圭皋，而闽派成焉。继则郑少谷振杜陵之绪，曹石仓有盛唐之音，不绌于王、李，不染于钟、谭，风气屡变，而闽派弗更。虽曰囿于方隅，然不可谓非强立者。至国朝则许天玉、张无闷、黄莘田诸老，尤彬彬称雅才焉。”[15]此外，批评过去文献在搜集资料上出现的偏差，如廖鼎声《拙学斋论诗绝句一百九十八首》云：“甚矣吾粤文献之失据也！即诗而论，唐以前无征，而有元一代主中华近百年，亦无一可稽者。非以僻远之故，声气不易通于时欤？沈归愚尚书有国朝及明诗《别裁集》，流传最广，顾四百年间，采风不及于粤。”[16]谢章铤也论评资料搜集工作：“近人郑杰所刊《全闽诗录》，又复抉择弗精，是一憾也。其论诗诸作，若杭大宗之《榕阴诗话》，徐延祚之《闽游诗话》，率多挂漏踳驳。最善者则郑荔卿之《全闽诗话》，征引数十百种，条举件系，其体本于《资暇录》、《日下旧闻》，诚著书之雅裁，而谈艺之渊萃也。”[17]对一些史料的失佚他深觉痛惜，谢章铤论闽诗的搜集情况云：“所惜《闽川名士传》、《闽南唐雅音》诸书俱佚，徐兴公之《晋安风雅》，林从道之《白云诗选》，仅存副本，亦不甚显。”[18]这些论诗绝句作者，对所搜集的地区诗作的诗论价值，深具信心；也对他的论诗绝句在改变时风的气习上，怀有厚望。廖鼎声在写作论诗绝句后表示：“论诗之作，或有补于阐发未可知。后之君子，尤宜鉴区区之苦心，而一洗从前轻薄诋讥之故态，以崇朴学而轨正声。”[19]

也有专门评论闺秀之作的，如汪端的《论宫闺诗十三首和高湘筠女史》、张佩纶的《论闺秀诗二十四首》、沈采的《论妇人诗绝句四十九首》、陈芸的《小黛轩论诗诗》等。这些评论闺秀之作的论诗绝句，为我们保存了非常难得的妇女作者的数据。许多妇女作者的名字，不见于诗歌选集，不见于史书传记，但能够在这些论诗绝句中找到。更难得的是，如陈芸的《小黛轩论诗诗》，不但评论妇女诗作众多，共二百余首，而且还为所评论的妇女作者撰写小传。依钱仲联的思考逻辑，这些作品当然也是妇女文学研究的重要资料。

清代论诗绝句也有读评论《诗经》的，如虞景璜的《读葩经杂咏四十二首》、苏宗经的《读〈诗经〉》；有评论《楚辞》的，如鲍之芬的《读〈楚辞〉感赋》、方观承的《读〈离骚〉六绝句》；有评论《文选》的，如殷兆镛的《读〈文选〉》。关于读诗话后之感想的或纯讨论诗话的也不少，如讨论《随园诗话》的就有袁寿龄的《阅〈随园诗话〉》、王蒙篆的《重读〈随园诗话〉》、李雨及的《读〈随园诗话〉》、钟廷瑛的《阅〈随园诗话〉题后》、章学诚的《题〈随园诗话〉》、柯振岳的《题〈随园诗话〉后》；讨论《沧浪诗话》的有黄承吉的《偶题〈沧浪诗话〉》；讨论《全唐诗话》的有王元鉴的《〈全唐诗话〉杂咏》；讨论《雨村诗话》的有徐时栋的《病后读〈雨村诗话〉》；讨论《全闽诗话》的有谢章铤的《读〈全闽诗话〉杂感》；讨论《辽诗话》的有陈广宁的《题周松霭先生〈辽诗话〉》；讨论《五代诗话》的有李国柱的《读〈五代诗话〉题南唐后主二绝句》；讨论《谈龙录》的有茹纶常的《题〈谈龙录〉》、祁寯藻的《书赵饴山〈谈龙录〉后》；讨论《带经堂诗话》的有陈得善《书〈带经堂诗话〉后四首》。

也有一些论诗绝句是为响应论者批评的言论而发，如苏宗经《笑评诗者》讥笑评诗者水平低劣，只能见及作品的表面，不能认识其精髓："无奈选才非伯乐，纵逢骐骥只看皮。"柳弃疾《妄人谬论诗派书此折之》批评江西诗派的评论者："诗派江西宁足道，妄持燕石诋琼琚。平生自有千秋在，不向群儿问毁誉。"有关陆游为韩侂胄作《南园记》事更在论诗绝句中引起热烈的议论。王昶《舟中无事偶作论诗绝句四十六首》讥刺陆游作《南园记》云："跃马弯弧志渐衰，归朝且喜近三台。已成太傅生辰颂，更擅《南园》作记才。"认为此作为与陆游爱国思想与行为不符。柳弃疾不满意王昶的意见，作论诗绝句《王述庵论诗绝句诋諆放翁感而赋此》云："放翁爱国岂寻常，一记《南园》目论狂。倘使平原能灭虏，禅文九锡亦何妨。"除了王昶与柳弃疾的意见外，秦焕《陆放翁》云："一腔忠义发文章，绝代清才富锦囊。独惜南园轻落笔，千秋人议蔡中郎。"张洵《书陆放翁南园记后》云："晚节寒香不可寻，太师未旨老山林。营成郿坞身安在？孤负中郎谲谏心。"又云："归去山阴谢俗喧，懒将文字颂平原。诗人遗憾俱难补，惆怅南园又沈园。"金学莲《书陆放翁诗后》："山水严陵天下无，放翁真放极清娱。一时误作《南园记》，已觉高风让石湖。"姚椿《题剑南集后五首柬书田》云："杨陆诗名二妙齐，清新广大各端倪。无端涉笔《南园记》，国手翻成一着低。"又云："陆杨名字共推排，雅俗如何好共侪。惆怅南园荒草没，只应此事服诚斋。"李遐龄《跋渭南集》云："晦翁道义久相济，晚谬曾嗤绮用乖。若使南园休作记，未须头地让诚斋。"虽然也有为之辩者，如陈世庆《陆放翁集》："名重尤须定力持，平生出处见新诗。后人空议《南园记》，中有微辞世不知。"李绮青《读剑南集书后》云："扪虱当年气自雄，论交心折武夷翁。《南园记》亦寻常语，何至时人比马融。"谢启昆《读〈全宋诗〉仿元遗山论诗绝句二百首》论陆游亦云："南园作记岂公心，不为华裍鼓阮琴。及读临终《示儿》句，始知报国爱君深。"

（三）

从所关心的课题可补充其他诗论著作的角度说，论诗绝句有其独特的价值。论诗绝句虽然主在批评诗人与诗作，但在评论中所涉及的课题，经常可补助其他诗论著作数据的不足。如"诗穷而后工"，这是文学批评界非常关心的课题。1992年我参加美国斯丹福大学举行的清代文学批评研讨会，提出《中国文学评论中的诗文穷而后工说：兼论析与比较清代与前代的有关论说》的论文，举办者王靖宇教授曾批评所用的清代数据不够，建议我能多容纳一些这方面的作品。我当时曾经翻阅不少的诗话、文集，希望能找到适合的材料，结果都没有办法满足王教授的期望，然而后来在论诗绝句的研究中，却发现许多这方面的资料。这些数据的研究价值与意义，可从以下两方面说明：

第一，在《中国文学评论中的诗文穷而后工说：兼论析与比较清代与前代的有关论说》[20]中，我曾指出：穷字在中国文学批评传统体制作品如诗话、序跋、书信中有多种含义，这些意义的"穷"字，都可以在清代论诗绝句中看到。传统体制作品或以穷与通达相对，意指知识分子在政治上不能宦达，以致不能立功、立命的困顿之境。清代论诗绝句中穷字的用法也有此义者，如宋牲《次陆务观韵》云："欲求平易多成拙，稍学新奇却未工。得句直须参造化，此身何必计穷通。"这里"穷"与"通"对举，寓知识分子在仕途上不得通达之意。或以"穷"与"贫"相通，意指知识分子在物质生活上潦倒不堪。清代论诗绝句的"穷"字也有此意，如卢世《仿杜为六绝句》云："洺水诗人白砺甫，吟成山鬼哭秋坟。一生任性真穷死，此语得自我友云。"或以"穷"指诗发展至路尽之境地，清代论诗绝句的"穷"字也有这种用法，如郭曾炘《杂题国朝诸名家诗集后》云："王李钟谭变已穷，岭南江左各宗风。六家诗继三家起，盛世元音便不同。”或以“穷”指知识分子经历时局的动乱，构成精神与感情上逼塞之境，如况澄《仿元遗山〈论诗三十首〉》云：“登高尝叹少英雄，更学杨朱泣路穷。欲识嗣宗忧患意，《咏怀》八十二篇中。”该诗以阮籍《咏怀》诸作充满忧患意识，含杨朱哭途穷意，“穷”字于此，即有知识分子由于时局关系精神遭受困压之义。

第二，“诗穷后工”语见欧阳修《〈梅圣俞诗集〉序》。清代论诗绝句作者，有的同意欧阳修“非诗之能穷人，殆穷者而后工”之说，如费成《读唐诗偶成》说：“乱离生逢可奈何，忠心一片托诗歌。浣花桌上惊回梦，好句吟成眼泪多。”眼泪多源于乱离生逢，“好句吟成眼泪多”，明显的为穷而后工的另一诠释。论诗绝句作者于是进而探讨为什么诗穷方能工的课题。他们或者认为，诗至穷处而能工，乃由于患难才能激发作者的真性情，诗句的因素是促使诗作达到高度成就的重要因素。俞国琛《论诗》说：“至性多从患难来，拾遗旧咏剧堪哀。若教称望开元日，应奉何殊燕许才。”或者认为穷能增加诗作之气骨，如许愈初《论诗绝句》云：“信是穷愁增气骨，《北征》诗句自领嶒。”诗人处穷，其诗方能工，因此论诗绝句作者乃激励诗人不能怨穷。或者赞扬不以穷为怨的诗人，如柯振岳《论诗》云：“耆艾沉埋不怨穷，老来鸣盛气如虹。《陋轩集》抵《精华录》，此语吾犹仰至公。”宫尔铎《读元遗山王渔洋论诗绝句爱其文词之工惜其所言尚非第一义漫成此作以质知音》云：“逸老吾钦吴野人，音凄手辣调翻新。毕生大节甘穷饿，赢得诗成泣鬼神。”因此一些论诗绝句作者乃表示，如果诗作能工，诗人处穷，富亦不如，童槐《体张船山检讨诗集》就是这样称赞张问陶：“仙才佛性总神通，真气惊人障碍空。不论千秋先快意，如君直得为诗穷。”而诗人也以穷愁能写出佳句，名传百代，而勖勉自己无须畏穷，如周叙《宽甫寄论诗四绝句即各用起句为答》：“果到能工莫讳穷，一言心死万雕虫。还思枫落吴江句，侥幸名传一句中。”范当世《与义门论诗文久之书二绝句》：“最有空词定乐哀，网罗故实定非才。请看镫雨檐花句，便值高歌饿死来。”然而如拙文《中国文学评论中的诗文穷而后工说：兼论析与比较清代与前代的有关论说》所表示的：“一些知识分子不得立德、立功以扬名，心中已有无限的挫折感，而在他们处于穷的境况中，又面对传统思想与当时舆论要求他们无羞贱贫，要求他们必须接受艰苦的现实与经历无情的考验，这无疑地也就造成他们悲剧的性格与心态。……于是个人的遭遇和所背负的千年的道义思想承担就出现了矛盾，种种矛盾遂同时也引发了他们对穷而后工说的质疑与反省。”所以江湜《校读毛生甫休复居诗题二诗见意》云：“一堕江湖便一世，语言工矣命殊穷。何如饱吃耕田饭，但作农谣完古风。”“语言工矣命殊穷”一句，充满身为诗人的无限悔意。张耒《读吴怡诗卷三首》云：“罗田春动雪消初，主簿诗情雪不知。休雪风骚穷事业，花前莫负古铜壶。”“休雪风骚穷事业"一句，充满成为诗人的感慨。赵翼《论诗》云：“诗能穷人我未空，想因诗尚不曾工。熊鱼自笑贪心甚，既要工诗又怕穷。”“既要工诗又怕穷”一句，写出诗人内心复杂的矛盾。以上是以论诗绝句中言及“诗穷而后工”的一些例句，以此来反映论诗绝句的诗论价值。实际上，涉及有关课题的论诗绝句不只上述的几种。由于篇幅的关系，只举其中几类讨论。详可参阅拙文《论诗绝句论诗穷而后工》[21]。清代论诗绝句中，所热烈讨论的课题不少，除了上述的“诗穷而后工”说之外，他如“唐宋孰优孰劣”的争论、“诗与禅关系”的辨析、“秦观诗是否为女郎诗”的争辩等，都是中国文学批评界经常讨论与争辩的课题。有关数据亦可以补充传统文学批评研究之不足。

（四）

从论评的手法上看，清代的论诗绝句也出现缤纷多彩、方位全面的特色。杜甫《戏为六绝句》，既然称作“戏为”，漫论的成分自然很重。元好问持论较为严肃，也有他的系统，然而处理手法远不如清代的作品。这里，以姚莹《论诗绝句六十首》的手法为实例说明。姚莹在这组诗中所取用的手法，根据我的分析，至少有十余种。如：

1. 通过诗人之比较，达到抑扬的作用。如第三首：“高燕陈诗铜雀台，子桓兄弟不须猜。胡床粉髻天人语，独有思王八斗才。”高赞曹植的八斗才，并在比较曹氏兄弟上，以三个字“不须猜”来突出曹植而贬低曹丕。

2. 善于捕捉不同诗人作品的特色，比较论述这些诗人。如第四十四首：“冉曾兄弟称前代，水部司勋叹积薪。一种清才属皇甫，昔贤应畏后来人。”以唐代皇甫兄弟与明代皇甫兄弟比述，说明这些皇甫氏诗人作品的共同特色为“清”，并用“清才”赞赏他们。

3. 通过诗人不同诗作体制的比较，来突出有关诗人某种诗体创作的成就。如第十三首：“蜀道吟成泣鬼神，歌行何似古风真。千秋大雅君能作，赏鉴难夸贺季真。”比较李白的歌行与古风，认为李白的歌行固然可以泣鬼神，但仍然不如其古风。通过这样的比较，姚莹突出李白古风的成就。

4. 通过对诗人的不同诗作的说明来肯定该诗人的成就。如第二十二首：“十里扬州落魄时，春风豆蔻写相思。谁从绛蜡银筝底，别识谈兵杜牧之。”认为杜牧虽以“春风豆蔻写相思”这类诗作闻名，可是他的关心国是、谈兵论战的作品也有杰出的成就。

5. 就学术著作与诗歌创作两方面的成就来评论有关诗人。如第四十九首：“游仙诗思绝尘氛，服石餐霞气轶群。山海虫鱼曾注遍，不将淹博杂风云。”肯定郭璞注疏的工作和他的渊博的学识，也称赞他的诗思，更赞扬郭氏不会将这些学识杂于其诗作中。

6. 以后人赞扬和批评有关诗人与诗作的意见，来突出有关诗人的成就，或评价其作品。如第二十首：“谁爱绝尘奔逸调，富翁低首竹枝歌。”借苏轼佩服刘禹锡的《竹枝歌》，来赞扬他这一类的作品。

7. 援引有关诗人之诗句，来赞扬该诗人。如第四十七首：“古澹谁似韦左司，空山叶落暮钟时。”援用韦诗《寄全椒山中道士》末句“落叶满空山，何处寻行迹”与《赋得暮雨送李胄》首句“楚江微雨里，建业暮钟时”，将二者合为“空山叶落暮钟时”，来形容韦应物古澹的诗风。

8. 以当时的诗风来衬托诗人的成就。如第五首：“建安后格多新丽，苏李前风尽已乖。欲识遥深清峻旨，嵇公琴散阮公怀。”建安后诗风趋向新丽，苏武、李陵的传统不再，只有阮籍与嵇康还保有遥深清峻的诗风，即借当时诗风来衬托阮、嵇二人的成就。

9. 由选者选诗与评诗的偏差来突出诗人的成就。如第十八首：“史洁骚雅并有神，柳州高咏绝嶙峋。吴兴却选淮西雅，不及平生五字真。”这是在评姚铉《唐文粹》选柳宗元四言之作《平淮西雅》的做法。他认为柳宗元《平淮西雅》之作，远不如他的五言诗。本诗即以姚铉选诗之不当来突出柳宗元五言之作之成就。

10. 通过与前代论诗绝句之对话来表示对有关诗人及其作品的意见。如第七首：“一种天然去雕饰，后人何事竞钻皮。”元好问《论诗三十首》云：“一语天然万古新，豪华落尽见真淳。”姚莹引元好问语，是通过赞同元氏的意见来肯定陶渊明诗的。

11. 就作品的渊源来肯定诗人与诗作。如第二十一首云：“论诗若溯无怀氏，长侍东川太古来。”认为高适古诗会有高度的成就，乃因为这些作品源自上古淳朴的古风。第二十一首“秦中诸作国风原”，指出白居易《秦中吟》之所以杰出，乃因为它源自《国风》。

12. 表扬后人对有关作者作品的搜集与整理，并突出有关诗人的成就。如第三十六首：“立夫长句势盘拏，矫健如龙出渥洼。虞赵何曾识奇骨，遗篇独有宋金华。”言吴莱长篇之作气势雄健，连虞集、赵孟頫也不能了解它的奇妙，因此也就更显出宋濂搜集与整理吴莱作品眼光的卓越。

（五）

前人论诗绝句词语，后人变化承用，也构成了清代论诗绝句缤纷多姿的特色。这方面的例子很多，这里只举出其中一例，以见及其繁富的情形。如杜甫《戏为六绝句》中，“王杨卢骆当时体”一句用四姓连举，来代表初唐四杰。清代论诗绝句中，有直接模拟杜甫用王、杨、卢、骆入诗以言初唐四杰的，如下表：

作者	诗题	例句
王士祯	戏仿元遗山《论诗绝句》	王杨卢骆当时体
许奉恩	兰苕馆论诗	王杨卢骆当时体
黄之隽	自题香奁卷末十二首	王杨卢骆当时体
李呈祥	忆与复阳论诗途次口占却寄	王杨卢骆偶然同
洪亮吉	道中无事偶作论诗绝句二十首	王杨卢骆信难诃
林昌彝	论本朝人诗一百五首	王杨卢骆亦家鸡
李兆元	论诗绝句	王杨卢骆只相因
叶绍本	仿遗山论诗得绝句廿四首	王杨卢骆派不同

或采用杜甫模式，用其他四姓连举来论述有关问题，如下表：

作者	诗题	例句
李呈祥	忆与复阳论诗途次口占却寄	沈谢曹刘各自工
钱谦益	姚叔祥过明发堂论近代词人戏作绝句十六首	高杨文沈久沉埋
王士祯	戏仿元遗山论诗绝句	元白张王皆古意
田雯	论诗绝句	世无沈宋曹刘辈
钟廷瑛	读诗绝句十二首	欧梅苏陆皆龙象
钱世锡	论宋人绝句十二首和陈检斋司马	欧梅苏陆各门庭
张晋	仿元遗山论诗绝句六十首	王储韦柳终难肖
柯振岳	论诗	王孟储韦多妙悟
顾嗣立	题元百家诗集后十首	虞杨范揭出群雄
丁咏淇	论诗绝句	虞杨范揭莫能逾
屈复	论诗绝句三十四首	虞杨范揭当时体
况澄	仿元遗山论诗三十首	虞杨范揭四家称
杨深秀	仿元遗山论诗绝句五十首	范揭虞杨何足论
李必恒	论诗七绝句	虞杨范揭彼一时
姚莹	论诗绝句六十首	王李高岑竞一时
谭宗浚	读杜诗绝句	王李高岑共追陪
陈启畴	与晴峰鳌论诗十首	李杜韩苏墙数仞
仅蓉镜	论诗绝句寄李审言	李杜韩苏都道了
王昶	舟中无事偶作论诗绝句四十六首	杜韩苏陆蟠胸次
史承豫	论诗绝句	徐蒋储陈迭唱喁
方于谷	仿王渔洋论诗绝句四十首	刑、卬、边、高句亦工
黄承吉	再题杜集	未识曹刘阮谢诗

姚莹	论诗绝句六十首	卢王沈宋未为雄
郭书俊	论诗	苏黄范陆竞新裁
殷兆镛	读曝书亭集	辛柳姜张体各宜
林昌彝	论本朝人诗一百五首	施宋朱王壁垒开
林昌彝	论本朝人诗一百五首	范陆欧梅伯仲看
冯继聪	论唐诗绝句	谁继方罗吴郑后
廖鼎声	补作论国朝诗人七十八首	王杨金叶句全收
黎维枞	读杜诗绝句	后来郑郭王谭辈
郭曾炘	杂题国朝诸名家诗集后	王李钟谭变已穷
郭曾炘	杂题国朝诸名家诗集后	向郭钱卢拟不伦
蒋士超	清朝论诗绝句	李何王李四家尊
谢章铤	读全闽诗话杂感	曹谢钟谭总两歧
路朝霖	夏夜读船山诗	袁洪王赵订知音
曾习经	壬子八九月间所读书题词十五首	沈宋王岑夸格韵
陈得善	书带经堂诗话后	李杜苏黄各擅长
王守恂	读简斋诗	吸来李杜苏黄髓
冯继聪	论唐诗绝句	马费殷张圭臬在
孙雄	论诗绝句	何曾郑莫相追逐
孙雄	论诗绝句	陈屈梁程堪辆警
苏念礼	仿遗山绝句	韩孟欧梅一例工
欧阳述	杂题国朝人事迹各一首	把臂钱刘卢李间
杨浚	论次闽诗	杨方徐廖重闽南
杨浚	论次闽诗	曹刘屈宋是吾师

或用其他四种名称连举来论述有关问题，如下表：

情况	作者	诗题	例句
四朝代并列	刘大观	与人论诗四绝句	齐梁汉魏同归治
	李书吉	论诗杂咏	魏晋齐梁体渐卑
	张问陶	颇有谓余诗学随园者笑而赋此	汉魏晋唐犹不学
	方于谷	仿王渔洋论诗绝句四十首	元明唐宋且休论
	林昌彝	论本朝人诗一百五首	汉魏齐梁俨一家
	袁嘉谷	春日下晲小饮薄醉尚论古诗人漫成十二首	规摩汉魏隋唐体
	范溶	论蜀诗绝句	汉魏宋唐俱不学
四地名并列	孙雄	论诗绝句	徐、兖、江、淮彳亍行
	冯继聪	论唐诗绝句	夏蜀青徐俱廓清

四诗体并列	张维屏	论诗绝句	南豳雅颂逐篇求
四学说并列	虞景璜	读葩经杂咏四十二首	齐鲁燕赵早著名
四诗要素并列	孙雄	论诗绝句	才学气声兼四美
四诗期并列	吴仰贤	论诗	盛初中晚辩断断
四星象并列	许奉恩	兰苕馆论诗	日月星辰四序和
两姓一名并列	张晋	仿元遗山论诗绝句六十首	别从李杜昌黎外
	张玉谷	论古诗四十首	韦孟王嫱著四言
一名二姓并列	钱陈群	宋百家诗存题祠	游杨张范足师资

此外，又有一些变例：六姓并列，如袁翼《论金诗》“李杜白韩苏陆后”；四姓兼插一人名，如李濂《论诗》“高杨袁凯及张徐”；其中更有发展至绝句四句，每句句末署一诗人姓名者，如许奉恩《兰苕馆论诗》“清奇世有孟东野，变怪人称卢玉川，呕心突兀李昌谷，瘦骨嶒峻贾浪仙。”

论诗绝句中，承用前人词语并配合要求加以变化的例子，非常之多，这些现象既成为论诗绝句写作上的特色，也给文学批评的研究提供更大的研究空间，给文学批评研究带来更多缤纷的色彩。

小结

以上所述，以清代论诗绝句为例，指出这类文学批评体制是中国文学批评特别的一环。在量上，它有丰富的产品，形成一个缤纷的文学批评世界。它丰富的课题、多样化的手法、精彩的词语相互承用的情形，为中国文学批评研究提供了难得的、繁富的内容。可以说，中国文学批评研究，缺漏了论诗绝句这一环，是遗忘了一片丰美的园地；中国文学批评史，如果没有包含论诗绝句这一的课题及其所涉及的大量材料，也必是一部跛脚的史著。

注释：

【1】原题当作《昭武太守王子文日举李贾严羽共观前辈一两家诗及晚唐诗因有论诗十绝子文见之谓无甚高论亦可作诗家小学须知》。

【2】郭绍虞《中国文学批评史》："自杜少陵《戏为六绝句》开论诗绝句之端，于是作者纷起，其最早者，在南宋有戴石屏的《论诗十绝》，在金有元遗山的《论诗三十首》。此二者都是原本少陵，但是各得其一体。戴氏所作，重在阐说原理；元氏所作，重在衡量作家。这正开了后来论诗绝句的两大支派。"

【3】顾易生等编：《宋金元文学批评史》下册，上海古籍出版社，1996年，第878页。

【4】舒位：《瓶水斋论诗绝句二十八首》，郭绍虞等编：《万首论诗绝句》，人民文学出版社，1991年，第622页。

【5】林昌彝：《论本朝人诗一百五首》，郭绍虞等编：《万首论诗绝句》，人民文学出版社，1991年，《万首论诗绝句》，第1009页。

【6】方廷楷：《习静斋论诗百绝句》，郭绍虞等编：《万首论诗绝句》，人民文学出版社，1991年，第1285页。

【7】张晋：《论诗》，郭绍虞等编：《万首论诗绝句》，人民文学出版社，1991年，第663页。

【8】丁咏淇：《论诗绝句》，郭绍虞等编：《万首论诗绝句》，人民文学出版社，1991年，第340页。

【9】邵堂：《论诗六十首》，郭绍虞等编：《万首论诗绝句》，人民文学出版社，1991年，第820页。

【10】黄维申：《论诗绝句》，郭绍虞等编：《万首论诗绝句》，人民文学出版社，1991年，第1293页。

【11】王芝林：《读渔洋诗》，郭绍虞等编：《万首论诗绝句》，人民文学出版社，1991年，第802页。

【12】况澄：《仿元遗山论诗三十首》，郭绍虞等编：《万首论诗绝句》，人民文学出版社，1991年，第887页。

【13】郭绍虞等编：《万首论诗绝句》，人民文学出版社，1991年，第474~475页。

【14】廖鼎声：《拙学斋论诗绝句一百九十八首》，郭绍虞等编：《万首论诗绝句》，人民文学出版社，1991年，第1328页。

【15】谢章铤：《论诗绝句三十首》，郭绍虞等编：《万首论诗绝句》，人民文学出版社，1991年，第1464页。

【16】同注【14】，第1358页。

【17】同注【15】。

【18】同上注。

【19】同注【16】。

【20】杨松年：《中国文学评论中的诗文穷而后工说：兼论析与比较清代与前代的有关论说》，王靖宇编：《清代文学批评》，香港大学出版社，1993年，第1~25页。

【21】杨松年：《论诗绝句论诗穷而后工》，新加坡国立大学中文系学报《学丛》，1996年第4期。

清代中叶以后区域"论诗绝句"之建设

前言

在中国文学评论史的写作上，我曾经批评文学批评史写作忽略一些重要批评体制的作品，如选集、笺注批点以及论诗绝句（论诗诗）等。而在指出论诗绝句作品时，我也曾经举述区域性论诗绝句的作品。在文学史重新书写的工作上，我曾经表示现代文学史要更好的书写，实在应该更加注意各地区文学的状况而作更好的整合，学者应该走出过去关于文学史书写的思考。

近年来，区域文学的研究在台湾极为盛行。嘉义、苗栗、彰化、台中等地区的文学史陆续出现。这些文学史著由于是以区域作为单位来撰写的，因此在有关区域中的一切文学活动、文学作品、文学作者都被广泛收取，仔细分析，甚至有关区域中的读者习惯、民情风俗也不曾被忽略。于是古典的也好，民间的也好；传统的也好，新创的也好；汉族的也好，少数民族的也好；这些都在研究的范围。由于着眼点不同，关心的方面不同，所呈现的历史也就能够多方面反映文学的状况。如果台湾各区域的文学史都能够获得很好的整理，将来有学者再加以整合，一部能够比较全面反映台湾文学状况的文学史便可出现。

中国文学批评史的重新书写，也应顾及区域文学的层面。区域的论诗诗（论诗绝句）是其中的重要一环。论诗诗是中国文学批评的一种体制，其源甚早。《诗经》中已有论诗的诗句，不过，以系列绝句的体制来论诗的，始于唐代的杜甫（712—770）。杜甫的《戏为六绝句》，用六首七言绝句组诗评论前代与唐初的诗风、诗人与诗作，并提出他对诗歌学习与创作的意见，影响后代不小[1]。

唐杜甫以后、金元好问之前，其间虽有论诗绝句组诗之作，但是都继承杜甫的做法，以漫述、漫论的方法来创作此类作品。金元好问（1190—1257）《论诗三十首》的出现，乃开创杜甫《戏为六绝句》以外的另一条道路。他的作品相当有系统地评述汉魏以来、下迄宋季一千余年间的作家作品、诗派诗风。然而元好问的这类作品自出现之后，直至明末，对其发展的人绝无仅有，直到钱谦益（1582—1664），才有所改变。

明末清初的钱谦益经历清人入关、汉人皇朝覆亡的悲剧，与元好问经历蒙古灭金的境况有相似之处，所以曾仿元好问金诗选集《中州集》的体制作《列朝诗集》。钱氏的《姚叔祥过明发堂论近代词人戏作绝句十六首》论诗绝句之作，系统地批评了万历朝至他那时的多位诗人，显见元好问论诗绝句的体例。但是钱谦益又喜爱杜甫诗，曾注释杜诗，完成了有名的《钱注杜诗》，所以他的论诗绝句之作又有杜甫《戏为六绝句》的“戏”的影子，这从他论诗绝句的诗题中的“戏作”二字便可以看出。

直到王士祯（渔洋）（1634—1711），才出现了全面仿效元好问《论诗三十首》的体例的论诗绝句。王渔洋论诗组诗三十五首，诗题直接标明《戏仿元遗山论诗绝句》，诗题虽然还残留一个“戏”字，但是诗中所评对象，从曹植开始，至清初邝路、崔华以及朝鲜使臣、民间曲辞，非常系统化。由于王渔洋在当时文坛的领袖地位，他的论诗绝句作品出现后，立即获得当时及其稍后诗人的注意和仿效，其中包括著名诗人袁枚（1716—1797）、蒋士铨（1725—1785）等人。元好问型的论诗绝句遂迅速超越杜甫型，受到诗人、论者的纷纷效仿。清代中叶以后，更是越来越盛，蔚为壮观。郭绍虞等所编《万首论诗绝句》中，百分之八十以上是清代中叶以后的作品[2]。

王渔洋对倡导元好问型的论诗绝句是功不可没的。后代论诗绝句作者在谈及他们为何写作论诗绝句组诗时，毫不掩饰地说明受到王渔洋的影响。如舒位（1765—1815）作《瓶水斋论诗绝句二十八首》，他的序言就说："元遗山撰《论诗绝句》，王文简尝仿之，嗣后诗家亦各有著于篇者。虽所见有异同，所造有所浅深，而习之既久，自不能已于言也。"[3]丁咏淇写作《论诗绝句》五十首，原因也是如此，他在序言中说："论诗绝句发源于杜陵，衍派于遗山，疏瀹决排于渔洋、尧峰、迦陵。余杜门闲居，耽情吟咏，窃欲为兹道推波助澜，蠡测所及，得诗五十首。"[4]王芝林和况澄甚至在他们的诗作中说过"试读《论诗三十首》，阮亭心事接遗山"[5]和"放遗山作有渔洋"[6]之语。

在诗题上，清代中叶以后的论诗绝句组诗之作，也多像王渔洋的作品一样，署仿元遗山论诗绝句，如马长海（1678—1744）的《仿元遗山论诗绝句四十七首》、张晋的《仿元遗山论诗绝句六十首》、叶绍本的《仿遗山论诗得绝句二十四首》等，数目不少，约二十六种。诗题没署元遗山论诗绝句，而实仿元遗山体的，数目尤多，在百种以上。

就性质说，清代中叶以后的论诗绝句，有评论历代诗人的，有评论一代诗人的，有评论某一作者或某一些作者的，有评论闺秀之作的，有评论僧侣之作的，等等。评论区域诗人之作，也是其中重要的一环。

评论区域诗人的论诗绝句之作，所涵盖的省份包括福建、山西、山东、广西、广东、四川、湖南、湖北、云南、浙江、江苏、江西等。所作论诗绝句组诗，短的五首以下，多的三百首以上，不一而足。这些区域的论诗绝句的作者与作品，可参阅本文附录。

这些论诗绝句作品和清代其他论诗绝句之作一样，基本上也有两类结构。一类是杜甫型的漫论性质的，如谢重辉（1639—1711）的《济南》四首，漫评明代及清初诗人：

成宏以后轮风雅，许李边刘派最真。可惜龚生吟独苦，不逢健笔斗清新。

万历词人十辈余，杨邢之外各遗书。粗才遒句峥嵘甚，古调淳风似弗如。

念东句比乐天真，子底才明李杜伦。更有词场唐梦赉，时从逸处见嶙峋。

低头蚕尾思怀古，放眼山姜喜斗新。耳食纷纷问流派，不知身是济南人。[7]

组诗中不但嘲评龚勋、杨梦山、邢子原等诗人，也像杜甫《戏为六绝句》讥讽后生那样，讽刺那些耳食问流派的诗人。另一类则是元好问型的论诗绝句。

一、仿效元遗山体，系统评论诗人

元好问型的论诗绝句组诗相对较多，特别是清代中叶以后的作品。这些作品有些直接标明是仿元遗山体作，如秦锡田（1861—1940）《沪上论诗绝句》，副题即署“仿元遗山体”。组诗共二十首，依据元好问《论诗三十首》体例，根据时代先后，论评自宋储冰、储游兄弟至明代包尔庚等上海诗人。

杨深秀（1849—1898）《仿元遗山论诗绝句五十首专论山右诗人》[8]，也仿效元好问《论诗三十首》那样，依据诗人的年代先后，评述了自三国毋邱俭以后的七十多位诗人：

郭璞、孙楚、斛律金、柳恽、裴伯度、裴让之、裴讷之、薛道衡、王绩、王勃、狄仁杰、薛稷、宋之问、张巡、王维、王昌龄、裴迪、裴度、裴均、畅当、韦应物、柳宗元、白居易、王涯、裴说、赵巨源、温庭筠、李商隐、耿沣、卢纶、司空图、司马光、司马朴、赵鼎、雷渊、李汾、李献能、常添筹、元好问、郝天挺、郝经、萨都剌、薛瑄、王云凤、乔宇、王琼、裴邦奇、孔天允、傅山、傅眉、戴廷栻、陈廷敬、吴雯、蒋仁锡、何道生、刘锡五、张道渥、裴宗锡、介休、茹纶常、张晋、李毅延、张穆。

另：王勃兄弟、王之涣兄弟、元载及其夫人、裴宗锡女及媳。

诗中所评，有一诗只论一人的，也有一诗论及二人至四人的，和元好问《论诗三十首》的论诗方式也相近。

有些诗诗题没署“仿元遗山”或“仿元遗山论诗绝句”，而其实是仿效元好问的，如廖鼎声《拙学斋论诗绝句一百九十八首》虽然能没有在诗题署名仿元遗山作，但在序中如此表示：

昔元遗山作《论诗绝句》，渔洋尚书仿之。兹予所作，皆论吾粤自唐迄今诗，成于庚申之岁。[9]

谢章铤（1820—1903）《论诗绝句三十首》论福建诗人，其序中也有这样的话语：

暇日偶仿遗山体杂缀以绝句，久论定者不用多赘，未详究者无取悬揣，由远逮近，颇寓阐微之意云尔。[10]

谢章铤作绝句三十首，也是仿用元好问论诗三十首之制。

这类没有署名仿元遗山作，实是模仿其体的论诗绝句，为数更多。如茹纶常（1740—？）《题〈山右诗存〉十七首》、杨浚（1830—1890）《论次闽诗九十首》、谢章铤《读〈全闽诗话〉杂感五首》、沈兆沄（1783—1876）《济南旅舍读山左诸家时各题一绝凡十四首》、于祉（1788—1869）《论国朝山左诗人绝句十二首》、蒋师辙（1847—1904）《青州论诗绝句》、张祥河《论楚诗十二首》和《粤西论诗九首》、岑振祖（1754—1839）《读〈姚江逸诗〉前后集得七绝二十六首》、陈融（1876—1955）《读岭南人诗绝句》（311首）以及五种四川论诗绝句之作：毛翰丰《论蜀诗绝句十三首》、傅世洵《论蜀诗绝句十四首》、范溶《论蜀诗绝句二十二首》、邱晋成《论蜀诗绝句三十六首》及林思进（1873—1953）《论蜀诗绝句三十首》，都是如此。

这里透露了一个讯息，区域性的论诗绝句作者，他们写作这些作品至少有一个目的，就是希望系统地评论那个地区的诗人和他们的作品。如谢章铤对他的《论诗绝句三十首》的处理“久论定者不用多赘，未详究者无取悬揣，由远逮近，颇寓阐微之意云尔”即为明证。

二、振兴区域风雅，填补文献不足

这些论诗绝句作者之所以投入区域文学的写作，还有一个重要的原因，即有突出历代同邑杰出诗人的必要，乃作系列论诗绝句，予以彰显。

谢章铤作福建地区的论诗绝句，是有感于福建历代诗人辈出，从最早开始就能彰风雅、承正轨，用他的话说：“闽登第始于薛庶子，而文章名世，始于欧阳四门。五代徐正字、黄推官辈，各以风雅显。宋则杨文公为大宗，西昆之体，直继玉溪。”南宋以后，直至清代，闽派成型，众多诗人皆能彬彬称才，甚至胜于当代诗人，用他的话说：“其后道南启教，不重词华，然朱子五言醇穆有古意。至季世月泉吟社谢皋羽主坛坫，连文凤之才，亦远过于江湖诸人。明则林子羽倡其首，诸子为羽翼。高廷礼《唐诗品汇》一书，其所分初、盛、中、晚，举世胥奉为圭臬，而闽派成焉。继则郑少谷振杜陵之绪，曹石仓有盛唐之音，不绌于王、李，不染于钟、谭，风气屡变，而闽诗弗更。虽曰囿于方隅，然不可谓非独立者。至国朝则许天玉、张无闷、黄莘田诸老，尤彬彬称雅才焉。”[11]

林思进作《论蜀诗绝句三十首》，选唐陈子昂至清张问陶等三十位诗人评论，原因也在于：“昔常道将有言：蜀卦值坤，故多斑彩文章。扬、马蔚兴，风骚寔启；唐、宋以还，诗道弥盛。爰自射洪，迄于遂宁，凡六代得三十人，作绝诗三十首。”又云：“庶乎蜀先菁华，于兹略著云尔。”[12]

论诗绝句作者在处理这类作品的写作时，不只是要通过这些作品，表彰区域诗作菁华，突出区域风雅，事实上，有些作者更负有大志，他们希望通过这些作品，来展现那个区域的诗史。要展现诗史，则必须参考各种数据，谢章铤为作《论诗绝句三十首》论闽诗人，就曾广泛阅读多种文献资料。从诗作的序言他对多种文献数据的批评，可以知道他从事这项工作的艰苦和认真的态度：

所惜《闽川名士传》、《闽南唐雅音》诸书俱佚，徐兴公之《晋安风雅》，林从道之《白云诗选》，仅存副本，亦不甚显。近人郑杰所刊《全闽诗录》，又复抉择弗精，是一憾也。其论诗诸作，若杭大宗之《榕阴诗话》，徐延祚之《闽游诗话》，率多挂漏踳驳。最善者则郑荔卿之《全闽诗话》，征引数十百种，条举件系，其体本于《资暇录》、《日下旧闻》，诚著书之雅裁，而谈艺之渊萃也。

在《论诗绝句三十首》的最后一首的注文中，他也说：

闽中合集，若何梅《绥安存雅》，郑王臣《莆风清籁集》，专选一隅。郑杰明《全闽诗录》搜罗繁富，故家尚有钞本。至祝昌泰《浦城遗书》所刊翁梅庄、杨仲宏等集，王遐昌《唐人合集》所刊林邵州、韩冬郎等集，下逮莫友棠之《屏麓诗话》，王道徵之《避暑销寒》等录，不可谓非留心风雅，然荆璞赵璧，埋没于故楮者尚多也。[13]

从另一个角度看，他们作区域论诗绝句，在于补充文献之不足。秦锡田《〈沪上论诗绝句〉序》更清楚地如是表示：

吾邑诗派，储氏兄弟实为鼻祖。厥后代有闻人，邑志艺文，搜采未尽，今就所知者论之。[14]

而从廖鼎声所作论诗绝句的跋，我们不但可以知悉其所要补充文献不足的决心，更可以了解他的耐心、虚心和细心：

甚矣吾粤文献之失据也！即诗而论，唐以前无征，而有元一代主中华近百年，亦无一可稽者。非以僻远之故，声气不易通于时欤？沈归愚尚书有国朝及明诗《别裁集》，流传最广，顾四百年间，采风不及于粤。岂粤无能诗者哉？人每挟一轻视鄙夷之心以从事，则即论文□□其不涉于私者几希。故其标榜虚声，曾不足以服天下之人心，而关后世之口。……论诗之作，或有补于阐发未可知。后之君子，尤宜鉴区区之苦心，而一洗从前轻薄诋讥之故态，以崇朴学而轨正声，则更不能无望矣。独诗云乎哉！[15]

秦锡田《〈沪上论诗绝句〉序》中“邑志艺文，搜采未尽”八字，令我然突想到区域论诗绝句作者与方志的撰修一定有密切的关系。探讨后，果然发现，多数区域论诗绝句作者，曾经从事方志或地志的撰修或校勘工作，甚至有这方面的作品出版。如黄培芳（1779—1859）有《香山志》一卷、《重修肇庆府志》二十二卷、《重修新会县志》十四卷。王远孙有《汉书地理志校本》二卷。林思进曾总纂《华阳县志》、《华阳人物志》，20世纪40年代末曾经受命纂《四川通志》，可惜未能竟事。吴仰贤曾协纂《嘉兴府志》九十卷。秦锡田于1914年受聘为上海县修志局分纂，编修《上海县续志》，又助姚文楠纂民国《上海县志》。1923年，他受聘为民国《南汇县续志》总纂。杨浚同治八年（1869）游台，受淡水同知陈培桂之聘，纂修《淡水厅志》。柳商贤有《横金志》二十卷附集文集诗各一卷。“戊戌六君子”之一的杨深秀，对地方文献也是高度的关注，光绪五年（1879）曾国荃饬令重修《山西通志》，县令陈作哲委托杨深秀主笔。半年之后，新县志修成。邱晋成也和王麟祥等撰修《叙州府志》。蒋师辙更是一位治志高手，蒋氏先后任安徽寿州、凤阳、桐城、无为知州，在职期间，也先后与纂多部志书，如《光绪临朐县志》十六卷卷首一卷，光绪八年（1882）知县姚延福主修，蒋师辙任主纂；《江苏海塘新志》八卷，总办李庆云修，蒋师辙纂；《光绪鹿邑县志》十六卷卷首一卷，于沧澜、马家彦修，蒋师辙纂；另与纂《光绪凤阳府志》。光绪十八年（1892）四月应台湾省通志总纂赴台，但与志局总调台北知府陈文騄不协，纂辑无由开展，乃于八月二十一日乘“斯美”轮离台。留台仅六个月。此行撰有《台湾郡县沿革》一卷等。

难怪岑振祖读了黄宗羲所辑之《姚江逸诗》后，禁不住要创作《读〈姚江逸诗〉前后集得七绝二十六首》[16]了。

所以这些论诗绝句作者对区域文学极为关心，采用元好问的体制，广泛搜集有关资料，细心进行同邑诗人的批评，是可以理解的。

三、评论历代诗人，承继前人成果

在这些有心的论诗绝句作者的努力下，我们看到在整理区域的诗史上，他们确实取得了丰厚的成果。廖鼎声的《拙学斋论诗绝句一百九十八首》所评论的是广西诗作。其中评论唐人者6首，所论唐代诗人6人；评论五代人者6首，所论五代诗人1人；评论宋人者13首，所论宋代诗人15人；评论明人者21首，所论明代诗人26人；评论清人者152首，所论清代诗人193人，附13人，共206人。此外，总论1首。换句话说，《拙学斋论诗绝句一百九十八首》，共评论了广西诗人254人。这岂不是一部广西诗史吗？而历代广西诗人的文献，也在这里获得保存。

谢章铤的《论诗绝句三十首》虽然只有三十首论及福建诗人，但是将他所评及的诗人和他所作的论诗组诗序比较来看，可以见及他对所选的诗人在保存文献的心态之余，也经过一番慎重的抉择。三十首所取诗人为：

欧阳詹　徐寅　黄滔　杨亿　蔡襄　郑侠　李纲　朱熹　严羽　刘克庄　谢翱　杨载　林鸿　郑善夫　张经　曹学佺　陈鸿　陈季立　孙家稼　真山民　翁白　丁之贤　朱国汉　陈昂　余怀　张远　黄任　林子牛　严仙藜　叶观国　陈寿琪　萨玉衡　张际亮　何长诏　张绅　黎诗安　伊秉绶　刘家谋

取他在论诗绝句所论的诗人和他在诗作前的序言比较，可以知道他选的诗人和他心目中的理念是非常贴合的。《〈论诗绝句三十首〉序》云：

闽登第始于薛庶子，而文章名世，始于欧阳四门。五代徐正字、黄推官辈，各以风雅显。宋则杨文公为大宗，西昆之体，直继玉溪。其后道南启教，不重词华，然朱子五言醇穆有古意。至季世月泉吟社谢皋羽主坛坫，连文凤之才，亦远过于江湖诸人。明则林子羽倡其首，诸子为羽翼。高廷礼《唐诗品汇》一书，其所分初、盛、中、晚，举世胥奉为圭臬，而闽派成焉。继则郑少谷振杜陵之绪，曹石仓由盛唐之音，不绌于王、李，不染于钟、谭，风气屡变，而闽诗弗更。虽曰囿于方隅，然不可谓非独立者。至国朝则许天玉、张无闷、黄莘田诸老，尤彬彬称雅才焉。

杨深秀的《仿元遗山论诗绝句五十首专论山右诗人》虽然数目没有廖鼎声的作品多，所论及的诗人自三国至清代，共71人。但在保存山西诗人文献上，也是重要的作品。

陈融的《读岭南人诗绝句》论自唐张九龄以下至当代的广东诗人的论诗绝句达千余首，数目之多，连全面搜集论诗绝句的郭绍虞等编辑的《万首论诗绝句》也只取其中的三百余首。这也是一部重要的保存广东诗史的重要著作。

评论区域诗歌史的旋风吹至四川，引起晚清至民国时期的一些论者纷纷写作四川的论诗绝句，作品有毛翰丰的《论蜀诗绝句十三首》、傅世洵的《论蜀诗绝句十四首》、范溶的《论蜀诗绝句二十二首》、邱晋成的《论蜀诗绝句三十六首》以及林思进的《论蜀诗绝句三十首》。五种论蜀诗绝句中，都偏重四川诗歌的过去发展，选择代表诗人予以评论。观察这五种论诗绝句，发现其中的作者在写作这些绝句时有参照前人之处。林思进的《论蜀诗绝句三十首》最为晚出，所评论三十人，有参照前人的迹象。三十首所评论的诗人为：

陈子昂　李白　欧阳炯　张立　苏舜钦　文与可　苏轼　苏辙　苏过　韩驹　虞集　徐贲　杨载　任瀚　熊过　杨慎　安磐　高世彦　张佳胤　杨锵　庄祖谊　张拱几　吕大器　余盉　费密　费锡琮　费锡璜　李珪　张问安　张问陶

其中陈子昂亦见于毛翰丰的《论蜀诗绝句十三首》、邱晋成的《论蜀诗绝句三十六首》，李白亦见于毛翰丰的《论蜀诗绝句十三首》，张立亦见于邱晋成的《论蜀诗绝句三十六首》，文与可亦见于毛翰丰的《论蜀诗绝句十三首》，苏轼与苏辙亦见于毛翰丰的《论蜀诗绝句十三首》、邱晋成的《论蜀诗绝句三十六首》，虞集亦见于毛翰丰的《论蜀诗绝句十三首》，杨慎亦见于毛翰丰的《论蜀诗绝句十三首》、邱晋成的《论蜀诗绝句三十六首》，吕大器亦见于傅世洵的《论蜀诗绝句十四首》，费密亦见于范溶的《论蜀诗绝句二十二首》、邱晋成的《论蜀诗绝句三十六首》，费锡琮亦见于傅世洵的《论蜀诗绝句十四首》、范溶的《论蜀诗绝句二十二首》、邱晋成的《论蜀诗绝句三十六首》，费锡璜亦见于范溶的《论蜀诗绝句二十二首》，张问陶亦见于傅世洵的《论蜀诗绝句十四首》、范溶的《论蜀诗绝句二十二首》。从以上的比较，很明显地看到林思进的论诗绝句，在评论诗人对象上，参照毛翰丰的《论蜀诗绝句十三首》及邱晋成的《论蜀诗绝句三十六首》者不少。

比较同是选取山东诗人而作的沈兆沄的《济南旅舍读山左诸家时各题一绝凡十四首》和于祉的《论国朝山左诗人绝句十二首》更为有趣。沈兆沄所取的诗人共十四人，为：

宋荔裳　赵韫退　高念东　王士禄　王士祯　徐东痴　丁野鹤　田山姜　颜修来　谢方山　赵执信　田香城　冯大木　高西园

于祉所取的诗人共十二人，为：

宋荔裳　赵清芷　高念东　唐豹岩　王士禄　王士祯　张萧亭　徐东痴　田山姜　赵秋谷　王秋史　冯大木

两者所取相同的诗人为：宋荔裳、高念东、王士禄、王士祯、徐东痴、田山姜、赵秋谷、冯大木。换句话说，于祉所选十二人中有九人与沈兆沄相同。沈兆沄，生于1786年，卒于1877年；于祉生于1788年，卒于1869年。两人活跃于诗坛时间也接近。不过，从两人的论诗绝句之作看，他们有参照的地方是很显明的。试看沈兆沄评高念东：

一杯聊复醉花前，咳唾珠玑落九天。胸次翛然埃壒外，达官居士亦神仙。

于祉评高念东：

珠玑自视等尘埃，妙什佳篇信手裁。稍似香山潇洒度，乱头粗服亦天才。

一个说“咳唾珠玑落九天，胸次翛然埃壒外”，一个说“珠玑自视等尘埃”，自语气看，于祉应当是参照沈兆沄的。

沈兆沄评徐东痴：

一访孤山严濑后，无人为办草堂赀。锦秋湖畔留荒垄，清节长传饥颂诗。

于祉评徐东痴：

系水东头踪迹孤，萧然一卷作诗儒。不知清兴有多少？千里孤山访老逋。

沈兆沄评赵执信：

空山落照妙形容，简澹诗摅磊落胸。司寇门高争树帜，登龙不屑却谈龙。

于祉评赵执信：

一卷谈龙自有真，方从鳞爪会全神。当时不下王司寇，但号冯家私淑人。

虽较难看出谁参照谁，感觉上说，还是于祉参照沈兆沄多于沈兆沄参照于祉。

此外，胡焕批评江西诗派，尝作《论江西诗派绝句十五首》[17]。柳奔疾也是江西人，作有《妄人谬论诗派书此折之二首》[18]，当是回应胡焕之作而发。

结语

以上还是就区域性的论诗绝句在如何仿效元遗山体系统地评论诗人，如何振兴区域风雅以填补文献不足，以及如何处理诗人的评论等层面来分析这一特殊文学批评形式的作品。事实上，在这一类作品的讨论上，可以发挥的方面还是不少的。例如各论诗绝句作者如何评价所选的诗人，如何通过绝句的形式来评价诗人，在各论诗绝句作者的评价与他们的其他文学批评著作意见之间进行比较等。换句话说，这些区域论诗绝句的个案研究，还是有很大的研究空间的。我希望有更多的学者能够更进一步重视区域论诗绝句的研究，重视对其他论诗绝句之作的研究，以期能对中国文学批评史的重新书写提供一些帮助。

附录一：区域论诗绝句之作

论福建诗人与作品的有：

杨浚《论次闽诗九十首》

谢章铤《读〈全闽诗话〉杂感》五首、《论诗绝句三十首》

论山西诗人与作品的有：

茹纶常《题〈山右诗存〉十七首》

杨深秀《仿元遗山论诗绝句五十首专论山右诗人》

论山东诗人与作品的有：

谢重辉《济南四首》

赵钧彤《济南秋夜与杨里亭小饮感赋九绝句》

沈兆沄《济南旅舍读山左诸家时各题一绝凡十四首》

于祉《论国朝山左诗人绝句十二首》

蒋师辙《青州论诗绝句》

论广西诗人与作品的有：

廖鼎声《拙学斋论诗绝句一百九十八首》、《论诗成后自题二首》、《再题王世则吕调阳二首》

张祥河《粤西论诗九首》

论广东诗人与作品的有：

陈融《读岭南人诗绝句》（311首）

黄培芳《论粤东诗十绝》

梁梅《论诗绝句十首》

颜君猷《论岭南国朝人诗绝句十五首》

谢章铤《岭南杂诗》

论四川诗人与作品的有：

毛翰丰《论蜀诗绝句十三首》

傅世洵《论蜀诗绝句十四首》

范溶《论蜀诗绝句二十二首》

邱晋成《论蜀诗绝句三十六首》

林思进《论蜀诗绝句三十首》

论湖南诗人与作品的有：

张祥河《论楚诗十二首》

论湖北诗人与作品的有：

夏葆彝《论湖北诗绝句二十首专论湖北诗家流寓不与》、《旧作论湖北诗绝句二十首》

黄小鲁《楚北论诗诗三十二首》

论云南诗人与作品的有：

吴仰贤《偶论滇南诗八首》

论浙江诗人与作品的有：

姚文泰《论诗杂赋六首》

汪远孙《题仲耘辑诗图十首》

岑振祖《读〈姚江逸诗〉前后集得七绝二十六首》

论江苏诗人与作品的有：

王敬之《所识白田诗老各已千古率笔以当三叹三首》

赵允怀《记佳句诗九首》

潘德舆《怀里人作八首》

韩印《论白门近日诗人戏仿元遗山十九首》

张崇兰《怀京口诗人绝句十二首》

柳商贤《苏州论诗绝句十六首》

秦锡田《沪上论诗绝句二十首》

论江西诗人与作品的有：

胡焕《论江西诗派绝句十五首》

柳弃疾《妄人谬论诗派书此折之二首》

附录二：区域论诗绝句作者

谢重辉（1639—1711），字方山，号匏斋，德州人。明末清初人士。官刑部郎中。著有《杏村诗集》。王渔洋评选金台十子集，谢重辉名列第七。

赵钧彤，生卒年不详，字洁平、又号澹园，山东莱阳人。乾隆二十六年（1761）举人，四十年（1775）乙未科进士。授唐山县知县。1783年因罪遣戍新疆。作有《西行日记》，记载沿路所见。

茹纶常（1740—？），字文静，号容斋，介休县师屯北村人。秋试不第，转入国子监学读书，后任职布政司经历。主要传世作品有《茹纶常诗文全集》、《容斋诗集》等。

黄培芳（1779—1859），字子实，号香石，自号粤岳山人，广东香山人。嘉庆九年（1804）中副榜进太学肄业。道光二年（1822）充补武英殿校录官；十年授乳源、陵水县教谕，升肇庆府训导，封内阁中书衔。与张维屏、谭敬昭并称“粤东三子”。著有《香山志》一卷、《重修肇庆府志》二十二卷、《重修新会县志》十四卷、《易宗》九卷、《春秋左传翼》三十卷、《岭海楼诗文钞》、《浮山小志》、《云泉随记》、《香石诗话》等。

姚文泰，生卒年不详，字镇卿，号荃汀，浙江归安人。贡生。著有《蕉绿映书斋稿》、《双溪渔唱集》。

汪远孙（1789—1835），字久也，号小米，又号借闲漫士，浙江钱塘人。嘉庆二十一年（1816）举人，官内阁中书。著有《借闲生诗》三卷，词一卷，及《三家诗考证》、《世本集证》、《汉书地理志校勘记》等。

沈兆沄（1783—1876），字云巢，号拙安、莹川、峻子。天津人。嘉庆二十二年（1817）丁丑科进士，散馆授编修。官至浙江布政使。著有《易义辑闻》、《篷窗随录》、《义利法戒录》、《戒论说》、《捕蝗要备》、《实心编》、《仰企编》、《发声录》、《唐文拾遗》、《组帘书屋诗文钞》、《泳史诗钞》等。编有《沈氏族谱六卷》，也曾校刊宋张敦颐的《六朝事迹编类》。

张祥河（1785—1862），原名公藩，字符卿，号诗舲，一号鹤在，又号法华山人，松江府娄县人。嘉庆二十五年（1820）进士，官工部尚书。谥温和。著有《小重山房初稿》二十四卷、《诗舲诗录》、《诗舲诗外录》、《小重山房诗续录》十二卷、《诗舲词录》二卷等。编纂有《四铜鼓斋论画集》及《会典简明录》等。关心地理，作有《粤西笔述》。

于祉（1788—1869），字燕受，号澹园，又号逸樵、独笑生，山东潍县人。终身不仕。著有《澹园诗选》、《三百篇诗评》、《澹园诗话》、《揽古轩书画录》、《澹园古文选》、《澹园诗集》等。

王敬之，生卒年不详，字宽甫，一字仲恪，高邮人。贡生。著有《小言极》。

赵允怀，生卒年不详，字幸存，又字暗卿，江苏常熟人。道光五年（1825）乙酉举人，候选教谕。有《小松石斋诗集》。

潘德舆（1785—1839），字彦辅，号四农，江苏山阳人。道光八年（1828）戊子举人，曾任安徽知县。著有《养一斋诗文集》二十六卷，《札记》九卷，诗余三卷，诗话十三卷。

梁梅，生卒年不详，字锡仲，号子春，广东顺德人。道光戊子优贡。著有《寒木斋集》。

韩印（1804—1889），字伯符，号介孙，江浦人。著有《尚简堂诗稿》，并编修《金陵韩氏族谱录》。

岑振祖（1754—1839），字镜西，余姚人。清嘉庆诸生。晚年与同郡邬鹤征等结泊鸥吟社，振祖为社长。著有《延绿斋诗集》十二卷及《镜西漫稿》。

张崇兰，生卒年不详，字猗谷，江苏丹徒人。著有《悔庐诗钞》四卷、《梦溪棹讴》二卷、《古文尚书私议》三卷。

颜君猷，生卒年不详，南海人。举人。

吴仰贤，生卒年不详。咸丰二年（1852）进士，官云南边东道，有《小匏庵诗存》六卷卷末一卷，诗话十卷。亦曾撰修《嘉兴府志》九十卷。

杨浚（1830—1890），字雪沧，号健公，又号冠悔道人。祖籍福建晋江，后迁福建侯官。咸丰二年（1852）中举，同治四年（1865）任内阁中书，及国史、方略两馆校对官。同治五年（1866）应左宗棠之邀，入福州正谊书局，重刊先贤遗书。同治八年（1869）游台，受淡水同知陈培桂之聘，纂修《淡水厅志》；并应郑用锡子嗣郑如梁之请，编纂《北郭园全集》。同治九年（1870）修志完成后离台。晚年致力于《冠悔堂诗文钞》、《冠悔堂赋钞》、《冠悔堂骈体文钞》、《冠悔堂楹语》、《杨雪沧稿本》的编写。

廖鼎声，生卒年不详，字金甫，广西临桂人。有《冬荣堂集》、《味蔗轩诗话》。

柳商贤，生卒年不详，字质卿，吴县人。同治庚午（1870）举人，官宁海知县。在任期间，曾重修法昌寺。有《蘧盦诗钞》，也曾撰修

《横金志》。

叶大庄（1844—1898），字临恭，号损轩，侯官县阳岐乡人。同治十二年（1873）癸酉举人，援例内阁中书，改靖江知县。光绪八年（1882）入张之洞幕府，办理洋务和军务。光绪二十三年（1906）出任邳州知州。著有《礼记审议》、《闽中金石记》、《偕寒堂校书记》、《写经斋诗文稿》、《玲珑阁词》等二十多卷，合刊为《玉屏山庄丛书》。

蒋师辙（1847—1904），字绍由，一字少颖，号遯庵，亦号颖香，上元人。光绪十六年（1890）中顺天乡试副榜。十八年（1892）台湾巡抚邵友濂闻其才，延主章奏，二月东渡，三月抵台。四月邵友濂筹修通志，应聘为总纂；因与志局总调台北知府陈文騄不协，遂离台。二十四年（1898）被授任安徽知州。二十五年署寿州，二十六年移凤阳，二十八年调桐城，二十九年授无为州知州。先后与纂多部志书。《光绪临朐县志》十六卷卷首一卷，光绪八年（1882）知县姚延福主修，蒋师辙主纂。曾因张勤果之招，分纂《山东通志》。又有《江苏水利全案图说》一卷，李庆云修，蒋师辙纂。《江苏海塘新志》八卷，总办李庆云修，蒋师辙纂。《光绪鹿邑县志》十六卷卷首一卷，于沧澜、马家彦修，蒋师辙纂，另与纂《光绪凤阳府志》。此外，还著有《台游日记》四卷，详记留台始末；《台湾郡县沿革》一卷；另有诗集《青溪诗集》。

谢章铤（1820—1903），字枚如，长乐县人。清咸丰元年（1851），主讲漳州丹霞、芝山两书院。同治三年（1864）举人。同治五年（1866），往太原说明学使校阅试卷。同治八年（1869），入陕西兵备道赵新幕府处理文牍。后受聘主讲同州丰登书院。同治九年（1870），往漳州主讲芝山书院。光绪二年（1876）进士。次年又主讲芝山书院。光绪十年（1884），受陈宝琛延请，出任江西白鹿洞书院山长，讲授程朱理学。两年后辞职回福州。光绪十三年（1887）起，主讲福州致用书院，并建赌棋山庄，藏书万卷。著作二十余种，汇编为《赌棋山庄全集》，其中最受学界注意的是《赌棋山庄词话》，该作是词话重要作品。

夏葆彝，生卒年不详，字子琴，号文宿，笔名井字山人。光绪十二年（1886）丙戌进士。张之洞督鄂时，对其甚为器重，多次被任为府考及秋闱房官。后由吏部签发浙江钱塘县令，病逝于任所。著有《井字山人诗存》四卷曾付梓。

杨深秀（1849—1898），号昚昚子，字漪村或仪村，山西闻喜人。清末维新变法人士。光绪五年（1879）曾国荃饬令重修《山西通志》，县令陈作哲委托杨深秀主笔。半年后县志修成。光绪六年（1880），王仁堪任山西学政，特聘杨深秀为太原府崇修书院山长。光绪八年（1882），张之洞聘为令德堂。光绪十五年（1889）进士，授刑部主事，累迁郎中，后授山东道监察御史。光绪二十四年（1898）三月，与宋伯鲁等在北京成立关学会，又列名保国会。戊戌政变中，不避艰危，援引古义，请慈禧撤帘归政，遂遇害，为"戊戌六君子"之一。

毛翰丰，生卒年不详，字鹤西，仁寿人。进士。官普洱知府。著有《龟林骈体文》。

傅世洵，生平不详。

范溶，生卒年不详，字玉宾，四川华阳人。光绪二十二年（1896）进士，选庶吉士。著有《益州书画录》。

邱晋成，生卒年不详，字云飘，宜宾人。著有《古苔精室诗存》，曾撰修《光绪叙州府志》。

黄小鲁，生卒年不详，汉阳人。著有《鲁叟诗存》。

秦锡田（1861—1940），字君谷，号砚畦，晚号适庵，别署信天翁，陈行乡人。清光绪十九年（1893）中举。次年，会试不第。1900年捐官为内阁中书。越二年，改官湖北候补同知，充癸卯科湖北乡试同考，继管湖北省丰备仓。曾协助杨斯盛创办浦东中学，任学校学务、财政经理员，后任监督、校董二十余年。先后在陈行兴办正本女子学堂、本立小学，1906年充上海劝学所学董、学务审查长。1931年又创设三林初级商科职业学校。1914年，受聘为上海县修志局分纂，编修《上海县续志》，又助姚文楠纂民国《上海县志》。1920年与姚文楠纂修《民国江南水利志》十卷，辑《河工志》五卷，助父荣光校勘《晋书》，撰《补〈晋书〉王侯表》、《补〈晋书〉异姓封爵表》、《补〈晋书〉僭国年表》，后均收入开明书店版《二十五史补编》。另有《〈晋书〉补注》二十四卷，未刊。1923年，受聘为民国《南汇县续志》总纂。另著有《享帚录》八卷、《享帚续录》（由《适庵文稿、吟稿》辑成）等，编《梓乡丛录》、《上海掌故录》。

林思进（1873—1953），字山腴，号清寂、清寂翁，室名清寂堂、三十六松馆等，四川华阳人。光绪癸卯年（1903）举人，中举后的第二年，东渡日本，考察其政教风俗。光绪三十三年（1907）回国，经过朝考，授内阁中书。后在蜀中执教数十年。1918年接掌华阳中学，1919年后历任四川省高等师范学校、成都大学、华西协合大学、四川大学教授。1930年，受邀编修《华阳县志》。《华阳县志》共三十七卷，1934年问世。40年代末受命纂《四川通志》，未能竟事。有《清寂堂联语辑录》精刻本一卷。

胡焕，生卒年不详，字二棣，浙江瑞安人。善画。

柳弃疾（1886—1958），原名慰高，字安如，别号亚子，江苏吴江人。清末，发起南社，倡导革命。卒于北京。著作丰富，散见报刊，尚未编辑成集。

陈融（1876—1955）字协之，号颐庵，别署松斋、颐园、秋山，广东番禺人。早年肄业于菊坡精舍，颛攻词章之学。清光绪三十年（1904）赴日本东京法政大学学习。翌年加入同盟会。1911年参加黄花岗之役。广东光复后，任军政府枢密处处员。1913年后，历任广东省司法筹备处处长，广东法政学校监督，广东警察学校校长，广东审判厅厅长、司法厅厅长、高等法院院长、大本营法制委员会委员、广东省长公署秘书长兼政务厅厅长、行政院政务处处长。1931年任广州国民政府秘书长，旋任西南政务委员会政务委员兼秘书长。1948年受聘国民党总统府国策顾问，次年赴澳门。1955年在澳门去世。著有《读岭南人诗绝句》、《黄梅花屋诗稿》、《颙园诗话》、《竹长春馆诗》等。

注释：

【1】杨松年：《杜甫〈戏为六绝句〉研究》，台湾文史哲出版社，1995年。

【2】郭绍虞等编：《万首论诗绝句》，人民文学出版社，1991年。

【3】郭绍虞等编：《万首论诗绝句》，人民文学出版社，1991年，第622页。

【4】郭绍虞等编：《万首论诗绝句》，人民文学出版社，1991年，第340页。

【5】王芝林：《读渔洋山人诗》，郭绍虞等编：《万首论诗绝句》，人民文学出版社，1991年，第802页。

【6】况澄：《仿元遗山论诗三十首》，郭绍虞等编：《万首论诗绝句》，人民文学出版社，1991年，第887页。

【7】郭绍虞等编：《万首论诗绝句》，人民文学出版社，1991年，第328页。

【8】杨深秀（1849—1898）《仿元遗山论诗绝句五十首专论山右诗人》题作十五首。《万首论诗绝句》注云："题为五十首，而集中所载实止四十九首，陈石遗《近代诗钞》所录亦然。无从觅补。"郭绍虞等编：《万首论诗绝句》，人民文学出版社，1991年，第1560页。

【9】郭绍虞等编：《万首论诗绝句》，人民文学出版社，1991年，第1328页。

【10】郭绍虞等编：《万首论诗绝句》，人民文学出版社，1991年，第1464~1465页。

【11】郭绍虞等编：《万首论诗绝句》，人民文学出版社，1991年，第1464页。

【12】郭绍虞等编：《万首论诗绝句》，人民文学出版社，1991年，第1670页。

【13】郭绍虞等编：《万首论诗绝句》，人民文学出版社，1991年，第1470页。

【14】郭绍虞等编：《万首论诗绝句》，人民文学出版社，1991年，第1639页。

【15】廖鼎声：《拙学斋论诗绝句一百九十八首》，郭绍虞等编：《万首论诗绝句》，人民文学出版社，1991年，第1328页。

【16】郭绍虞等编：《万首论诗绝句》，人民文学出版社，1991年，第1074~1081页。

【17】郭绍虞等编：《万首论诗绝句》，人民文学出版社，1991年，第1679~1682页。

【18】郭绍虞等编：《万首论诗绝句》，人民文学出版社，1991年，第1771页。

东野穷愁死不休，高天厚地一诗囚
——元好问论孟郊诗与后代论诗绝句

元氏《论诗三十首》第二十八首以“诗囚”形容孟郊之诗作，而以万古不朽赞赏韩愈诗作，云：

> 东野穷愁死不休，高天厚地一诗囚。江山万古潮阳笔，合在元龙百尺楼。[1]

孟郊，字东野，湖州武康人（今浙江德清）。生于唐玄宗天宝十年（751）。三十六岁左右曾参加初试，不第。四十岁，寓居苏州。贞元七年，时四十一岁，再往长安应试，与韩愈、李观结交，唯应试又不第。同年秋，三往长安应试，三试仍不第。于是决定离开长安作湖楚之游。贞元十一年，时四十五岁，再往长安应试。四十六岁，进士登第。此后数年，依旧过着漫游的生活，住过和州、汴州等地。贞元十六年，始被选为溧阳县尉。由于不治官事，常往县南吟诗为乐，县令于是另委他人执事，而分孟郊薪俸之一半与共同执事者。贞元二十年，孟郊因生活贫困而辞去溧阳县尉之职。元和年间，任河南水陆运从事，试协律郎，乃定居于洛阳立德坊。元和四年，母卒，孟氏服丧家居。元和五年，三个儿子相继夭折，诗人生活更是贫病交迫。至元和九年（814），奉诏任兴元军参谋，试大理评事。应命前往兴元途中，卒于河南乡县，葬于洛阳先人墓左，享年六十四岁。友人张籍等私谥贞曜先生。有《孟东野诗集》十卷行世。

元好问《论诗三十首》云“东野穷愁死不休”，“死不休”语法承杜甫《戏为六绝句》中之“轻薄为文哂未休”而稍加变化。后代论诗绝句又有承元氏此句者，如傅玉书《论诗十二首》云“野雀寒鸦噪不休”[2]，冯继聪《论唐诗绝句》云“应倩徐任吟不休”[3]，汪曾本《仿稼亭读诗恍若有悟归来作八绝句奉柬》云“叹老嗟卑语不休”[4]，谢启昆《读〈中州集〉仿元遗山论诗绝句六十首》云“仙语琅琅夜不休”[5]。元好问在其他诗篇中，也有用及“穷愁”二字者，如《赠答张教授仲文》云“穷愁入骨死不销”，不仅用及“穷愁”二字，句法也和“东野穷愁死不休”近似。也有将“穷”与“愁”分嵌于二句运用的，如《同冀丈明秀山行》：“云如愁戍苦，雪亦笑诗穷。”

“东野穷愁死不休”之“穷愁”二字，至少有三个意思：或指孟氏不得宦达，或指生活穷困，或指所作之诗穷寒苦涩。尤袤《全唐诗话》云：

> 郊穷饿，不得安养其亲，周天下无所遇，作诗曰：“食荠肠亦苦，强歌声无欢。出门即有碍，谁谓天地宽！”其穷也甚矣。[6]

胡震亨《唐音癸签》云：

> 孟郊、贾岛，皆以诗穷至死，而平生尤自喜为穷苦之辞。孟有移居诗云：“借车载家具，家具少于车。”乃是都无一物耳。又谢人惠炭云：“暖得曲身成直身。”人谓非身备尝之，不能道此句也。[7]

《苕溪渔隐丛话》引《笠泽丛书》云：

> 长吉夭，东野穷，玉溪生官不挂朝籍而死，正坐是耳。[8]

“东野载家具，家具少于车”一句，见于元好问所作《学东坡移居八首》之二。“郊穷饿”、“东野穷”与“孟郊、贾岛，皆以诗穷至死”之“穷”字，都具有“生活穷苦”这个意思。

白居易《与元九书》云：

陈子昂、杜甫，各授一拾遗，而剥至死；李白、孟浩然辈，不及一命，穷悴终身。近日孟郊六十，终试协律；张籍五十，未离一太祝。彼何人哉！彼何人哉！[9]

这里即以孟郊六十以前而未宦达为“穷”。孟郊多次参与进士考试，均未及第，这点可参考前所述孟郊之生平简介。吴子良《荆溪林下偶谈》云：

《东野墓志》云：年几五十，始以尊夫人之命，来集京师，从进士试，既得即去。史云：年五十得进士第。樊汝霖云：时郊年五十四。三说不同。按《唐登科记》：郊登第在贞元十二年李程榜。又按《墓志》，郊死于元和九年，年六十四。自元和元年，逆数而上，至贞元十二年，凡十九年矣。郊登第当是年四十六。[10]

从中可知孟氏年至四十六，方始登第，但仕途也不平稳。因此元氏所言孟氏“穷愁”的另一个意思，当指孟氏不得宦达而言。

魏泰《临汉隐居诗话》云：

孟郊诗蹇涩穷辟，琢削不暇，真苦吟而成。观其句法，格力可见矣。其自谓：“夜吟晓不休，苦吟神鬼愁。如何不自闲，心与身为仇。”而退之荐其诗云：“荣华肖天秀，捷疾愈响报。”何也？[11]

“孟郊诗蹇涩穷辟”，以“穷”形容孟氏之诗作，是元氏所言“穷愁”的另一个意思。当时的贾岛也以穷辟之诗为能，如《苕溪渔隐丛话》引张文潜云：

唐之晚年，诗人类多穷士，如孟东野、贾浪仙之徒，皆以刻琢穷苦之言为工。[12]

论者乃盛称孟郊与贾岛诗为“郊寒岛瘦”。苏轼《祭柳子玉文》道：

元轻白俗，郊寒岛瘦。

所以施补华《岘佣说诗》道：

孟郊、贾岛并称，谓之郊寒岛瘦。

“郊寒岛瘦”一语，也受到后代论诗绝句之纷纷沿用。张九铎《戏为六绝句》云：“郊寒岛瘦步清尘。”[13]张问陶《玉川子象为陈闻之题》：“不为岛瘦不郊寒。”[14]吴德旋《杂著示及门诸子》：“还因寒瘦称郊岛。”[15]李欣荣《拙集刻成自题八绝句于后》：“岛瘦郊寒苦炼新。”[16]

不过论者多以孟高于贾，如潘德舆《养一斋诗话》云：

郊、岛并称，岛非郊匹。人谓寒瘦，郊并不寒也。如：天地入胸臆，吁嗟生风雷。文章得其微，物象由我裁。论诗至此，胚胎造化矣，寒乎哉？[17]

刘克庄《后村诗话》说：

唐诗人以岛配郊，又有郊寒岛瘦之评，余谓不然。郊集中忽作老苍苦硬语，禅家所谓一句撞倒墙者。退之崛强，亦推让之。岛尤敬畏，有“自来东野先生死，侧近云山得散行”之句。以郊配岛，是师与弟子并行也。

因此施补华《岘佣说诗》在言及“郊寒岛瘦“后表示：

孟郊、贾岛并称，谓之郊寒岛瘦，然贾万不及孟，孟坚贾脆，孟深贾浅故也。[18]

有些论者在言及孟郊“穷”时，甚至兼及其际遇与诗作两者而言，如欧阳修《六一诗话》说：

孟郊、贾岛，皆以诗穷至死，而平生喜为穷苦之句。[19]

前者论其际遇，后者言其诗作。或以其人“穷”而导致其诗“工”，如王赓言《论诗十首》云：

郊诗工处更宜穷。[20]

“穷愁”二字，后代论诗绝句作者也有用及入诗者，如鲍倚云《题听奕轩诗词卷八绝句》云：

何必穷愁始著书，和平至足境欢愉。[21]

张问陶《岁暮怀人作论诗绝句》云：

诗人只合死穷愁。[22]

孟郊蹇涩穷辟之诗风，成为唐诗一派，并受到后代论者的盛赞。如刘攽《中山诗话》云：

今世传《郊集》五卷，诗百篇。又有集号《咸池》者，仅三百篇，其间语句尤多寒涩。

钱谦益《邵梁卿诗草序》说：

唐人之诗，光焰而为李、杜，排奡而为韩、孟，而为元、白，诡而为二李，此亦黄山之三十六峰，篒九百仞，直上者也。[23]

王士祯《蚕尾续文》道：

唐李、杜、韩、柳、元、白、张、王、李贺、孟郊之辈，皆有冠古之才，不沿齐、梁，不袭汉、魏，因事立题，号称乐府之变。[24]

然而历代不满孟诗者，也大有人在。宋代的苏轼、南宋的严羽、明代的陆时雍，就极为排斥孟诗。苏轼《读孟郊诗》云：

夜读孟郊诗，细字如牛毛。寒灯照昏花，佳处时一遭。

又说：

人生如朝露，日夜火消膏。何苦将两耳，听此寒虫号。

严羽《沧浪诗话》云：

李、杜数公，如金擘海，香象渡河。下视郊、岛辈，直虫吟草间耳。

又云：

孟郊之诗刻苦，读之使人不欢。

陆时雍《诗镜总论》之批评尤为苛刻：

孟郊诗之穷也，思不成伦，语不成响，有一二语总稿衷之沥血矣。自古诗人，未有拙于郊者。独创成家，非高才大力，谁能办此？郊之所以益重其穷也。贾岛衲气终身不除，语虽佳，其气韵自枯寂耳。余尝谓读孟郊诗如嚼木瓜，齿缺舌敝，不知味之所在。贾岛诗如寒蛩，味虽不和，时有馀香荐齿。

与苏轼、严羽、陆时雍一样，元好问显然也不喜欢孟诗，故云"高天厚地一诗囚"。元氏同样的言论也见于其《放言》一诗中：

韩非死孤愤，虞卿著穷愁。长沙一湘累，郊、岛两诗囚。

后代论诗绝句，也有用到"诗囚"之词的，如张埙《论明诗绝句十六首》云："同辈名尊白雪楼，杜生杜死作诗囚。"元氏以"诗囚"贬斥孟诗，论者有不同意的，如潘德舆《养一斋诗话》论元氏之评孟诗云：

东坡云："照当斗僧清，未足当韩豪。"不足令东野心服。遗山云："东野穷愁死不休，高天厚地一诗囚。"抑又甚矣。[25]

施补华《岘佣说诗》也说：

孟东野奇杰之笔万万不及韩，而坚瘦特甚。譬之阳之城，小而愈固，不易攻破也。东坡比之空螯；遗山呼为诗囚，毋乃太过！[26]

沈德潜《说诗晬语》道：

孟东野诗，亦从风骚中出，特意象孤峻，元气不无牿耳。以郊、岛并称，铢两未敌也。元遗山云："东野穷愁死不休，高天厚地一诗囚。江山万古潮阳笔，合在元龙百尺楼。"扬韩抑孟，毋乃太过？[27]

后代论诗绝句之作，更常非议元氏的意见。如程恩泽《仿遗山绝句答徐廉峰仁弟》针对元氏之见表示：

赋才雄戛合低头，无本相随逐未休。为问坡仙与元子，漫劳辛苦谤诗囚。[28]

宫尔铎《读元遗山王渔洋论诗绝句爱其文词之工惜其所言尚非第一义漫成此作以质知音》也说：

苦吟真个鬼神愁，秋色南山气骨遒。堪笑晚唐多丑态，漫嗤东野是诗囚。[29]

王庚言《论诗十首》虽然没有直接针对元氏之说加以评议，实也肯定孟郊之作：

诗到穷人分外工，郊诗工处更宜穷。一编细字牛毛样，愁煞东坡读未终。[30]

黄安涛《读唐诗绝句十首》也表示：

酸吟东野坐诗穷，触绪丛悲一世中。毕竟秋声无俗韵，愿君坚忍听寒虫。[31]

元好问在批评孟郊为"诗囚"的同时，对举韩愈诗作，并盛赞其作品"江山万古潮阳笔"，并可高踞"元龙百尺楼"。潮阳笔，指韩愈诗文之作。黄庭坚《与王观复书》云："韩退之自潮州还朝后文章，皆不烦绳削而自合矣。"韩愈诗文之笔力，后代赞者极多。在论诗绝句之作中，如叶绍本《仿遗山论诗得绝句廿四首》赞赏韩氏之笔力云：

千秋嵩岱有韩公，鞭走蛟螭驾赤龙。十相威严大神力，何人鬼语泣秋萤。[32]

邵堂《论诗六十首》也赞赏韩氏之健笔云：

崝嵘健笔昌黎伯，不解雌黄陈后山。此是五丁开凿手，蚕丛鸟道几人攀？[33]

何一碧《论诗》则赞许韩氏七言之作道：

万岫中间特起峰，摩天巨刃健于龙。七言自有昌黎笔，排奡盘空立大宗。[34]

朱应庚《论诗三十首》也以“巨刃摩天”形容韩愈诗作的笔力：

> 巨刃摩天已自奇，嵯峨石鼓动当时。[35]

许愈初《论诗绝句》也赞赏韩愈之健笔云：

> 健笔凌云胆气粗，昌黎骨格古今无。模糊石鼓开生面，崛兀南山战画图。[36]

邓熔《论诗三十绝句》则以回澜笔赞许韩愈的诗笔：

> 诗到贞元才力薄，几人硬语独盘空？昌黎特具回澜笔，疏凿龙门识禹功。[37]

元氏对潮阳笔也是极为倾心的，在其他诗篇中，常盛赞这种笔力。如《下黄榆岭》云：“直须潮阳老笔回万千，露顶张颠挥醉帖。”“江山万古潮阳笔”之“江山万古”，本杜甫《戏为六绝句》之“不废江河万古流”而稍加变化。元氏喜用“江山万古”、“江河万古”、“万古河山”等词句，例如《湘中咏》中“江山万古骚人国”，《楚汉战处》中“万古河山自壁门”。而用及“万古”一词者尤多，单是在《论诗三十首》中，就有多处用及“万古”之词，如“一语天然万古新”，“中州万古英雄气”，“万古文章有坦途”，“切切秋虫万古情”，“万古幽人在涧阿”，“万古千秋五字新”。其他诗篇用及“万古”者尤众，例如《郑州上致政贾左丞相公》中“万古清风在典型”，《送吴子英之官东桥且为解嘲》中“万古书生蹭蹬中”，《黄华峪十绝句》中“万古飞流泻不供”，《东湖次及之韵》中“万古风流余此席”，《秋夕》中“万古何曾马角生”，《七贤寒林图》中“万古骚人有赏音”，《自题中州集后五首》中“万古骚人呕肺肝”，《解剑行》中“万古不解天公心”，《贺中庸老再被恩纶》中“万古千秋丽泽堂”，《秋日载酒光武庙》中“万古旌旗在眼中”，《题李庭训所藏雅集图二首》之一中“万古文章有至公”，《希颜挽诗五首》之四中“万古文章有正传”。也有把“万古”置于诗句中之三四字位置而运用的，如《石门》云“石林万古不知暑”，《跋文献公张果老图》云“清风万古应犹在”，《自题二首》之一云“千秋万古回文锦”。

在五言之作中，元氏也经常用及“万古”二字。如《洛阳高少府阳后庵五首》之五云“万古谪仙游”，《梁父吟扇头》云“磅礴万古心”，《太室同希颜赋》云“万古压坤灵”。值得注意的是，元氏更有用及“万万古”的，例如《饮酒》云“醉乡日月万万古”，《鹿泉新居二十四韵》云“汉家威灵万万古”。

“元龙百尺楼”取陈登典故。按：《三国志·魏志·陈登传》云：“后许汜与刘备并在荆州牧刘表坐，表与备共论天下人，汜曰：‘陈元龙湖海之士，豪气不除。……’备问汜：‘君言豪，宁有事耶？’汜曰：‘昔遭乱，过下邳，见元龙，元龙无客主之意，久不相与语，自上大床卧，使客卧下床。’备曰：‘君有国士之名，今天下大乱，帝主失所，望君忧国忘家，有救世之意，而君求田问舍，言无可采，是元龙所讳也，何缘当与君语！如小人欲卧百尺楼上，卧君于地，何但上下床之间邪！’”

元好问诗中也经常用及元龙百尺楼之典故。如《范宽秦川图》：“元龙未除湖海气，李白岂是蓬蒿人。”《横波亭》：“气压元龙百尺楼。”《寄希颜二首》之一云：“楼上元龙莫笑人。”又：“楼上元龙先日豪。”《刘氏明远庵三首》之一：“豪气元龙百尺楼。”《西山楼为王仲理赋二首》：“湖海元龙兴未豪。”

“合在元龙百尺楼”句，也获得后代论诗绝句之纷纷效仿。如彭辂《题梅园癸丑诗卷四首》：“稳据君家百尺楼。”[38]朱炎《书箧衍集后》：“湖海豪吟百尺楼。”[39]管世铭《论近人诗绝句》：“斩新花蕊知多少？合著斯人百尺楼。”[40]彭光澧《论国朝人仿元遗山三十六首》：“意气能倾百尺楼。”[41]也有把“百尺楼”置于诗句的前三字而加运用的。例如徐以坤《戏为绝句》：“百尺楼头又一韩。”[42]焦袁熙《阅宋人诗集十七首》云：“百尺楼高踞上头。”[43]而吴德旋《杂著示及门诸子》中“诗坛百尺起岑楼”则将“百尺楼”分嵌在诗句中运用。杨秀鸾《论诗绝句》则取用“合在+……”之句式，如“合在钱塘十顷湖”[44]。

元氏以韩愈应据百尺楼与孟郊为一诗囚对举，肯定韩愈而贬斥孟

 郊，得到后代一些论者的支持。如俞弁《逸老堂诗话》云：

人之于诗，嗜好往往不同。如韩文公读孟东野诗，有低头拜东野之句。唐史言退之性倔强，任气傲物，少许可。其推让东野如此。坡公《读孟郊诗》有云："初如食小鱼，所得不偿劳。又如煮蟛越竟日嚼空螯。二公皆才豪一世，而其好恶不同若此。"元次山有云："东野悲鸣死不休，高天厚地一诗囚。江山万古潮阳笔，合卧元龙百尺楼。"推尊退之而鄙薄东野至矣。此诗断尽百年公案。

瞿佑《归田诗话》也说：

遗山《论诗》云："东野悲鸣死不休，高天厚地一诗囚。江山万古潮阳笔，合卧元龙百尺楼。"推尊退之而鄙薄东野，至矣。东坡亦有"未足当韩豪"之句。又云："我厌孟郊诗，复作孟郊语。"盖不为所取也。[45]

实际上，韩愈与孟郊之交情极为契深。梅尧臣《永叔寄诗八首并祭子渐文一首因采八诗之意警以为答》曾以韩、孟两人之交情比喻他与欧阳修之情谊：

昔闻退之与东野，相与结交贱微时。孟不改贫韩渐贵，二人情契都不移。韩无骄矜孟无靦，直以道义为己知。我今与子亦似此，子亦不愧前人为。[46]

《依韵和永叔澄心堂纸答刘原甫》也说：

退之昔负天下才，扫掩众说犹除埃。张籍、卢同斗新怪，最称东野为奇瑰。当时辞人固不少，漫费纸扎磨松煤。欧阳今与韩相似，海水浩浩山嵬嵬。石君、苏君比卢籍，以我拟郊嗟困摧。公之此心实扶助，更后有力谁论哉！[47]

陈善《扪虱新话》也以韩、孟之关系比欧阳修与梅圣俞云：

韩退之之与孟东野为诗友，近欧阳公复得梅圣俞，谓此事比肩韩、孟。故公诗云：犹喜共量天下士，亦胜东野亦胜韩也。盖尝目圣俞为诗老云。公亦重苏子美，独称为苏、梅。子每喜为健句，而梅诗乃务为清切闲淡。公有《水谷夜行》诗，备述其体。然子美尝曰：吾不幸写字人以比周越，作诗人以比梅尧臣。此又可哭。[48]

韩、孟之交情，也获得后代论者之称道，如汪琬云：

顾子年虽少，所交多名公钜儒，下笔言语妙天下，而于诗尤工。……蛟门之视顾子，其殆如韩退之之于孟东野，欧阳永叔之于梅圣俞乎！昔退之为孟生诗也，称其有咸池之音，继又欲低头下拜，以云自比，以龙比东野，冀其追逐于四方上下间。

而韩愈在其友人与学子之间，最为推重的就是孟郊。范晞文《对床夜语》言韩愈推崇孟诗的情况道：

退之序东野诗云：东野之诗，其高出魏、晋，不懈而及于古，其他浸淫乎汉氏矣。又荐之以诗云：有穷者孟郊，受材实雄骜。冥观洞古今，象外逐幽好。横空盘硬语，妥帖力排奡。敷柔肆纡馀，奋猛卷海潦。荣华肖天秀，捷疾逾响报。[49]

赵翼《瓯北诗话》也言及韩愈与孟郊之交情和他如何推崇孟诗：

游韩门者，张籍、李翱、皇甫湜、贾岛、侯喜、刘师命、张彻、张署等，昌黎皆以后辈待之。卢仝、崔立之虽属平交，昌黎亦不甚推重。所心折者，惟东野一人。荐之于郑余庆，则历叙汉、魏以来诗人，至唐之陈子昂、李白、杜甫，而其下即云："有穷者孟郊，受才实雄骜。"固已推为李、杜后一人。其赠孟东野诗云："昔年因读李白杜甫诗，长恨二人不相从。吾与东野生并世，如何复蹑二子踪。我愿身为云，东野变为龙。"是又以李、杜自相期许。其心折东野，可谓至矣。[50]

所以张戒《岁寒堂诗话》说：

世以配贾岛而鄙其寒苦，盖未之察也。郊之诗寒苦则信矣，然其格致高古，词意精确，其才亦岂可易得？[51]

韩愈这种力推孟郊的待友之道，乃得到后代论者之赞扬。张晋《仿元遗山论诗绝句六十首》云：

吏部才雄气亦豪，精神远与少陵交。谁知前辈虚心甚，推奖偏能到孟郊。[52]

薛雪《一瓢诗话》说：

“东野悲鸣死不休，高天厚地一诗囚。”“诗囚”二字，新极趣极。昌黎每每推许东野，恐其好处后人不识。[53]

孟郊诗之能够得到韩愈的推崇，并非韩氏见解之偏，实际上孟诗有其特色与成就。赵翼《瓯北诗话》就有韩、孟才力相当之评。《瓯北诗话》云：

昌黎本好为奇崛皇，而东野盘空硬语，妥帖排奡，趣尚略同，才力又相等，一旦相遇，遂不觉胶之投漆，相得无间，宜其倾倒之至也。今观诸联句诗，凡昌黎与东野联句，必字字争胜，不肯稍让；与他人联句，则平易近人。可知昌黎之于东野，实有资其相长之功。宋人疑联句多系韩改孟，黄山谷谓韩何能改孟，乃孟改韩耳。此语虽未免过当，要之二人工力悉敌，实未易优劣。昌黎作《双鸟诗》，喻己与东野一鸣，而万物皆不敢出声。东野诗亦云：“诗骨耸东野，诗涛涌退之。”居然旗鼓相当，不复谦让。至今果韩、孟并称，盖二人各自忖其才分所至，而预定声价矣。[54]

一些论及韩、孟所作联句诗时，也常有两人才力相当，甚至有孟高于韩之说。如李重华《贞一斋诗说》：

联句，《柏梁》为之造端，但《柏梁》各自成章，非必一一联属。至何、范有作，始合成篇法。李、杜间亦有之，不过数韵止耳。韩、孟二公，制为大篇，夸示奇丽。余意韩、孟固自敌手，似出两人所为，他如《石鼎联句》，应是昌黎一人所构。[55]

施补华《岘佣说诗》：

韩、孟联句，字字生造，为古来所未有，学者不可不穷其变。[56]

以上所述均以两人程度相当。而黄庭坚，则以孟高于韩，其论点见于吕本中《童蒙诗训》：

徐师川问山谷云："人言退之、东野联句，大胜东野平日所作，恐是退之有所润色。"山谷云："退之安能润色东野，若东野润色退之，即有此理也。"[57]

后代论者也有持孟郊善于诗，韩愈善于文，孟诗高于韩愈之论的，如赵璘道：

韩文公与孟东野友善，韩公文至高，孟长于五言，时号孟诗韩笔。[58]

当然这种看法也引起其他论者的不满，如翁方纲《石洲诗话》道：

孟、卢皆小官，执定不化，安可接武韩诗！必欲求接韩诗者，定推欧阳子。[59]

无论如何，孟郊实有其特色。谢榛《四溟诗话》云：

予夜读李长吉、孟东野诗集，皆能造语奇古，正偏相半，豁然有得，并夺搜奇想头去其二偏。险怪如夜壑风生，暝岩月堕，时时山精鬼火出焉，苦涩如枯枝朔吹，阳崖冻雪，见者靡不惨然。予以奇古为骨，平和为体，兼以初唐、盛唐诸家，合而为一，高其格调，充其气魄，则不失正宗矣。若蜜蜂历采百花，自成一种佳味，与芳馨殊不相同，使人莫知所蕴。[60]

贺裳《载酒园诗话又编》云：

贞元、元和间，诗道始杂，类各立门户。孟东野最为高深，如："慈母手中线，游子身上衣。临行密密缝，意恐迟迟归。谁言寸草心，报得三春晖？"真是六经鼓吹，当与退之《拘幽操》同为全唐第一。吾更喜其《送韩愈从军》篇云："王灿有所依，元瑜初应命。一章喻檄明，百万心气定。"此即李抱真所云："山东布赦书，士卒皆感泣。"可谓能见其大，而概谓之蛩吟草间耶？[61]

潘德舆《养一斋诗话》云：

予论唐诗，小与人异。东野《独愁》诗云："前日远别离，昨日生白发。欲知万里情，晓卧半床月。常恐百虫鸣，使我芳草歇。”《洛桥远望》云：“天津桥下冰初结，洛阳陌上行人绝。榆柳萧疏楼阁闲，月明直见嵩山雪。”笔力高简至此，同时除退之之奥，子厚之淡，文昌之雅，可与匹者谁乎？而人犹以退之倾倒不置为疑。[62]

胡应麟《诗薮》云：

东野之古，浪仙之律，长吉乐府，玉川歌行，其才具工力，故皆过人。如危峰绝壑，深洞流泉，并自成趣，不相沿袭。

孟郊诗在唐代诗坛，甚至在整个中国诗史上，能拥有一定的地位是无可置疑的。管世铭《读雪山房唐诗序例》评孟郊五言之作在唐代诗坛之地位云：

五言肇兴至唐，将及千载，故其境象尤博。即以有唐一代论之：陈、张为先声，王、孟为正响。常建、刘眘虚几于苏、李天成，李颀、王昌龄不减曹、刘自得。陶翰慷慨，喜言边塞；储光羲真朴，善说田家。岑嘉州峭壁悬崖，峻不得上；元次山松风涧雪，凛不可留。李供奉襟情倜傥，集建安、六代之成，杜员外气韵沉雄，尽乐府、古词之变。韦、柳以澄澹为宗，钱、李以风标相尚。韩、孟皆戛戛独造，而涂畛又分；乐天若平平无奇，而稗益自远。其他一吟一咏，各自成家，不可枚举。于戏，其极天下之大观乎！[63]

陆蓥《问花楼诗话》也说：

先辈论诗，五古以渊闲静雅、骨气高妙为上。三唐作者，无论李、杜，如王、孟之冲淡，高、岑之劲拔，韩、孟之奇奥，元、白之晓畅，揭足上薄汉、魏，下掩宋、元，故曰诗至唐而极盛。韩有放纵处，孟却简素，故昌黎一生推服东野尤至。

所以一些论者排孟崇韩，只是表示评论者个人对诗作的好恶罢了，如刘熙载《诗概》云：

韩之推孟也至矣。后人尊韩抑孟，恐非韩意。[64]

尊韩抑孟，非韩愈的原意，也不足以动摇孟诗的地位。曾季貍《艇斋诗话》云：

予旧因东坡诗云："我憎孟郊诗"，及"要当斗僧清，未足当韩豪。……何苦将两耳，听此寒虫号"。遂不喜孟郊诗。五十以后，因暇日试取细读，坚其精深高妙，诚未易窥，方信韩退之、李习之尊敬其诗，良有以也。东坡性痛快，故不喜郊之词艰深。要之，孟郊、张籍，一等诗也。唐人诗有古乐府气象者，惟此二人。但张籍诗简古易读，孟郊诗精深难窥耳。孟郊如《游子吟》、《列女操》、《薄命妾》、《古意》等篇，精确宛转，人不可及也。

从自己的读诗经验论评孟诗，也能窥见孟诗之长处。兹引二说作结。

注释：

【1】元好问：《论诗三十首》，《遗山先生文集》，《四部丛刊初编》，上海商务印书馆影乌程蒋氏密韵楼藏明弘治刊本。瞿佑《归田诗话》和俞弁《逸老堂诗话》引此诗作："东野悲鸣死不休"及"合卧元龙百尺楼"，薛雪《一瓢诗话》亦作"东野悲鸣死不休"，均与原著不同。俞弁更以此诗为元次山所作，实误。郭绍虞等编《万首论诗绝句》作"江南万古潮阳笔"，亦属校对之失。

【2】郭绍虞等编：《万首论诗绝句》，人民文学出版社，1991年，第550页。

【3】郭绍虞等编：《万首论诗绝句》，人民文学出版社，1991年，第1175页。

【4】郭绍虞等编：《万首论诗绝句》，人民文学出版社，1991年，第1226页。

【5】郭绍虞等编：《万首论诗绝句》，人民文学出版社，1991年，第507页。

【6】尤袤：《全唐诗话》卷二，《历代诗话》，中华书局，1958年，第114~115页。

【7】胡震亨：《唐音癸签》卷二十五，古典文学出版社，1957年，第223页。

【8】胡仔：《苕溪渔隐丛话》前集卷十九，人民文学出版社，1962年，第127页。

【9】白居易：《与元九书》，《白氏长庆集》，上海商务印书馆影日本活字本。

【10】吴子良：《荆溪林下偶谈》卷一，宝颜堂秘笈续集本。

【11】魏泰：《临汉隐居诗话》，《历代诗话》，中华书局，1958年，第321页。

【12】赵璘：《因话录》前集卷十九，中华书局，1963年，第125页。

【13】郭绍虞等编：《万首论诗绝句》，人民文学出版社，1991年，第604页。

【14】郭绍虞等编：《万首论诗绝句》，人民文学出版社，1991年，第643页。

【15】郭绍虞等编：《万首论诗绝句》，人民文学出版社，1991年，第658页。

【16】郭绍虞等编：《万首论诗绝句》，人民文学出版社，1991年，第1622页。

【17】潘德舆：《养一斋诗话》，《清诗话续编》，上海古籍出版社，1983年。

【18】施补华：《岘佣说诗》，《清诗话》，中华书局，1963年，第983页。

【19】欧阳修：《六一诗话》，见《历代诗话》，中华书局，1958年。

【20】郭绍虞等编：《万首论诗绝句》，人民文学出版社，1991年，第652页。

【21】郭绍虞等编：《万首论诗绝句》，人民文学出版社，1991年，第652页。

【22】郭绍虞等编：《万首论诗绝句》，人民文学出版社，1991年，第643页。

【23】钱谦益：《邵梁卿诗草序》，《牧斋初学集》卷三十二，《四部丛刊初编》，上海商务印书馆影明崇祯癸未刊本。

【24】王士祯：《蚕尾续文》，《带经堂诗话》卷一，人民出版社，1963年。

【25】潘德舆：《养一斋诗话》，《清诗话续编》，上海古籍出版社，1983年。

【26】施补华：《岘佣说诗》，《清诗话》，中华书局，1963年，第983页。

【27】沈德潜：《说诗晬语》，《清诗话》，中华书局，1963年，第535页。

【28】郭绍虞等编：《万首论诗绝句》，人民文学出版社，1991年，第794页。

【29】郭绍虞等编：《万首论诗绝句》，人民文学出版社，1991年，第1459页。

【30】郭绍虞等编：《万首论诗绝句》，人民文学出版社，1991年，第652页。

【31】郭绍虞等编：《万首论诗绝句》，人民文学出版社，1991年，第765页。

【32】郭绍虞等编：《万首论诗绝句》，人民文学出版社，1991年，第727页。

【33】郭绍虞等编：《万首论诗绝句》，人民文学出版社，1991年，第823页。

【34】郭绍虞等编：《万首论诗绝句》，人民文学出版社，1991年，第1321页。

【35】郭绍虞等编：《万首论诗绝句》，人民文学出版社，1991年，第1630页。

【36】郭绍虞等编：《万首论诗绝句》，人民文学出版社，1991年，第1648页。

【37】郭绍虞等编：《万首论诗绝句》，人民文学出版社，1991年，第1699页。

【38】郭绍虞等编：《万首论诗绝句》，人民文学出版社，1991年，第851页。

【39】郭绍虞等编：《万首论诗绝句》，人民文学出版社，1991年，第558页。

【40】郭绍虞等编：《万首论诗绝句》，人民文学出版社，1991年，第607页。

【41】郭绍虞等编：《万首论诗绝句》，人民文学出版社，1991年，第691页。

【42】郭绍虞等编：《万首论诗绝句》，人民文学出版社，1991年，第560页。

【43】郭绍虞等编：《万首论诗绝句》，人民文学出版社，1991年，第283页。

【44】郭绍虞等编：《万首论诗绝句》，人民文学出版社，1991年，第963页。

【45】瞿佑：《归田诗话》卷上，《历代诗话续编》，中华书局，1983年。

【46】梅尧臣：《永叔寄诗八首并祭子渐文一首因采八诗之意警以为答》，《宛陵先生集》卷二十四，《四部丛刊初编》，上海商务印书馆影上海涵芬楼藏明刊本。

【47】梅尧臣：《依韵和永叔澄心堂纸答刘原甫》，同上注，卷三十五。

【48】陈善：《扪虱新话》，《宝颜堂秘笈》本。

【49】范晞文：《对床夜语》卷四，《历代诗话》，中华书局，1958年。

【50】赵翼：《瓯北诗话》卷三，《清诗话续编》，上海古籍出版社，1983年，第1163~1164页。

【51】张戒：《岁寒堂诗话》卷上，《历代诗话续编》，中华书局，1983年。

【52】郭绍虞等编：《万首论诗绝句》，人民文学出版社，1991年，第667页。

【53】薛雪：《一瓢诗话》，《清诗话》，中华书局，1963 年，第705页。

【54】赵翼：《瓯北诗话》卷三，《清诗话续编》，上海古籍出版社，1983年。

【55】李重华：《贞一斋诗说》，《清诗话》，中华书局，1963年。

【56】施补华：《岘佣说诗》，《清诗话》，中华书局，1963年。

【57】吕本中：《童蒙诗训》，郭绍虞编：《宋诗话辑佚》，中华书局，1980年。

【58】赵璘：《因话录》卷三，中华书局，1963年。

【59】翁方刚：《石洲诗话》卷二，《清诗话续编》，上海古籍出版社，1983年，第1370页。

【60】谢榛：《四溟诗话》，《历代诗话续编》，中华书局，1983年。

【61】贺裳：《载酒园诗话又编》，《清诗话续编》，上海古籍出版社，1983年，第352页。

【62】潘德舆：《养一斋诗话》卷九，《清诗话续编》，上海古籍出版社，1983年，第2149页。

【63】管世铭：《读雪山房唐诗序例》，《清诗话续编》，上海古籍出版社，1983年，第1547页。

【64】刘熙载：《诗概》，《清诗话续编》，上海古籍出版社，1983年，第2429页。

屈大均与后代论诗绝句

屈大均（1630—1696），初名绍隆，字翁山，一字骚余，又字介子，广东番禺人。生于南海邵氏，年十六，以邵龙名补南海县学生员，其父携之归沙亭，复姓屈氏，改名绍隆。南明永历元年（1647），从师陈邦彦起义。邦彦殉难，大均赴肇庆行在，上《中兴六大典书》。父殁，入雷峰为僧。法名今种，字一灵，又字骚余。出游大江南北，广交豪杰，联络郑成功，郑败，屈氏归里，还俗，改名大均。吴三桂反清，以蓄发复衣冠号召天下，大均依之，后知三桂有篡窃之意，归。忧郁而卒。诗与陈恭尹、梁佩兰齐名。有《翁山诗外》、《翁山文外》、《九歌草堂集》等。

屈大均、陈恭尹（1630—1700）[1]、梁佩兰（1629—1705）[2]，时称为岭南三家。清初粤东遗民诗人之作，颇受后人赞扬。颜君猷以广东本是先秦楚地所在，受到传统楚风的深刻影响，擅长词章的甚多，且多遗民之风，如《论岭南国朝人诗绝句》云：

交广从来是楚乡，湘垒苗裔擅词章。顽民不诵周家圣，手掬寒泉吊首阳。[3]

卓尔堪《明遗民诗》述陈恭尹时，曾言及当时岭南三大遗民诗人云：

（恭尹）自幼有异才，与梁佩兰、屈大均称岭南三大家。

王士祯《渔洋诗话》也说：

南海耆旧以屈大均翁山，梁佩兰药亭，陈恭尹元孝齐名，号三君。[4]

这是文章上可见的言论，而在后代论诗绝句中，也常见论诗作品述及岭南此三家的成就。例如吴衡照《冬夜读诗偶有所触辄志断句非效遗山论诗也得十五首》云：

海上烟云致足夸，岭南三子各名家。[5]

毛国翰《暇日偶阅近人诗各系一绝》也说：

岭外骚人数屈陈，三家分占海南春。[6]

张晋《仿元遗山论诗绝句六十首》云：

瘴雨蛮烟海尽头，岭南三老尽风流。
更怜后起传佳句，柳色依人欲上楼。[7]

岭南三家与江左三家齐名。朱庭珍《筱园诗话》云：

国初江左三家，钱、吴、龚并称于世；岭南三家，屈、梁、陈亦齐名当代。[8]

江左三家，指钱谦益、吴伟业、龚鼎孳。所以郭曾炘《杂题国朝诸名家诗集后》表示：

王、李、钟、谭变已穷，岭南、江左各宗风。六家诗继三家起，盛世元音便不同。[9]

不过一些论者在述及岭南三家时，觉得于三家之外，也有一二诗人可与三家齐名并列，如孙雄《论诗绝句》就建议应该补多一位程周量，并赞扬各家云：

猨猊郁怒饮溪流，语不惊人死不休。陈屈梁程堪嗣响，扬毫字字欲縋幽。[10]

诗后有注云：

符南樵云："二樵诗生涩结峭，少陵所谓语不惊人死不休者。粤东诗人，向推屈、梁、陈三家，程周量可与三家颉颃，得二樵山人诗，上与诸公为继响矣。"

三家之作，各有特色。谭献《复堂日记》云：

阅岭南三家诗，梁氏醇朴，而意尽句中，大似龚芝麓；屈氏深秀，由奇得剿，喷薄处郁郁有至性，此君与卬湛若皆神似太白，不徒形似；陈氏精浑，师法在陈思、子美，亦以时地相发。

王煐《岭南三大家诗选序》云：

岭南三先生以诗鸣当世。……予尝私评三先生之诗曰："药亭之诗，才人之诗也；翁山之诗，学者之诗也；元孝之诗，诗人之诗也。"

唯陈融《颙园诗话》不同意此见。其言云：

余于清初粤三家诗，久欲有所论列，而未敢着笔。问于不匮主人。主人曰："王蒲衣选《三家诗》，盘麓王氏为之序曰：'药亭之诗，才人之诗也；翁山之诗，学者之诗也；元孝之诗，诗人之诗也。'"余少时见之，即谓不然。如王序上文谓：翁山如万壑奔涛，其中多藏蛟龙神怪，自是才人而非学者。且既推重元孝为诗人之诗，乃譬以大匠当前，罗材就正，亦嫌搔不着痒处。窃谓：翁山之诗，以气骨胜；元孝之诗，以清韵胜；药亭之诗，以格律胜。翁山如燕、赵豪杰，元孝为湘、沅才人，药亭乃馆阁名士也。

论诗绝句作者也有言及三家之不同特色者，如徐以坤《戏为绝句》于评及屈大均时连带言及陈元孝、梁佩兰云：

痛饮清醪读楚骚，风流所始韵原高。同时尚有梁陈辈，鞭弭周旋气尽豪。[11]

于具体叙述三家诗作之特长时，朱庭珍《筱园诗话》尤其赞赏梁佩兰之七古、陈元孝之七律与屈大均之五律，并许之为“三绝”：

岭南三君，药亭七古，翁山五律，元孝七律，当代夸为三绝。[12]

在论诗绝句之作中，程秉钊《国朝名人集题词》说：

浩瀚雄奇众妙该，遗民谁似岭南才？只应憔悴灵均裔，饭颗山前赌句来。[13]

诗后有注云：

陈恭尹元孝独漉堂集。岭南三家胜于江左。翁山五言，神似青莲；独漉七言，不减工部；洵并时之劲敌。

蒋士超《清朝论诗绝句》也说：

药亭七古翁山律，诸体兼长独漉堂。岭峤诗人胜江左，湟溱辞更有声光。[14]

言下不但赞扬三家在各体诗作的表现，甚而以为他们的成就高于江左三家了。

岭南三家中，屈大均与其他二家相比，名较不显。沈寿榕《检诸家诗集信笔各题短句》就说明岭南诗人陈、梁名著，而知道屈氏的人不多的情形。其言云：

岭南名最梁、陈著，问道援堂知渐希。[15]

但前人对屈氏之作品，赞之者不少。毛奇龄（1623—1713）《岭南屈翁山诗集序》认为屈氏诗作独树一格：

翁山诗超然独行，当世罕偶。

金天《答樊山老人论诗书》以“仙骨”赞誉屈诗：

翁山奇服，别具仙骨。

何如愈《退庵诗话》则盛赞屈诗风格“沉郁豪迈，横绝一世”：

屈翁山大均，番禺人，性任侠，有奇才。诗沉郁豪迈，横绝一世。

王士祯《池北偶谈》则赞其工于写山林边塞，为一代之才：

南海屈介子大均，少为诸生，有声。旋弃去。学浮屠法，释名一灵，字翁山。居罗浮久之，出游吴越。又数年，忽加冠巾，游秦、陇，与秦中名士王无异弘撰、李天生因笃为友，作《华岳》百韵诗。固原守将某，见而慕其才，以甥妻之。翁山爱玩少室，赋诗云：“同栖红翠三花树，对写丹青五岳图。”自固原携妻至代州上谷，再游京师，下吴会，自金陵归粤，妻随病死。翁山之诗，尤工于山林边塞，一代才也。[16]

延君寿《老生常谈》更有多则论及屈诗，并给予高度的赞扬。例如赞其诗之神韵色泽，并以妙手称之。其言云：

诗有空写而不觉其空者，不读书人效之，便味同嚼蜡。屈翁山云：“白鹭一溪影，桃花何处湾？”其神韵色泽，味之弥长。欲为此等，当先读书。即如太白“床前明月光”一首，似不从读书得来，然其机神一片，又非藉书卷之气以发性灵，则断断不能。古人所传，亦有思妇劳人之什，然持较气味终别。又有故典与题全没关涉，信手拈来，妙不可言者。翁山《太白祠》云：“才人自古蛟龙得，太白三闾两水仙。”读之令人惊喜，如此捏合用事，岂非妙手！[17]

又赞屈氏之《赠楚客》一诗云：

诗有看去极省力，又极自在流出，却不许人捉笔追踪者，天才人力之别也。翁山《赠楚客》云：“声诗《江汉》始，莫谓楚无风。我祖《离骚赋》，人称《小雅》同。明珠贻下女，香草惠童蒙。之子南荆起，还将乐府工。”其妙处，尤在后半不弱。学者学古人到水到渠成之候，方可偶得此种，初上来则不可师此，所谓教不躐等也。[18]

卓尔堪《明遗民诗》选明遗民诗人作品，数杜睿最多，共一百五十八首。居次的就是屈大均与钱澄之，各一百二十七首。在诗人小传中，卓氏如是写及屈氏的生平，并赞许他的诗作多悲伤慷慨之词：

（大均）为屈原后代，少丁丧乱，长而远游。其所跋涉者，秦、赵、燕、代之区，其所目击者，宫阙陵寝、边塞营垒废兴之迹，故其词多悲伤慷慨。[19]

朱庭珍《筱园诗话》更详细地盛赞屈氏五律与七律之作：

屈翁山五律，忽而高浑沉着，忽而清苍雅淡，气既流荡，笔复老成，不拘一格，时出变化。盖得少陵、右丞、襄阳、嘉州四家之妙，真神技也。七律佳作，在盛、中唐之间，不失高调雅音。七绝学都官、庶子，亦颇可玩。惟五七古，则萎靡不振，平冗拖沓，吾无取焉。[20]

陈田《明诗纪事》则赞赏其五古、五律及七律：

翁山五言咏古诗，突兀奇崛，多不经人道语。七律雄宕豪迈，五律隽妙圆转，一气相生，有明珠走盘之妙，与区海目后先合辙。[21]

朱彝尊《九歌草堂诗集序》所析尤详：

予友屈翁山为三闾大夫之裔。其所为诗多怆怳之言，皭然自拔于尘壒之表。盖自二十年来，烦冤沉菀，至逃于佛老之门，复自悔而归于儒，辞乡土，跡塞上，走马射生，纵博饮酒，其侻荡不羁，往往为世俗所嘲笑者，予以为皆合乎三闾之志者也。嗟夫！三闾悼楚之将亡，不欲自同于混浊，其历九州岛，去故都，登高望远，游仙思美人之辞，仅寄之空言；而翁山自荆、楚、吴、越、燕、齐、秦、晋之乡，遗墟废垒，靡不摩涕过之，其憔悴枯槁，宜有甚焉者也。然三闾当日方叹恨国人之莫知，今海内之士，无不知有翁山者，则所遇又各有幸不幸焉。呜呼！难言矣。翁山归自雁门，将筑室南海之滨，题曰九歌草堂，而先以名其诗集。予与翁山相遇南海，嗣是往来吴、越，十年之间，凡所与诗歌酒谳者，今已零落殆尽，至窜于国殇，山鬼之林，散弃原野，翁山吊以幽渺悽戾之音，仿佛九歌之旨，世徒叹其文字之工，而不知其志之可悯也。[22]

文学论者也赞叹屈氏之作能继承屈原之风，如金天羽《与郑苏堪先生论诗书》以屈诗“其歌有思，其哭有怀”，而认为具有《春秋》、《骚》、《雅》之意：

天翮于三百年诗人服膺亭林、翁山，谓其歌有思，其哭有怀，其拨乱反正之心，则犹《春秋》、《骚》、《雅》之遗意也。

朱彝尊《静志居诗话》也以其诗原本屈原：

翁山早弃儒服，托迹缁蓝。予识之最早。其诗原本三闾大夫，自王逸以下，多屏置不观。后复返儒服，入越，读书祁氏寓山园，不下楼者五月，始具曹、刘、班、左诸体。[23]

潘耒《广东新语序》则认为是“祖灵均而宗太白”：

翁山之诗，祖灵均而宗太白，感物造端，比类托讽，大都妙于用虚。

龚自珍读屈氏之诗集后直称屈原与屈大均为“万古两苗裔”。《夜读番禺集书其尾》云：

灵均出高阳，万古两苗裔。郁郁文词宗，芳馨闻上帝。

在论诗绝句之作中，我们也见到同样的言论。方于谷《仿王渔洋论诗绝句四十首》以屈大均诗之哀怨实本之屈原：

窃为翁山论世系，许多哀怨祖灵均。[24]

徐嘉《论诗绝句五十七首》也称赞屈氏《翁山诗钞》所抒发的面对破碎江山而喷发的慷慨之气：

残山剩水黍禾荒，咏史游仙尽慨慷。一卧僧庐微不起，繁弦急管奏清商。[25]

陈融《读岭南人诗绝句》就赞扬屈诗中具有《春秋》之义：

九世深仇虽可复，千年正统未能存。诗亡义有春秋在，可读先生宋武篇。

在《春秋》之义中，又隐含怅惘的心态，如云：

美人迟暮滞湘潭，黄鹤楼头诗兴酣。惘惘中流东北去，不堪回首又江南。

以及浓浓的怨恨，如云：

局天画地狱中吟，圭角磨砻饮恨深。未许笔端留爪迹，苦辛常陪病人喑。[26]

以上所举之论诗绝句之作，都是在强调屈氏作品中那股浓烈的悲慨，深深的与民族国家沦亡息息相关的怨恨之情。不过有些诗人则从其他角度来评价屈诗，如潘国祚《玉峰山房读屈翁山诗》就盛赞其绝句之清新风格：

玉峰苍翠落秋床，户牖全开面面凉。写得翁山三十绝，箧中时作白莲香。[27]

张之杰《读明诗五十二首》也从另一方面盛赞屈氏之作。他论及明代诗人五十四人，其中就包括屈大均，论及屈氏时，高赞其五言之作：

脱却袈裟换旧衫，骚坛高踞气岩岩。即看五字寻常语，一出毫端便不凡。[28]

黄培芳《论粤东诗十绝》也说：

盛唐风格数何人？区邝诸贤回绝尘。五字长城才盖代，南中还首屈灵均。[29]

朱庭珍《论诗》也称赞屈大均五律道：

药亭长古气雄豪，五律翁山品最高。各向岭南夸绝技，天风万里卷银涛。[30]

这和我们在前引之《筱园诗话》所说的言论是一致的。《筱园诗话》赞岭南三家之作道：

岭南三君，药亭七古，翁山五律，元孝七律，当代夸为三绝。[31]

在比较岭南三家时，有人甚而以屈大均之作最为优秀，如谢章铤《岭南杂诗》说：

三家最胜屈翁山，后起无如宋芷湾。更有桐华老词客，心香焚偏鹧鸪斑。[32]

姚莹《论诗绝句六十首》说：

南园秋草没荒陂，接轨梁陈亦足奇。最是屈家吟不得，分明哀怨楚湘垒。[33]

虽然没有明显的轩轾，言下也是大力推崇屈大均。还有一些论者认为梁佩兰不如屈大均与陈元孝，如陈融《颙园诗话》就认为梁佩兰不如屈大均、陈元孝。其言云：

药亭于乐府功力甚深，惟摹古有痕迹。不如翁山、元孝。翁山之《猛虎行》、《橐驼行》，几可置于少陵集中，所谓真唐胜于伪汉，学古不必摹古也。元孝则不必高调，而自然深厚。

屈向邦《粤东诗话》也就“志行”这一层面批评梁佩兰不如屈大均与陈元孝：

王蒲衣昶，选梁、屈、陈诗，称为岭南三大家，议者纷纭，不知蒲衣之意或只选屈、陈为岭南两大家耳。其加选梁，且以冠首，或欲避人攻讦，以梁为幌子耳，而此书仍被抽毁，则非蒲衣所及料也。盖以志行言，梁与屈、陈不侔也。

在论诗绝句的作品中，我们看到一些不满梁氏的论调。林昌彝对所称的“岭南三家”有异议，他极为推崇后来的黎简，认为黎简可替代梁佩兰的地位。《论本朝人诗一百五首》赞黎简诗云：

奇笔天风卷海潮，生平字画亦孤标。岭南我定三家集，祧去药亭配二樵。

诗后亦自注云：

王蒲衣定岭南三大家诗：屈翁山、陈元孝、梁药亭。余辑《射鹰楼诗话》，拟祧去药亭配以二樵。[34]

方廷楷《习静斋论诗百绝句》论清人诗，共百首，所收诗人一百九家，在言及粤东诗人时，认为岭南诗人在屈大均与陈元孝之外，当数黎简：

少年书画已名驰，又见诗歌绝代奇。除却翁山元孝外，有谁难手较雄雌？[35]

陈融《读岭南人诗绝句》言黎简云：

风雅深沉一代愁，萧条冷月望罗浮。屈陈一百余年后，应有樵夫在上头。[36]

虽无排斥梁佩兰之语，实有此意。这些论者或以屈氏高于其他二家，或刻意排斥其中另一家，目的都是在抬高屈氏的地位。

论者甚至认为金元以后，能继承李白风调者，屈大均为元好问后之第一人，如狄学耕《题两当轩集后》道：

谪仙风调许追攀，伪体陈言一例删。若向诗坛论格律，元遗山后屈翁山。[37]

朱彝尊《题吴莲洋诗卷》也说：

三晋风骚杂伪真，遗山殁后更无人。[38]

或称赞诗人之作，以屈大均与之相拟来提高有关诗人的评价。如朱彝尊以吴雯比拟屈大均，而肯定其作品之能继承风骚正统，上引之《题吴莲洋诗卷》，在言及“三晋风骚杂伪真，遗山殁后更无人”之后说：

把君行卷谁堪并，除是番禺屈大均。[39]

朱氏以屈氏比拟吴雯的看法，受到后代的纷纷议论。欧阳述在《杂题国朝人诗集各一首》中说：

天章全体颇雄骏，渔洋所取惟清新。论诗竹垞具只眼，拟以番禺屈大均。[40]

显然肯定朱氏的看法。

论者也对一些诗人能继承屈大均之风而加以肯定，如袁昶《送黄公度再游欧西绝句十首》就因黄遵宪能继屈大均、黎简之风而加以称赞。其言云：

翁山兀兀二樵崎，《峤雅》飘姚不可追。今得泓峥萧瑟手，正音一洗岭南诗。

屈氏的作品在清初是遭禁的，遭禁而犹能得到存留，论者乃感到极度的兴奋。沈汝瑾《国初岭南江左各有三家诗选阅毕书后》就表示：

翁山奇气胜虞山，被禁仍留天地间。[41]

而在禁令解除后，论者看到屈氏之作受到世人欢迎的情形，掩不住高兴之情。从郭曾炘《杂题国朝诸名家诗集后》所言，我们可感觉到这点。诗云：

一般谤海坐鸣蛙，浪迹翁山异牧斋。晚近禁书才稍出，都教纸贵洛阳街。[42]

况澄《仿元遗山论诗三十首》也说：

笔锋安得逞微权，禾黍遗诗总不传。书禁于今开法网，三家争购岭南编。[43]

不论人品与诗作，屈大均都表现了极高的风范与成就。难怪一直强调人品与民族大义的林昌彝会对屈大均大加推崇。林氏在论及清代诗人一百八人时言及屈氏，一方面悲悯其身世，一方面盛赞其诗作，所用的语句显示了他对这位诗人的崇拜，如《论本朝人诗一百五首》云：

萍梗飘零乱世身，悲歌散发又灵均。心香欲下翁山拜，端合黄金铸此人。[44]

兹以林昌彝对屈氏的赞语结束本文。

注释：

【1】陈恭尹，字符孝，一字半峰，号独漉，又号罗浮布衣，广东顺德人。父陈邦彦死节，恭尹袭锦衣指挥佥事。顺治八年郑成功方起海上，思就之，入闽不达。后成功大举围

金陵，张煌言进取徽、宁，恭尹与共策划。康熙十七年因遭嫌疑下狱， 明年事解。乃与世徜徉。有《独漉堂诗集》十五卷、《文集》十五卷、《续编》一卷。林昌彝《论本朝人诗一百五首》评陈恭尹云：“风雅能追正始还，诗坛拔戟独当关。长歌短句皆沉郁，律中黄钟无射间。”郭绍虞等编：《万首论诗绝句》，人民文学出版社，1991 年，第1009页。

【2】梁佩兰，字芝五，一字药亭，号郁洲，广东南海人。顺治丁酉，乡试举第一，时年二十六。诗名已播海内。康熙二十七年，徐乾学主会试，用通榜法，得名士最多。梁氏与焉，官翰林院庶吉士。四十二年，功令词臣在籍者，官为治妆，赴馆供职，佩兰不得已而出。散馆以不习清书，革庶吉士。逾年归。又逾年卒，年七十七。著有《六莹堂前集》九卷，《二集》八卷。

【3】郭绍虞等编：《万首论诗绝句》，人民文学出版社，1991年，第1215页。

【4】王士祯：《渔洋诗话》卷下，《清诗话》，中华书局，1963年，第202页。

【5】郭绍虞等编：《万首论诗绝句》，人民文学出版社，1991年，第797页。

【6】郭绍虞等编：《万首论诗绝句》，人民文学出版社，1991年，第968页。

【7】郭绍虞等编：《万首论诗绝句》，人民文学出版社，1991年，第301页。

【8】朱庭珍：《筱园诗话》卷二，郭绍虞编选、富寿荪校点：《清诗话续编》，上海古籍出版社，1983年，第2356页。

【9】郭绍虞等编：《万首论诗绝句》，人民文学出版社，1991年，第1480页。

【10】郭绍虞等编：《万首论诗绝句》，人民文学出版社，1991年，第1657页。

【11】郭绍虞等编：《万首论诗绝句》，人民文学出版社，1991年，第560页。

【12】朱庭珍：《筱园诗话》卷二，郭绍虞编选、富寿荪校点：《清诗话续编》，上海古籍出版社，1983年，第2356页。

【13】郭绍虞等编：《万首论诗绝句》，人民文学出版社，1991年，第1573页。

【14】郭绍虞等编：《万首论诗绝句》，人民文学出版社，1991年，第1774页。

【15】郭绍虞等编：《万首论诗绝句》，人民文学出版社，1991年，第1219页。

【16】王士祯：《池北偶谈》卷十，中华书局，1980年，第250页。

【17】延君寿：《老生常谈》，郭绍虞编选、富寿荪校点：《清诗话续编》，上海古籍出版社，1983年，第1838页。

【18】同上注，第1839页。

【19】卓尔堪：《明遗民诗》卷七，采华书屋，第255页。

【20】朱庭珍：《筱园诗话》卷五，郭绍虞编选、富寿荪校点：《清诗话续编》，上海古籍出版社，1983年，第2356页。

【21】陈田：《明诗纪事》卷十一，采华书屋，第2881页。

【22】朱彝尊：《九歌草堂诗集序》，《曝书亭集》卷三六，第15页，《四部丛刊初编》，上海商务印书馆影原刊本。

【23】朱彝尊：《明诗综》卷八十二，台湾世界影印本，第12页。

【24】郭绍虞等编：《万首论诗绝句》，人民文学出版社，1991年，第675页。

【25】郭绍虞等编：《万首论诗绝句》，人民文学出版社，1991年，第1591页。

【26】郭绍虞等编：《万首论诗绝句》，人民文学出版社，1991年，第1797~1798页。

【27】郭绍虞等编：《万首论诗绝句》，人民文学出版社，1991年，第228页。

【28】郭绍虞等编：《万首论诗绝句》，人民文学出版社，1991年，第944页。

【29】郭绍虞等编：《万首论诗绝句》，人民文学出版社，1991年，第739页。

【30】郭绍虞等编：《万首论诗绝句》，人民文学出版社，1991年，第1049页。

【31】朱庭珍：《筱园诗话》卷二，郭绍虞编选、富寿荪校点：《清诗话续编》，上海古籍出版社，1983年，第2356页。

【32】郭绍虞等编：《万首论诗绝句》，人民文学出版社，1991年，第1470页。

【33】郭绍虞等编：《万首论诗绝句》，人民文学出版社，1991年，第761页。

【34】郭绍虞等编：《万首论诗绝句》，人民文学出版社，1991年，第1009页。
【35】郭绍虞等编：《万首论诗绝句》，人民文学出版社，1991年，第1271页。
【36】郭绍虞等编：《万首论诗绝句》，人民文学出版社，1991年，第1807页。
【37】郭绍虞等编：《万首论诗绝句》，人民文学出版社，1991年，第1432页。
【38】郭绍虞等编：《万首论诗绝句》，人民文学出版社，1991年，第258页。
【39】同上注。
【40】郭绍虞等编：《万首论诗绝句》，人民文学出版社，1991年，第1676页。
【41】郭绍虞等编：《万首论诗绝句》，人民文学出版社，1991年，第1702页。
【42】郭绍虞等编：《万首论诗绝句》，人民文学出版社，1991年，第1481页。
【43】郭绍虞等编：《万首论诗绝句》，人民文学出版社，1991年，第886页。
【44】郭绍虞等编：《万首论诗绝句》，人民文学出版社，1991年，第1009页。

元好问《论诗三十首》诗观论析

在元好问论诗的作品中，《论诗三十首》比较集中地论评了诗人、诗作与诗的原理的问题，因此也较多地受到文学理论研究者的注意。过去研究元好问《论诗三十首》的，多以为这组诗是元氏二十八岁时作，不过在晚年曾加改定，因此论析这组诗时也涉及他的其他诗文理论。近来一些学者提出《论诗三十首》是元氏早年之作，并对元氏晚年是否曾加改定，表示怀疑[1]。我同意这三十首组诗是元好问早年之作的说法，问题是在论析《论诗三十首》中元氏的诗见时，我们应该是只就《论诗三十首》而论，还是可以涉及元氏的其他诗文理论。或者更确切地说，我们在论及《论诗三十首》时，除了论及《论诗三十首》及元好问早年所写的诗文理论作品外，是不是也可以包含元氏在后来，甚至在中晚年所写的诗文理论，才是我们关心的问题。

我的看法是，如果硬把元好问在后来，也就是在中晚年所写的观点不见于《论诗三十首》的或者与早年相左的诗文理论作品，套入元氏《论诗三十首》所提出的论见中，是于事无补的。但是如果有关的意见可以补充《论诗三十首》的理论，并将《论诗三十首》的论见说得更圆满、更清楚，摒弃这些数据，岂不是太可惜了吗?

本文论析元好问《论诗三十首》的诗见，就是基于这个认识来对待元氏其他论诗谈文著述以及相关的数据的。

在论析的方法上，本文紧扣元好问论诗绝句及其诗论、诗作中的关键词语，通过观察这些词的意义与使用的情形来发掘其中深藏的理论系统。

一、对正体、雅道的推崇

元好问在《论诗三十首》的第一首，开宗明义地说明他撰写这三十首论诗绝句的原因：由于当时诗派众多，诗见繁杂，正体与伪体参杂，雅道沦亡，“正体”已“无人与细论”，而他相信文章是有“坦途”、有“至公”的，如他在《论诗三十首》中说的“万古文章有坦途”，在《题李庭训所藏雅集图二首》其一中说“万古文章有至公”。同时他又认为文章是有“正脉”、有“圣处”、有“真脉”、有“正传”的。他曾说“文章正脉须公等”[2]，又说“文章有圣处，真脉要人传”[3]，又说“万古文章有正传”[4]。“真脉要人传”，直接表露他要传播这些“正体”、“正脉”、“圣处”、“真脉”的心愿。

从上举的这些用语，可以看到元好问心中对“正体”、“正脉”、“雅道”的重视，和这些用语有关的词语，又有“圣处”、“真脉”、“至公”等。他更强调这些“正体”、“正脉”、“真脉”，需要“人传”。

我们知道，他要成为诗道的“疏凿手”，建立“正体”、“正脉”、“圣处”、“真脉”，可是所要建立的“正体”、“正脉”、“圣处”、“真脉”又是怎么样的呢?翻阅元氏的诗文作品，我对“正体”这一关键词的注意，迅速为“雅道”一词所替代。元氏重视“正体”的观点，并不只是他在写作这些论诗绝句时才产生、出现的，而是藏存在他内心的一贯主张，自年轻至年长都是如此。“雅道”、“大雅”是他诗作中经常提及的可以替代“正体”的字眼。在《赠答杨焕然》诗中，他表示：“诗亡又已久，雅道不复陈。”喟叹诗亡已久，雅道不再。在《继愚轩和党承旨雪诗四首》中，他说：“大雅久不作，闻韶信忘肉。”在《送诗人秦略简夫妇苏坟别业》中又再语重心长地指出：“三月不见君，渴心欲望尘。论文一樽酒，雅道当复陈。”到这里，也还是没有解决元氏对“正体”、“雅道”的理解这一问题。翻查搜集到的元氏资料，我被以下的诗句吸引住了。在《别李周卿》中，元好问说：“风雅久不作，日觉元气死。”为“风雅”久不作而深表痛心，而他感到忧心的是“日觉元气死”。这段文字透露一个讯息，元氏的“正体”观一定和“元气”有密切的关系。于是我在元氏的作品中仔细地追查“元气”以及和“元气”有关的词语。

郝经在《遗山先生墓铭》中赞元好问云：“上薄风雅，中窥李杜，粹然一出于正。”虽然是针对他的诗作而论，但也符合他的诗论的中心思想。该文又云：“方吾道坏烂，文曜噎昧，先生独能振而鼓之，揭光于天，俾学者归仰，识诗文之正而传其命脉，系而不绝，其有功于世又大也。”这则是正面肯定他对雅道、正脉的识见了。

二、对元气的强调

然而他所谓“雅道”，又是怎么样的含义呢?

要了解元好问“雅道”的含义，须先明确他对“元气”的意见。在《别李周卿》中，元好问说：“风雅久不作，日觉元气死。”[5]为“风雅”久不作而深表痛心，而他感到忧心的是“日觉元气死”。

“风雅久不作，日觉元气死”，显示了元好问对诗文的雅道和宇宙、人物的关系的看法。

“元气”本是哲学范畴的词语。古人认为元气是大化之始，是天地万物之祖。《白虎通》云：“地者，元气所生，万物之祖。”元好问《游承天悬泉》中的“太初元气未凝结，更欲何处留胚胎”与《南湖先生雪景乘骡图》中的“异色变惨淡，元气开洪蒙”[6]也是此意。

气化为人与物之后，存在于人与物中并令其生气蓬勃者称为“元气”。元好问的用法也是如此。于咏太行山时云“太行元气老不死，上与左界分山河”[7]；咏嵩山时云“壮矣嵩维岳，盘盘上窈冥。中天瞻巨镇，元气有遗形”[8]；咏华不注山时云“元气遗形老更顽，孤峰直上玉孱颜”；咏草木时云“宿云淡野川，元气浮草木”[9]；咏人物时云“岂知大人先生独立万物表，太古元气同胚胎”[10]。这都是用“元气”来形容，描述，歌颂山川、草木与人物的。这不是偶然的事，从这里可以见及他思想一贯的地方。

于诗文之有精气者，元好问也以“元气”称之。元好问显然觉得风雨最能表现宇宙原始无拘无束的畅放现象，于是用“元气淋漓”[11]来形容它们的畅放。如《乙酉六月十一日雨》写雨云：“今日复何日，驶雨东南来。元气淋漓中，焦卷意已回。”《双峰竞秀图为参政杨侍郎赋》云：“两峰突兀何许来，元气淋漓洗秋碧。”

他也将这样的认识发挥在艺术创作与文学写作的评论上，凡能够潇洒挥毫的艺术创作，他就称之为“元气淋漓”。《萧仲植长史斋》云：“是公技进不名技，元气淋漓随咳唾。”所以在评论前代诗作时，他特别欣赏能够表现元气，也就是能够豪放自如地表露人之精气、情感真挚的作品。《陶然集序》称赞杨鹏的如是优点时，就称之为“荡元气于笔端，寄妙理于言外”。《杜诗学引》也用“元气淋漓”来赞许杜甫诗，其言云：“今观其诗，如元气淋漓，随物赋形，如三江五湖合而为海，浩浩瀚瀚，无有涯涘。”

诗作是否元气淋漓，是他判定作品是否具有“雅道“的一个标准。“元气淋漓”一语，让我们进一步看到元好问心目中宇宙、天地与诗文写作的有机联系。

三、对豪迈的赞美

这种淋漓的“元气”所展现之姿态是豪迈的，所以元好问在《论诗三十首》中特别赞许气豪的作品，强调豪迈之气的重要性。如第二首云：

曹刘坐啸虎生风，四海无人角两雄。可惜并州刘越石，不教横槊建安中。

此诗借对曹植、刘桢以及刘琨的赞扬，揭示他对“坐啸虎生风”诗歌豪迈之气的肯定。在元好问的诗中，“并州”一词不仅只是地名，也不只表示元氏的故乡名称，它所显示的是一种豪迈、苍茫的气慨。元好问《并州少年行》描述并州少年时，就表露出上述的特色。诗云：

北风动地起，天际浮云多。登高一长啸，六龙忽蹉跎。我欲横江斗蛟鼍，万弩迸射阳侯波。或当大猎燕、赵间，黄熊朱豹皆遮罗。男儿万马随捣诃，朝发细柳暮朝那，埽云黑山布阳和。归来明堂见天子，黄金横带冠峨峨。人生只作张骞傅介子，远胜僵死空山阿。君不见，并州少年夜枕戈，破屋耿耿天垂河，欲眠不眠泪滂沱。著鞭忽记刘越石，拔剑起舞鸡鸣歌。东方未明兮奈夜何?

《送崔梦臣北上》云：

并州书郎年少客，细马金鞍日三百。生平意气凌青云，未怕天山雪花白。[12]

诗中所呈现的就是这种“登高一长啸，六龙忽蹉跎”，“著鞭忽记刘越石，拔剑起舞鸡鸣歌”，“生平意气凌青云，未怕天山雪花白”的豪迈之气。《南湖先生雪景乘骡图》笔下的南湖翁，也因为充满这样的气概而获得元好问的高度赞颂。诗云：

南湖翁，少日肮脏今龙钟，犹能吐气万丈如长虹。闭门兀坐意不惬，要看银海翻鱼龙。宝华世界琼瑶宫，江山随翁入清雄。诗成仰天一大笑，飞花落絮春蒙蒙。[13]

除豪迈气概外，苍茫中略具哀伤的气氛也是并州的特色，是纠结在元好问心胸挥之不去的情怀。《八月并州雁》写飞雁，就透露了这股心绪：

八月并州雁，清汾照旅群。一声惊晚笛，数点入秋云。灭没楼中见，哀劳枕上闻。南来还北去，无计可随君。

"哀劳枕上闻"、"无计可随君"的惆怅中间带点"一声惊晚笛，数点人秋云"的苍茫气氛。这种豪迈苍茫之气也是《论诗三十首》第七首所赞美的慷慨悲歌《敕勒川》时所说的"英雄气"。对这种"英雄气"，元氏是给予高度称赞的。他说：

> 慷慨悲歌绝不传，穹庐一曲本天然。中州万古英雄气，也到阴山敕勒川。

诗中以"万古"来肯定这种"英雄气"的历久不朽。

由以上的论述，可以看到元好问诗论中"元气淋漓"、"豪气"、"并州"、"英雄气"这些意义相近的词语是如何在其诗论的论述中变动的。

具有豪气的诗人，其气豪迈，其怀壮阔。所以元氏在第三首中形容晋代的诗作仍有豪迈的壮志时，就以"王处仲每酒后，辄咏'老骥伏枥，志在千里；烈士暮年，壮心未已'，以如意打唾壶，壶口尽缺"[14]为据写下"邺下风流在晋多，壮怀犹见缺壶歌"来表达他的看法。他极度称赞关中的人情风土，亦在于此。如《送秦中诸人引》云：

> 关中风土完厚，人质直而尚义，风声习气，歌谣慷慨，且有秦汉之旧，至于山川之胜，游观之富，天下莫与为比，故有四方之志者，多乐居焉。

在《中州集》中，元氏多赞扬诗人之有豪迈之风者。如高永传咏高永云："为人不顾细谨，有幽、并豪侠之风。"周昂传言及周子嗣明云："嗣明字晦之，短小精悍，有古侠士之风。"他也赞扬有慷慨之节者，如任询传云："（询）为人慷慨有大节。"对作品有豪迈之风者，他亦大加揄扬。如李汾传云："（李汾）辛卯秋，遇予襄城，杯酒间，诵关中往来诗十数首，道其流离世故，妻子凋丧，奔走狼狈之意，虽辞旨危苦，而耿耿自信者故在，郁郁不平者不能清壮磊落，有幽、并豪侠歌谣慷慨之气。"

其他诗篇如赞曹吉甫云"意气羡君豪"[15]，《秋望赋》述豫州之士云："吁咄哉！事变于已穷，气生乎所激。豫州之士，复于慷慨击楫之誓；西域之侯，起于穷悴佣书之笔。”[16]甚至具有豪气的山岭，他也加以赞扬，如《石岭观书所见》：“青云玉立三千丈，元只东山意气豪。”[17]

这种元气淋漓的表达方式，其笔调是纵横奔放的，《论诗三十首》第五首写阮籍云：

> 纵横诗笔见高情，何物能浇块垒平？老阮不狂谁会得？出门一笑大江横。

“纵横诗笔”四字就写出了他对阮籍“元气淋漓”笔调的肯定。《鹧鸪天·只近浮名不近情》一词也如是写阮籍道：“醒复醉，醉复醒，灵均憔悴可怜生。《离骚》读杀浑无味，好个诗家阮步兵。”

“醒复醉，醉复醒”，形象地展现元氏所说“纵横”的意思。元氏认为阮籍诗作，纵横发挥，较之屈原《离骚》，更有诗味，从而夸赞一句“好个诗家阮步兵”。前面提到元好问称赞杜甫诗“元气淋漓，随物赋形”，基本上也是诗笔纵横的表现，观其下文“如三江五湖合而为海，浩浩瀚瀚，无有涯涘；如祥光庆云，千变万化，不可名状”，可知其情。赞聪上人诗笔时，他也说：“上人天资高，内学富，其笔势纵横，固已出时人畦畛之外。”刘德柔墨画笔势纵横，他也赞许道：“烟梢露叶卷秋山，挥洒纵横意自闲。”[18]

元好问《论诗三十首》第十八首与第二十四首对韩愈诗作的赞赏，也可以视为他推崇纵横健笔的批评实践。而元好问本人的诗作也是以豪放见称的，徐世隆《元遗山集旧序》曾赞赏其诗作云：“遗山诗祖李、杜，律切精深，而有豪放迈往之气。”

这里我们又看到了“元气淋漓”、“豪气”、“纵横”等词意的变动情况。

四、对温厚风格的看法

元好问赞扬阮籍诗作的另一方面是诗中的“高情”。这种高情的抒发，在于“狂”中有“不狂”者存。所以元氏在“纵横诗笔见高情”后又说：“老阮不狂谁会得？”“纵横”中有“高情”，“狂”中有“不狂”，是传统诗论所说的“雅”、“温厚”的达情方式。从元好问在《张仲经诗集序》中关于文章中和之气的析说，也可以清楚此点。他说：

> 内相文献杨公益言，文章天地中和之气，大过为荒唐，不及为灭裂。仲经所得雍容和缓，道所欲言则止，其亦得中和之气者欤。

元氏并称这类作品“正而葩”，如《太中大夫刘公墓碑》：“风雅三百正而葩，何以蔽之思无邪。”这样富具儒家思想味道的无邪见解，在文中可以看到，在较后期的诗篇中也可以看到，不过在《论诗三十首》中，还是较为含蓄提出的。

元氏极重“雅”。在前文，我们已经引述了他对雅的提倡的一些意见，如在《赠答杨焕然》所表示的：“诗亡又已久，雅道不复陈。”[19]在《送诗人秦略简夫妇苏坟别业》中所说的：“三月不见君，渴心欲望尘。论文一樽酒，雅道当复陈。”特别是在论及乐曲时，元氏在很多地方都提及对“雅乐”、“雅曲”的赞赏，如《继愚轩和党承旨雪诗四首》中“大雅久不作，闻韶信忘肉”；《与张仲郎中论》中“只许旷与夔，闻弦知雅曲”[20]；《宝岩纪行》中“况有杜紫微，琴筑终雅奏”[21]。他理想的世界是“名教有乐地，诗书皆雅言”[22]。掌握元好问诗观这一点，可以清楚元好问为什么会在《论诗三十首》中以“云山韶濩音”来称道元结的诗作：“浪翁水乐无宫征，自是云山韶濩音。”在同组诗中，元好问也说：“今人合笑古人拙，除却雅言都不知。”读了这诗句之后，深觉元氏之幽默。今人笑古人，其实该被取笑的不是古人，而是今人。

“雅道”和“温厚”就是在这样的状况下，被元好问联系起来了。

五、对天然的赞扬与对真淳的肯定

元氏在诗论多处以“淋漓”形容“元气”、“淋漓”，如水之流下，自然顺畅，不假人力，不须造作。因此元好问极重天然，当人具自然灵悟之秉赋时，他会给予赞美，如《赠写真田生三章》其一云：“人物翩翩美少年，书生颖悟亦天然。”[23]

在论诗方面，他亦重自然。如《论诗三十首》第四首赞美陶渊明诗作“一语天然万古新”，这是赞陶氏诗作语出天然，万古常新。第七首称赞《敕勒歌》“穹庐一曲本天然”，也是此意。在《继愚轩和党承旨雪诗四首》其四中，元氏赞美赵元的诗论，即在他“论诗贵自然”。同诗元氏歌颂陶渊明的诗作道：“君看陶集中，饮酒与归田。此翁岂作诗，直写胸中天。”

“直写胸中天”的另一种说法，就是陶渊明自然地抒写他胸中的天然元气。在赞赏诗作与一般事物之天然、巧妙时，元好问也常用“天”字来形容，如“天趣”，诗云“我尝读君诗，天趣触眼新”[24]；“天机”，诗云“安闲自与人意熟，潇洒更觉天机深”[25]；“天巧”，诗云“万壑千岩位置雄，偶从天巧见神功”[26]等。

《论诗三十首》第四首“一语天然万古新”之下句为“豪华落尽见真淳”。语出天然，其内心之情感亦必真淳，元好问诗篇中用及“真淳”者，多指人之情性而言。如《赠张润之》：“晋人秉赋例真淳，儿能读书知养亲。”[27]《商正叔陇山行役图二首》其一：“陇板经行十过春，也随风土变真淳。”[28]《常仲明教授挽词》：“镇州肥腻无毫发，晋产真淳有典型。”[29]甚至单用一个“淳”字，也是就情性而言，如《饮酒五首》其二云：“独余醉乡第，中有羲皇淳。”诗中之“羲皇”，无论是言时代或个人，亦指情性真淳，所以此诗前两句云：“去古日已远，百伪无一真。”[30]

当他单用一“真”字时，多就情性而言，不过有时也和艺术创作的物象、意境有关。例如《赠答赵仁甫》：“我友高御史，爱君旷以真。”[31]《李进之迂轩二首》：“潦倒粗疏我自真。”[32]《感遇》：“歌酒逢场暂陶写，不应嫌我醉时真。”[33]“真”字皆指人情性的真挚。至于《华光梅》言僧超然所画梅树道：

> 草圣前头一树春，豪华落尽只天真。写生今向君家见，疑

是华光有两身。[34]

赞许梅树脱去豪华呈现天真之情性。颜延之粗豪风格有情性之真，他也赞美道："子云寂寞将谁亲？延之粗豪意自真。"[35]《九日读书山用陶诗露凄暄风息气清天旷明为韵十首》其六中"情亲到直率，宁复转喉讳"[36]，也是就人与物之情性而论。《送李同年德之归洛西二首》其一中"承平盛集今无复，哀乐中年语最真"[37]，以为人到中年所讲的言语最能表现情性之真。这里"真"字则是属于艺术创作范畴的话语了。

元好问在赞扬李正甫诗时说："我尝读君诗，天趣触眼新。秦游得豪宕，晋产余真淳。"[38]从这评论中，可以见及元好问心目中触眼天然与禀性真淳间的关系。性情之真也是元好问诗论的重点。一般言及元好问论诗主性情之真的论著，都会引用元氏在《杨叔能小亨集引》中关于诗之本在"诚"的文字。刘泽《元好问论诗三十首集说》云："不少论者说，他的论诗标准是以'诚'为本，这是值得商榷的。以'诚'为本吟咏情性说，本是遗山六十岁写的《杨叔能小亨集引》中才明确提出来的一个诗歌创作纲领，是他晚期诗学的一个重要贡献。在二十八岁所作的《三十首》数次见'真'而未见一次'诚'，不应将早期诗学中的'真'和晚期诗学中的'诚'混为一淡。'真'与'诚'虽为一体，但有内外两面之别，在心为'诚'，在诗为'真'。'真'是'诚'的物化外现。'真'属于诗歌的意境或意象等艺术物象，是通过审美感觉器官可以看到、听到、嗅到、摸到、想象出来的。'诚'属于哲理或伦理的抽象概念，是通过思维器官可以体认、领悟、联想到的所谓'仁心善性'、'忠恕之道'等。在元好问看来，'诚'是'真'的根，'真'是'诚'的叶，'不诚无物'，诗人心中无'诚'，写出的诗就无'真'可言。"[39]

刘氏说的没错，元好问《论诗三十首》作于二十八岁时，公元1218年，《杨叔能小亨集引》作于六十岁时，公元1250年，两者相差三十二年，若将两者比论，实应注意时间的差距。不过，元氏诗论，有些是在年长时才提出而不见于年轻时的言论的，如诗禅、诗悟说即为实例。但也有自年轻至年长始终不变的，如诗情说即然。因此我认为元好问的

《杨叔能小亨集引》还是可以作为论析《论诗三十首》诗观时的重要参考数据的。原因一，在元好问年轻与年长的诗作中，“真”并不只是表示诗作的意境或意象的艺术物象，更多的时候，它所代表的就是诗人的真实情性。原因二，“诚”在《杨叔能小亨集引》中并非表示哲理或伦理的抽象概念，它根本就是“真”的代词。原因三，除《杨叔能小亨集引》之外，元好问言及诗人情性之真，多用“真”字或“真淳”一词，甚少用及“诚”字，不论年轻或年长的作品，都是如此。原因四，也就是前面所说的，元好问的诗情说有它由年轻至年长始终不变的一贯性。

元好问在《杨叔能小亨集引》中赞扬唐诗之所以杰出，即在知“本”，而所说之“本”，即为“诚”。元氏说：“诗与文特言语之别称耳。有所记述之谓文，吟咏情性之谓诗，其为言语则一也。唐诗所以绝出于《三百篇》之后者，知本焉尔矣。何谓本？诚是也。”并以诚、言、诗三者一体，引《毛诗序》之语加以佐证而说明道：“由心而诚，由诚而言，由言而诗也。三者相为一，情动于中而形于言，言发乎迩而见乎远，同声相应，同气相求，虽小夫贱妇孤臣孽子之感讽，皆可以厚人伦、敦教化，无他道也。”

“由诚而言，由言而诗”的过程，就是“性情入吟咏”的过程。元好问《赵吉甫西园》就赞赏写诗需吟咏性情云：“性情入吟咏，古淡无妖喧。酸咸与世殊，至味久乃全。”[40]而他也是经常在情感交集的情况下，才抒发吟咏的，如《晓发石门渡湍水道中》云：“忧端从中来，茫茫发孤咏。”

这里可以看到元好问诗论中“元气淋漓”、“天然”、“真”、“诚”的互动情形。

六、对“兴”的多方面要求

情性充盈，元好问也称之为“兴”。他在诗篇中用及“兴”字之处甚多，饮酒情性充盈，他称为“兴来”，并思与人共醉，如《寄王文德新二首》其一：“兴来谁共醉，事往独含情。”[41]登临之情性充盈，他称为“登临兴”，如《山中寒食》：“平时最有登临兴。”[42] 归返之情性充盈，他称为“归兴”，如《寄钦用》：“南山归兴夜漫漫。”[43]《浩然师出围城赋鹤诗为送》：“羡君归兴渺翩翩。”[44] 他也常用“高兴”表示这种情性之充盈，如《中秋雨夕》中“南楼高兴在胡床”[45]和《此日不足惜》中“三酌动高兴”[46]。怀念之情充盈，则要“兴怀”，《九日读书山用陶诗露凄暄风息气清天旷明为韵十首》其五：“独惟我辈人，兴怀念今昔。”[47]作为诗人，诗当然是他遣兴的重要媒介，所以《甲寅正月二十三日故关道中三首》之三云“只知诗遣兴，未觉酒忘忧”[48]；《遣兴》云“一篇诗遣兴，三盏酒扶头”[49]。

元好问还表示，有时在情性充盈的情况下，吐言抒情是不得不然的事。《学东坡移居八首》其六云：“朝我何所营，暮我何所思。胸中有茹噎，欲得快吐之。”[50]《继愚轩和党承旨雪诗四首》云：“茹噎当快吐，聊此宽吾胸。”[51]

情性之真是基本的要素，诗人要写出真挚作品，触感是很重要的。所以元好问重视“激”，诗人受外物刺激，则“慷慨击楫”。《秋望赋》道：“事变乎已穷，气生乎所激。豫州之士，复于慷慨击楫之誓；西域之侯，起于穷悴佣书之笔。”所以与实际景、事、物的交融触感，对诗的写作是很重要的。元好问《论诗三十首》第十一首云“眼处心生句自神”说的就是这个意思。第二十九首云：“池塘春草谢家春，万古千秋五字新。”叶梦得《石林诗话》云：“‘池塘生春草，园柳变鸣禽。’世多不解此语为工，盖欲以奇求之耳。此语之工，正在无所用意，猝然与景相遇，借以成章，不假绳削，故非常情所能到。”与景相遇，就是诗人与外物的触感。《新轩乐府引》云：“《诗三百》所载，小夫贱妇幽忧无聊赖之语，诗猝为外物感触，满心而发，肆口而成者尔。”《缑山置酒》云：“登高览元化，浩荡融心神。”[52]《灈亭同麻知几赋》云：“登高望远令人起。”[53]所以诗作要有佳句，需要诗人亲身体会，如元好问《药山道中二首》其一云：“石岸人家玉一湾，树林水鸟静中闲。此中未是无佳句，只欠诗人一往还。”[54]

元好问在诗篇中谈及外物触动诗人情性的情形时，也常用“兴”

或“高兴”来表示。《龙门杂诗二首》其二云：“老筇动高兴，万景森前陈。”[55]因为万景陈前，心有所触，而动高兴。《九日读书山用陶诗露凄暄风息气清天旷明为韵十首》其二云：“登高有佳招，山中古招提。翩翩刘公子，王田重相携。乾坤动诗兴，涧壑忘攀跻。”[56]这说的就是他如何在登高后受景色的触动，“乾坤动诗兴”，而创作诗章。元好问诗篇中言及景物触动诗人的诗句不少，青云可以动兴，如《七月十六日送冯扬善提领关中三教》中“青云动高兴”[57]，《宁掾端甫北上》中“自是青云动高兴，未甘白发老诸生”[58]；关河可以动诗兴，如《得侄搏信二首》之二中“关河动高兴，百饶望青蟾”[59]，《壬子月夕》中“关河动归兴”[60]；晨光可以动诗兴，如《晓发石门度湍水道中》中“积雨成坐愁，晨光动幽兴”[61]；官梅可以动诗兴，如《寄杨弟正卿》中“东阁官梅动诗兴”[62]。

而在登高、登临时，可以触动诗人心灵者更多，所以《十日登丰山》不禁言道：“十日登高发兴新，丰山孤秀出尘氛。”[63]《寄刘继先》云：“楚客登临动归兴，谢公哀乐感中年。”[64]《龙泉寺四首》云：“可是登临动高兴，马头新从太行来。”[65]

触动诗人情性的，除了景物之外，还有“事”。《赤壁图》云：“事殊兴极忧思集，天澹云闲古今同。”[66]“事殊”能触动内心的忧思，如《雁门道中所见》中的“出门览民风，惨惨愁肺腑”[67]，就是“事”（民风）触动诗人内心的忧愁。他人的诗作也是引起作者情性波动的主要因素，如《赠答赵仁甫》：“老来诗笔不复神，因君两诗发兴新。”[68]诗为诗人满心而发、肆口而成的观点，虽然不见于元好问所写的《论诗三十首》中，但在另一首论诗绝句中可见：“梦中惊见白发新，信口陈篇却自神。”“信口成篇”就是满心而发，肆口而成的意思。《追录乙未八月十七日樗县梦中所得》云“梦里哦诗信口成，分明济水道中行”[69]，也是此意。《采菊图二首》其一赞陶渊明云：“信口成篇底用才，渊明此意亦快哉。”[70]从中可知他对诗人写诗情思必须充盈的重视。

元好问《秋江待渡》云“笔头云景性中天”，无论如何，诗要抒发的就是因“云景”等物、人、事触动而充盈于诗人心中天然的真实的性情。这虽是《秋江待渡》一诗的首句，写及元氏“脱巾和月弄江烟”的情景与心态，但也间接地总括了他对天地、诗、诗人情性、外在事物关系的看法。

“真”、“触”、“兴”、“天”的理念在这里获得了统一。

七、对诗人品格的强调

元好问除了主张诗人要有真挚的情性，要在有实境、实事等的触动中进行诗的创作之外，他更重视诗人的品格。《行斋赋》表达了诗人对品高德重的古人的敬仰：“我思古人，动静有方，静以养虚。”他欣赏阮籍的，除了他的“纵横诗笔”之外，就是他的高情，故诗云“纵横诗笔见高情”。因为欣赏陶渊明的“怀抱深远，操守又是那般高洁”，故云“未害渊明是晋人”。

在元好问的诗文作品中，他也常赞颂具有高尚品格、奇节高行的人士，如《虞乡麻长官成趣园二首》赞麻长官云：“夫君负奇节，剑气郁星斗。”【71】《萧斋序》论当时之尚书令史萧贡云：“故民部长陵萧公，泰和大安之间，名德雅望，朝臣无出其右。”故诗云：“昔公无恙时，四海望经纶。敦庞一古儒，风采自名臣。人亡典型在，百世留清尘。”【72】《酬韩德华送归之作》赞韩德华云：“韩侯晚相值，意气尤悃悃。我尝相斯人，趣向识端本。立节柏有心，树德兰在畹。官荣睨不顾，寄兴浮云巘。”【73】《闲闲公墓铭》赞赵秉文云：“若夫不溺于时俗，不汩乎利禄，慨然以道德仁义、性命、祸福之学自任，沉潜乎六经，从容乎百家，幼而壮，壮而老，怡然涣然之死而后已者，惟我闲闲公一人。”《中州集》赞扬金代诗人品格之例尤多，如王琢传云“天性孝友，为乡里所称。……家素贫乏，而能以刚介自持，未尝有所丐贷”；吕中孚传云“孝友纯至，迄今为乡人所称”；王元节传云“雅尚气节，不能从俗俯仰”。

也有不少谈及诗品、文品与人品关系的文字，如赞扬木庵英上人及其作品道：“上人才品高昂，真积力久，住龙门崧少二十年，仰山又五六年。境用人胜，思与神遇，故能游戏翰墨道场，而透脱丛林科臼，于蔬笋中，别为无味之味。”王万钟传云：“诗文闲适，似其为人。”滕茂实传云：“予意先生名节凛然，不愧古人，其文字言语，宜有神物持，虽埋没之久，而光明发见，决有不可揜焉者。”元氏在《诗文自警》中坚决地指出：“人品凡劣，虽有工夫，决无好文章。”亦尝言自己之道德修养云：“附陈迹以自观，悼吾事之良勤。失壮岁于俯仰，竟四十而无闻。圣谟洋洋，善惇循循，出处语默之所依，性命道德之所存，有三年之至谷，有一日之归仁。”李治中《遗山集序》就指出元好问这一论点道：“君尝言：‘人品实居才学气识之上，吾引君亦尝谓，天下之事皆有品，绘事、围棋、技之末也，或一笔之奇，一着之妙，固有终身北面而不能寸进者，彼非志之不笃，习之不专也，直其品不同耳。’如君之品，今代几人？”

八、创作上讲求独创

在诗的写作上，从《论诗三十首》看来，元好问特别重视独创。第二首称赞“纵横正有凌云笔”的佳作，即表示对笔势纵横，不受前人、时人拘束的诗作的赞赏。诗的写作能由诗人随意发挥，则可以有动人之姿、杰出的表现。他赞美苏轼与黄庭坚的诗作时说“奇外无奇更出奇，一波才动万波随”就是如此。

元好问常用“奇”字形容景物与诗人之有杰出表现者，如《宝岩纪行》用“奇巧”形容九华山：“九华与奇巧，五老失浑厚。”[74]《梁都运乱后得家书所藏诗卷见约题诗同诸公赋》赞美湖山之胜景，也用“奇秀”来表示：“已就湖山揽奇秀。”[75]《赋邢州鹊山》也以同样的词语形容鹊山：“去时唐山道，望望鹊山背。今朝西北看，奇秀益可爱。”[76]《下黄榆岭》则以“奇朴”形容黄榆岭之一峰：“就中岭头一峰凸，朴奇，剩费寒云几千叠。”[77]《水帘记异》为水帘悬流等的变化而“称奇”：“岂知旱久泉脉绝，快意一涤无由供。神明自足还旧观，涌浪争敢儆灵通。何因狡狯出变化，胜概转盼增清雄。天孙机丝拂夜月，佛节珠网摇秋风。称奇叫绝喜欲舞，恨不百绕青芙蓉。”[78]此外，还有以“老更奇”形容近禅窗的老树，如“云藏佛屋晴犹暗，树近禅窗老更奇”[79]；以“解吐胸中奇”形容智仲可的琴艺，如“莫春舞雩鼓瑟希，琴语解吐胸中奇”[80]；以“奇俊”言张子益的人表，如“故家人物饶奇俊，耸壑昂霄今已信”[81]。

元好问认为，诗能独创，不仅要“奇”，也要创新。他反对“守一”，反对“不变”。《新斋赋》：“唯夫守一而不变者，不足以语化。”因此“新”是他思想中的一个重点。同文曾说：“人安知温故知新，与夫去故之新，他日不为日新又新日日新之新乎！”所以在《论诗三十首》中，他称赞陶渊明诗妙在“一语天然万古新”；称赞苏轼诗，独异众人，乃具有“百态新”；称赞谢灵运《登池上楼》中的诗句“池塘生春草”为“万古千秋五字新”。“新”字在元好问诗文中多具肯定义，具有“独创”、“不陈旧”、“不落俗套”、“新鲜生动”等意思。其中或以“新”表示独创的触感，如《赠答赵仁甫》中“因君两诗发兴新”[82]，《十日登丰山》中“十日登高发兴新”[83]；或以“新”代表能独创的诗句，如《龙门杂诗二首》其二希望“佳句傥能新”[84]，《德禅师清凉草堂》言“遥知得新句”[85]；或以“新”表示独创的诗境，如《黄金行》中“王郎少年诗境新”[86]；或言领略天趣而有独创的体会，如《送诗人李正甫》中“天趣触眼新”[87]；或表示不陈旧、新颖的事物，如《送崔梦臣北上》中“凤阁鸾台气象新”[88]，《下黄榆岭》中“林烟日射采翠新”[89]，《隋故宫行》中“二月鹦啼百啭新”[90]，《聚仙台夜饮》中“乡社情亲旧，仙台姓字新”[91]；或以“新”表示有生命物体的新鲜生动，如《纪子正杏园燕集》言杏花的新鲜生动“千株万株红艳新”[92]；对于“新”完成的诗作，常称之为“新诗”或“新篇”，如《赠答要襄叔二首》其二“展读新诗眼倍明”[93]，《寄谢长君卿》中“百过新篇卷又披”[94]。

因此有些论者认为《论诗三十首》中的“百态新”的“新”字具有否定义[95]，我就不同意这种看法。在本文“论析元好问《论诗三十首》诗观后感想一：应仔细研读原诗，避免论析的误差”一节中我将会详细论及这一课题，此不赘述。

以上，我依据元好问众多的诗文作品，寻找元氏所用的与“正体”意思有关的关键词，探索其背后意义的变动，以及相关关键词涌现的情形，逐步解开元好问对诗的“正体”的看法。在从关键词的层面探讨其诗的“正体”观时，我发现所用的关键词背后有以下意义的变动：

真——真淳——天（天然、天巧等）

元气——激——兴——亲身体会

真——正——诗品、人品的肯定

正体（正脉、圣处、真脉、雅道）——元气淋漓

慷慨——豪迈——苍茫——英雄气

淋漓——纵横——独创——奇——新

九、区分正伪的意识

元好问以“疏凿手”自居，决定以《论诗三十首》来使泾渭清浊，各得其位，因此清浊分辨，极为鲜明。元好问对所要肯定的与拟否定的对象，都作了两极化的处理。他对这种区分泾渭的评诗工作是相当执着的，《答聪上人书》曾说：“量体裁，审音节，权利病，证真赝，考古今诗人之变，有憨直而无姑息，虽古人复生，未敢多让。”他还制订了数十戒条以自警，这些戒条都是他认为诗作必须远避的缺陷。从这些戒条，也可以了解他所说的诗歌创作的渭浊的情形：“初予学诗，以数十条自警，云：无怨怼，无谑浪，无骜狠，无崖异，无狡讦，无媕阿，无傅会，无笼络，无衒鬻，无矫饰，无为坚白辨，无为圣贤癫，无为妾妇妒，无为仇敌谤伤，无为聋俗哄传，无为瞽师皮相，无为鲸卒醉横，无为黠儿白捻，无为田舍翁木强，无为法家丑诋，无为牙郎转贩，无为市倡怨恩，无为琵琶娘人魂韵词，无为村夫子《兔园册》，无为算沙僧困义学，无为稠梗治禁词，无为天地一我今古一我，无为薄恶所移，无为正人端士所不道。信斯言也，予诗其庶几乎。”

他所强调的“正体”的反面，当为“伪体”。杜甫《戏为六绝句》云“别裁伪体亲风雅”，而元好问称“伪体”为“杂体”。《东坡雅引》论及六朝之陶、谢，唐之陈子昂、韦应物近风雅时说：“五言以来，六朝之陶、谢，唐之陈子昂、韦应物、柳子厚，最为近风雅，自余多以杂体为之。诗之亡久矣！杂体愈备，则去风雅愈远，其理然也。”

他之所以对杂体、伪体强烈不满，与当时的诗风有关。《中州集·溪南诗老辛愿》云：“南渡以来，诗学为盛，后生辈一弄笔墨，岸然以风雅自名，高自标置，转相贩卖，少遭指擿，终死为敌。一时主文坛者，又皆泛爱多可，坐受愚弄，不为裁抑，且以激昂张大之语从臾之，至比为曹、刘、沈、谢者，肩摩而踵接，李、杜而下不论也。”

在《论诗三十首》中，除了第一首为引起，表明要为诗风判明正伪清浊的意愿，和最后一首为总结，说明有朝一日他的作品也会被人们议论外，中间二十八首，或者直举所肯定的正体，或者在叙述正体之余也批评伪体，或者直举伪体而嘲讽之，都和第一首所声明的他要充当“疏凿手”，要使“泾渭各清浑”有关。其中直举所肯定的正体的共十三首，为第二、四、五、七、十、十一、十五、十六、十九、二十、二十二、二十六、二十七首；直举所反对的伪体的共六首，为第六、九、十二、十三、十四、二十五首；在叙述正体之余也批评伪体的共九首，为第三、八、十七、十八、二十一、二十三、二十四、二十八、二十九首。从这里可以看到，元好问《论诗三十首》虽然有严格的立论标准，不过态度还是相当端正的。

以上多谈他对正体作品的看法，下面将论述他对伪体作品的意见。

在《论诗三十首》中，他所说的伪体或杂体之作，包括所称的“斗靡夸多费览观”、“切响浮声发巧深”、“暗中摸索总非真”、“窘步相仍死不前”、“俯仰随人亦可怜”、“曲学虚荒”、“俳谐怒骂”、“无力蔷薇”等之作。

元好问赞许豪迈的作品，而对婉弱的作品没有好评，所以《论诗三十首》在赞誉韩愈《山石》诗的健笔的同时，也讥笑秦观《春日》诗为“无力蔷薇”之女郎诗。

元好问赞许情感真挚充盈的作品，所以对不是出自心声的诗篇颇有微辞。如《论诗三十首》评潘岳道：“心画心声总失真，文章宁复见为人？”

他赞许真正受到外在人、事与物触动，情动而言立的作品，而不满不经由这个途径写出的“非真”的诗作。所以《论诗三十首》说道：“暗中摸索总非真。”又说：“画图临出秦川景，亲到长安有几人？”在《〈毛氏家训〉后跋语》中他引苏轼之言云：“东坡有言：‘人无所不至，唯天不容伪。’”他也曾经在《拙轩铭引》中反对当时伪情的人文环境云：“去古既远，天质日丧，人伪日胜。机械之士，以拙为讳，天下万事，一以巧为之，矜长出奇，争捷求售，其汩汩焉，如弄丸、如运斤、如刻猴之工、如贯虱之射，惟恐巧之不极。至于汲黯之戆，绛侯之讷，石建之醇谨，卓茂之迂缓，班超平平之策，阳城下下之考，咸共嗤点，以为不智。事业之鄙陋，风俗之薄恶，实坐于此。”

在元氏其他诗篇中，也有评及“失真”、“不真”的事物的，如《饮酒五首》其二批评时风云：“去古日已远，百伪无一真。”[96]

元氏也反对矫揉造作之作，如在《论诗三十首》中，他说“斗靡夸多费览观”，“切响浮声发巧深”；在《赠祖唐臣》中，他说“巧伪失天真”。他在《继愚轩和党承旨雪诗四首》中赞扬赵宜之愚轩论诗，更赞扬陶渊明而怪“今时人”道：“愚轩具诗眼，论文贵天然。颇怪今时人，雕镌穷岁年。君看陶集中，饮酒与归田。此翁岂作诗，真写胸中天。天然对雕饰，真赝殊相悬。乃知时世妆，纷绿徒争怜。枯淡足自乐，勿为虚名牵。”[97]

元氏还反对“人云亦云”没有独创新意、而只是随人俯仰的诗人。《论诗三十首》云：“窘步相仍死不前，唱酬无复见前贤。纵横正有凌云笔，俯仰随人亦可怜。”同时他也痛伐那些闭门搜求诗思的作者，如评陈师道云：“传语闭门陈正字，可怜无补费精神。”

十、论析元好问《论诗三十首》诗观后感想一：应仔细研读原诗，避免论析的误差

元好问《论诗三十首》所批评的诗人，上自曹魏、下至宋代，共历魏、晋、宋、齐、梁、陈、隋、唐、宋九朝；所评诗人有杜甫、陶渊明、元结、阮籍、曹操、曹植、陈子昂、刘祯、刘越石、柳宗元、韩愈、李白、苏轼、黄庭坚、欧阳修、梅尧臣、管宁、华歆、王敦、潘岳、沈约、李商隐、谢灵运、秦观、陈师道、孟郊、李贺、陆龟蒙、卢仝等，共二十九人。然而由于是以诗作写成，字数的限制与文体的特殊表露方式致使所要抒发的意思含糊，从而引起论者的纷纷议论。例如第二十六首："金入洪炉不厌频，精真那计受纤尘。苏门果有忠臣在，肯放坡诗百态新。"论者对第二句"精真那计受纤尘"与后两句"苏门果有忠臣在，肯放坡诗百态新"中的"纤尘"与"百态新"，特别是对"百态新"有不同的释解，遂衍生出对元好问论苏轼诗的不同理解。为支持各自的论点，论者常引用元好问在其著作《东坡诗雅引》的一段话展开论述，更构成元好问文学批评研究上的误差。

不少论者认为这首诗是贬斥苏轼诗的。有些论者就认为"精真那计受纤尘"中的"纤尘"和"肯放坡诗百态新"中的"新"字具贬义。认为"纤尘"具贬义的，如陈湛铨《元遗山论诗绝句讲疏》认为此语在批评苏轼诗，"嫌其精炼不足，且时一驳杂"[98]。认为"新"字具贬义的，如吴景旭《历代诗话》说"新"指苏诗"肆笔成章，不受炉冶"[99]；宗廷辅《古今论诗绝句》也说："晁叔用云：东坡如毛嫱、西施，净洗却面，与天下妇人斗好。即此末句百态新之意。"他还进一步提出对"新"字的认识，言下似乎以苏轼提倡新风，致唐代风流因此泯灭而引以为憾。林从龙《元好问和他的诗》以"新"字指苏诗的"奇外更奇"，致改变唐人之风，走向矜多炫巧，并以为元氏于此在指责苏轼门人，也在批评苏轼。一些论者更感到高兴，因为他们从元好问的《东坡诗雅引》中找到可以支持他们见解的论据，认为此文中如"近世苏子瞻绝爱陶、柳二家，极其诗之所至，诚亦陶、柳之亚。然评者尚以其能似陶、柳，而不能不为风俗所移，为可恨耳"以及"夫诗至子瞻，而且有不能近古之恨"等句，是元好问不满苏轼诗之词。他们认为元好

问评苏轼诗“似陶、柳，而不能不为风俗所移为可恨耳”，即言苏轼诗有“纤尘”，苏轼诗“百态新”。特别是见及“不能近古之恨”一语，更认为是不满苏轼诗“百态新”的代称。王韶生《元遗山论诗三十首笺释》的言论就是如此，他说：“‘肯放坡诗百态新’，谓诗至子瞻，有不能近古之恨也。按《后山诗话》云：‘诗欲好，则不好，苏子瞻以新。’”[100]李长生《元好问研究》论此绝句时也引《东坡诗雅引》之语以为元好问于此批评苏轼诗：“在第二十二首论苏黄尽诗之奇变。《东坡诗雅引》则惜其似陶、柳而不能不为风俗所移。”[101]一些文学批评史的著作也依据这种思理来论析元好问对苏轼诗的批评。如蔡钟翔等著的《中国文学理论史》亦然，在言及元好问评苏轼诗时说：“关于元好问与苏轼，人们囿于清人翁方纲苏学盛于北，景行遗山仰之说，往往以为二人诗论一脉相承，当然，元的确有取于苏。在提倡不得已而为之，反对有意为文，提倡凌云健笔、反对柔弱局促等方面，二人相通。《新轩乐府序》肯定了苏轼对词的开拓。但《东坡诗雅引》云：近世苏子瞻绝爱陶、柳二家，极其诗所至，诚亦陶、柳之亚。然评者尚以其能似陶、柳，而不能不为风俗所移，为可恨耳。这已经颇有微词了，而苏轼文学思想的主要精神，是无论在内容上还是在艺术上都要求自由自在、不事拘检，可谓有真而无正，这正是元好问的直接对立面，故攻之不遗余力。”[102]

细读元好问的《东坡诗雅引》，我所理解的和上举的这些学者的看法不同。为清楚说明我的见解，兹引该文于后：

> 五言以来，六朝之陶、谢，唐之陈子昂、韦应物、柳子厚最为近风雅；自馀多以杂体为之。诗之亡久矣！杂体愈备，则去风雅愈远，其理然也。近世苏子瞻绝爱陶、柳二家，极其诗之所至，诚亦陶、柳之亚。然评者尚以其能似陶、柳，而不能不为风俗所移，为可恨耳。夫诗至于子瞻，而且有不能近古之恨，后人无所望矣。乃作《东坡诗雅目录》一篇。

以为元好问于此乃非议苏轼诗者，在引用此文时，多不录后一句“乃作《东坡诗雅目录》一篇”[103]，这是造成误解元好问诗说的关键。

分析这一段说话，可以清楚地知道元好问的看法是：

第一，五言之作以谢灵运、陶渊明、陈子昂、韦应物、柳子厚最近风雅。

第二，近世苏轼绝爱陶渊明、柳子厚，并沿其道路写作，但极其所至，亦陶、柳之亚，不能跻上前述诗人之列。

第三，苏轼之作虽然仅次于陶、柳，但较近世其他诗人好得多。

第四，有评者认为苏轼“能似陶、柳，而不能不为风俗所移，为可恨耳”。

第五，元好问乃表示诗至苏轼，尚有不能近古之恨，其他后人更不用说了。

第六，为端正评者的看法，元氏“乃作《东坡诗雅目录》一篇”，给后人参考。

由此可知，元好问此文主在批评评论苏轼诗者之见，而不是在评论苏轼诗。他认为苏轼诗虽然不能超越陶、柳，但是仅次于陶、柳，言下即以苏轼较之近世诗人要高明得多。元好问在这里明显地是在肯定苏轼诗，而非批评苏轼诗。至于文中“尚以其能似陶、柳，而不能不为风俗所移，为可恨耳。夫诗至子瞻，而且有不能近古之恨”，是评者之语，不是元好问的话，以此为元好问之言，是极大的曲解。相反，元好问正因为不满意这些评者之见，才会有“夫诗至子瞻，而且有不能近古之恨，后人无所望矣”之反评，才会“作《东坡诗雅目录》一篇”，以端正这些评者的看法。

因此以《东坡诗雅引》中的言论来批评元好问对苏轼诗作的评价，是非常不恰当的，也构成元好问文学批评研究上的一宗冤案。

诗作词语固然常有歧义，但是就元好问的众多诗篇来看，将“百态新”的“新”字释为贬义，实有斟酌之处。

“新”字在元好问诗文中，多具肯定义，具有“独创”、“不陈旧”、“不落俗套”、“新鲜生动”等意思。他主张诗作要独创，要新。他的其他诗篇也常以“新”表示有独创的触感，以“新”代表独创的诗句，以“新”表示有独创的诗境，以“新”表示不陈旧、新颖的事物，以“新”表示有生命的物体的新鲜生动。这一切，在上一则有详细的析说，此不重复。

因此，我不同意《论诗三十首》中的“百态新”的“新”字具否定义的看法。

除了前面所举的众多“新”字都具肯定、赞许的含义可以佐证之外，元好问《文湖州草虫为刘使君赋》云：“造物无心笔有神，翾翾飞动百年新。”【104】“百年新”与“百态新”语式同，“新”字于此毫无疑问的具有肯定义。赵翼在《瓯北诗话》中说：“新岂易言，意未经人说过则新，书未经人用过则新。诗家之能新正以此耳。若反以新为嫌，是必拾人牙后，人云亦云，否则抱柱守株，不敢逾限一步，是尚得成家哉？尚得成大家哉？”【105】我们应该从此角度理解元好问《论诗三十首》中“肯放坡诗百态新”的“新”字。

至于“纤尘”二字，当置于全句论述时，其义也不是贬义。郭绍虞在《中国历代文论选》中云：“金人洪炉二句是褒苏之词，真金经过锻炼，本自精纯不受纤尘。”【106】叶庆炳在《评元好问论诗绝句一首》中说：“这首诗的前二句是推崇苏轼诗歌的。好问认为真金不怕火，苏诗经得起千锤百炼，历久而弥新；虽然有时不免杂以纤尘，那也无损于苏诗的真价值。”【107】

再从另一个角度看，苏轼诗在元好问心目中的地位是非常崇高的。施国祁《元遗山诗集笺注》就举出相当多遗山取用苏轼诗句的句例，可以参考。林明德《元好问与苏轼》一文也以二十一首诗句为例，分别说明元好问在套语的取用、综采变换以及意境转换苏诗诗句方面的情况，来证明元好问如何尊奉苏轼【108】。我也集得元好问用苏轼诗句之例共一百多处，单是《论诗三十首》用及苏轼的，就有四十七处【109】。因此说元好问这诗句是贬斥苏诗或表示对苏诗的不满，实在很难令人信服。

本于上述的认识，我以为元好问在这里所批评的，很明显不是苏轼，而是“苏门”弟子。续琨《元遗山研究》析此诗之后两句道：“惜苏门中人，株守门阈，不知创新，果有一二忠臣，定能继踵苏诗，出奇创新，呈现异彩。查初白〈注〉云：'苏门诸君无一人能继嫡派者，才有所限，不可强耳。'统观全诗，对苏之嗣承无人，深致惋惜，绝无贬词，查〈注〉得诗遗。"[110]叶庆炳《论元好问论诗绝句一首》云："这二句意在指责苏轼门下没有一人是忠于苏轼的，因为他们没有一人能继承苏诗的衣钵使其发扬光大。"[111]龚鹏程《论元遗山与黄山谷》道："苏门果有忠臣在，肯恪守旧家矩矱，不于坡诗新创之境外更为新创乎？"[112]我的看法和他们一致。

因此对于元好问《论诗三十首》中一些引起歧义的诗篇，我认为应更详细的解读，以求得到正确的理解。

十一、论析元好问《论诗三十首》诗观后感想二：注意后代研究元好问的成果，以丰富元氏诗见的内涵

元好问《论诗三十首》中所提出的评论意见，也引起了后代诗论界的关注，从而形成了热烈的讨论，丰富了诗论史的内容。如元好问《论诗三十首》第二十四首云："有情芍药含春泪，无力蔷薇卧晚枝。拈出退之山石句，始知渠是女郎诗。""有情芍药含春泪，无力蔷薇卧晚枝"引自秦观《春雨》，原诗为："一夕轻雷落万丝，霁光浮瓦碧差差。有情芍药含春泪，无力蔷薇卧晚枝。""拈出退之山石句"，指韩愈《山石》诗。原诗为："山石荦确行径微，黄昏到寺蝙蝠飞。升堂坐阶新雨足，芭蕉叶大栀子肥。僧言古壁佛画好，以火来照所见稀。铺床拂席置羹饭，疏粝亦足饱我饥。夜深静卧百虫绝，清月出岭光入扉。天明独去无道路，出入高下穷烟霏。山红涧碧纷烂漫，时见松枥皆十围。当流赤足踏涧石，水声激激风吹衣。人生如此自可乐，岂必局束为人鞿。嗟哉吾党二三子，安得至老不更归！"

秦观诗作，风格婉约绮丽，《雪浪斋日记》云："少游诗甚丽，如'翡翠侧身窥绿酯，蜻蜓偷眼避红妆'，又'海棠花发麝香眠'，又'青虫相对吐秋丝'之句是也。"《春雨》这首诗，先写"轻雷"、"万丝"细雨的远景，再描绘经过雨水洗涤后映着"霁光"绿瓦的光

泽，更近写芍药、蔷薇的姿态，层层分明。在描声上，明显的有“轻雷”声，潜藏的雨滴屋瓦声，“轻雷”滚滚，细雨纷纷，这是动景；“霁光浮瓦”、“芍药”含泪、“蔷薇”卧枝，这是静景。远景因为万丝的铺垫，呈朦胧的灰白，较近的浮瓦是光鲜鲜的“碧差差”，至于近在眼前的“芍药”、“蔷薇”，又各有它们的颜采。写景层次分明，有静有动，而更大程度所展露的是静景；景有大有细，重点是大小景兼顾，其中又色彩均匀，给读者呈现了一幅动人的美景。“含春泪”点明了当时的季分，“卧晚枝”也指出当时的时分，“芍药”含泪、“蔷薇”卧枝，都是雨中、雨后的情景，但有情含泪，无力卧枝，也传达出感伤、愁苦与无助的情怀。全诗写景，却处处透露诗人的心绪；写情，也展现动人的春景。

韩愈诗，后人多赞其气势与笔力。如司空图《题柳集后》云：“韩吏部歌诗累百首，而驱驾气势，若掀雷抉电，撑决于天地之垠。”【113】管世铭《读雪山房唐诗序例》云：“昔人为诗，未有用力于韵者。自韩昌黎横空盘硬，妥帖排奡，韵宽者转更出入旁通，韵狭者则界画谨严，险阻不避。欧阳永叔所谓‘退之一生倔强’，见于此也。然韵愈龃龉，诗愈精神，腕中固宜独有神力。”【114】欧阳修《六一诗话》也说：“退之笔力，无施不可，而尝以诗为文章末事，故其诗曰：‘多情怀酒伴，馀事作诗人’也。然其资谈笑，助谐谑，叙人情，状物态，一寓于诗，而曲尽其妙。”所以龚自珍《已亥杂诗三百十五首》云：“男儿解读韩愈诗，女儿好读姜夔词。”论者赞赏韩愈之《山石》，多因其所具之笔力。方东树《昭昧詹言》云：“《山石》不事雕琢，自见精彩，真大家手笔。许多层事，只起四语了之。虽是顺叙，却一句一样境界。如展画图，触目通层在眼，何等笔力！五句、六句又一画，十句又一画。‘天明’六句，共一幅早行图画。收入议，从昨日追叙，夹叙夹写，情景如见，句法高古。只是一篇游记，而叙写简妙，犹是古文手笔。他人数语方能明者，此须一句即全现出，而句法复如有余地，此为笔力。”【115】何焯《义门读书记》昌黎集评语第一卷论《山石》云：“《山石》直书即目，无意求工，而文自至。一变谢家模范之迹，如画家之有荆关也。‘清月出岭光入扉’，从晦中转到明。‘出入高下穷烟霏’，‘穷烟霏’三字是山中平明真景。从明中仍带晦，都是雨后兴象，又即发端‘荦确’、‘黄昏’二句中所包蕴也。‘当流赤足踏涧石’二句，顾雨足。”[116]

元好问言：“有情芍药含春泪，无力蔷薇卧晚枝。拈出退之山石句，始知渠是女郎诗。”其分辨韩愈与秦观诗作高下之论据，本王中立。元好问在《中州集》王中立小传中曾说明他跟王中立学诗，问及应该如何作诗时，王劝勉他不应该学作妇人诗，并举秦观《春雨》诗“有情芍药含春泪，无力蔷薇卧晚枝”表示：“此诗非不工，若以退之之‘芭蕉叶大栀子肥’之句较之，则春雨为妇人语矣。”并说：“破却工夫，何至学妇人！”[117]元好问显然接受这样的看法，所以把这个见解载录在《论诗三十首》的第二十四首中，也见于元氏所著的《诗文自警》。瞿佑《归田诗话》说：“元遗山《论诗三十首》，内一首云：‘有情芍药含春泪，无力蔷薇卧晚枝。拈出退之山石句，始知渠是女郎诗。’初不晓所谓，后见《诗文自警》一编，亦遗山所著，谓：‘有情芍药含春泪，无力蔷薇卧晚枝’。此秦少游《春雨》诗也。非不工巧，然以退之山石句观之，渠乃女郎诗也。破却工夫，何至作女郎诗？按昌黎诗云：‘山石荦确行径微，黄昏到寺蝙蝠飞。升堂坐阶新雨足，芭蕉叶大栀子肥。’”[118]

元氏以女郎诗诋秦观，引起后代论者的纷纷议论。瞿佑《归田诗话》表示诗的题材是多样化的，不可以固定在一种题材上。用他的话来说，就是：“诗亦相题而作，又不可拘以一律。”他并举出杜甫诗中的“香雾云鬟湿，清辉玉臂寒”，“俱飞蛱蝶元相逐，并蒂芙蓉本自双”为例说：“亦可谓女郎诗耶！”[119]

瞿佑的意见获得清代一些论者的共鸣，袁枚《随园诗话》直指元好问的说法“大谬”：“元遗山讥秦少游云：有情芍药含春泪，无力蔷薇卧晚枝。拈出退之山石句，始知渠是女郎诗。此论大谬。”他表示：“芍药、蔷薇，原近女郎，不近山石，二者不可相提并论。诗题各有境界，各有宜称。”同时，他也引用瞿田所举的杜甫的诗例说：“杜少陵诗，光焰万丈，然而‘香雾云鬟湿，清辉玉臂寒’，‘惧飞蛱蝶元相逐，并蒂芙蓉本自双’。韩退之诗，横空盘硬语，然‘银烛未消窗送曙，金钗半醉坐添春’，又何尝不是女郎诗耶？《东山》诗：‘其新孔嘉，其旧如之何？’周公大圣人，亦且善谑。”[120]薛雪《戏咏》也说：“先生休讪女郎诗，山石拈来压晚枝。千古杜陵佳句在，云鬟玉臂也堪师。”[121]

其他不满元好问说法的论者还有王敬之、林冻、谢启昆、况澄等人。明代的王敬之为秦观忿忿不平地说：“异代雌黄借退之，偏拈芍药女郎句。”[122]林冻表示，取《山石》与《春雨》作比较来批评《春雨》的做法，未必能够获得韩愈的赞同。《偶成》诗道：“女郎山石分优劣，未必昌黎意更同。我觉魏征真妩媚，莫徒硬语羡盘空。”[123]况澄《仿元遗山论诗三十首》显然同意“诗亦相题而作，又不可拘以一律”与“诗题各有境界，各有宜称”的见解。他表示：“芍药蔷薇笑女郎，温柔诗教试推详。要知品格分题目，楚霸虞姬各擅长。”[124]谢启昆《读〈全宋诗〉仿元遗山论诗绝句二百首》更表示：他不相信妇女能写出像“有情芍药含春泪，无力蔷薇卧晚枝”这样的句子。他说：“蔷薇芍药春风句，落叶青虫秋日时。未信女郎工此曲，看云谢客已多时。”[125]

另一方面，同意元好问看法的论者也不少。白永修高度赞扬元好问的诗论，认为他的诗见不是一般诗论者所能比并；也为秦观写作像“有情芍药含春泪，无力蔷薇卧晚枝”而得到“女郎诗”的讥讽感到羞耻。《答友人论诗》道：“豪吟我爱遗山老，开口谈诗亦寡俦。悔煞太虚淮海集，挽河难洗女郎羞。”[126]陈启畴《与晴峰鳌论诗十首》也肯定韩愈而表示绝对不作秦观的“女郎诗”：“近水偶同渔父游，游山不作女郎诗。”[127]

我认为元好问肯定韩愈的诗风，由其诗观的角度看是可以理解的。元好问既言欲当“诗中疏凿手”，使得“泾渭各清浑”，并要提倡“正体”的诗作。他所称的“正体”的诗作，如前所云，是具有风雅传统特色的“坐啸虎生风”的曹植与刘祯之作，是“天然万古新”、“豪华落尽见真淳”的陶渊明之作，是具有高情的阮籍的“纵横诗笔”，是充满“万古英雄气”的《敕勒川》歌，等等。韩愈的《山石》显然也包括在他所肯定的作品之中的。实际上在《论诗三十首》中，他曾高赞韩愈的

“潮阳笔”道：“江南万古潮阳笔，合在元龙百尺楼。”相反，那些被他列为“伪体”的诗作，包括“无力蔷薇”之作，他就加以反对了。

元好问并不是不了解瞿佑、袁枚、况澄、薛雪等人所说的“诗题各有境界，各有宜称”，“要知品格分题目，楚霸虞姬各擅长”，“千古杜陵佳句在，云鬟玉臂也堪师”的道理，实际上从他所创作的一些作品来看，也有少数惜花爱春之作，如《同儿辈赋未开海棠二首》，“翠叶轻笼豆颗匀，胭脂浓抹蜡痕新。殷勤留着花梢露，滴下生红可惜春”与“枝间新绿一重重，小蕾深藏数点红。爱惜芳心莫轻吐，且教桃李闹春风”都是可以和秦观《春雨》诗比并的“女郎诗”。元好问有些作品甚至近于香艳，如《袁显之扇头》：“双鹭联拳只办愁，枯荷折苇更穷秋。风流绿影红香底，好个鸳鸯百自由。”《酴醾》：“枕帏余韵最清真，梦里犹来着莫人。拟借浓阴作罗幕，玉缨多处卧残春。”

然而元氏作品的主要基调，还是以悲凉、忧愤、哀怨为主的，早年作品慷慨悲歌，中晚年作品则充满“沧桑”、“丧乱”之感。翻开元遗山诗集，映入眼帘的多是这类作品。因此元好问在早年会特别强调韩愈的《山石》，而不满秦观的“芍药”、“蔷薇”诗，是有他的时代和个人的际遇因素的。他也正是基于这些诗观和对诗的爱好，表示不接受那些香奁之作罢了。我们一方面应当尊重元好问喜爱韩愈《山石》而不满秦观“芍药”、“蔷薇”之作的赏诗态度与标准，另一方面也应了解瞿佑、袁枚、况澄、薛雪等人的“诗题各有境界，各有宜称”，“要知品格分题目，楚霸虞姬各擅长”和“千古杜陵佳句在，云鬟玉臂也堪师”的道理，因为诗歌鉴赏难有定价，每个人可从他们不同爱好的角度作出不同的品评。无论如何，元好问这种容易引起讨论的见解及其所引起的后代诗论界热烈的议论，确实丰富了中国诗论史的内涵。

以上是我对元好问《论诗三十首》中诗观的分析。

注释：

【1】刘泽：《元好问论诗三十首集说》，山西人民出版社，1992年。

【2】诗篇原题甚长：《益父曹弟见过挽留三数日大慰积年倾系之怀其行也漫为长句以赠

弟近诗超诣殆欲度骅骝前故就其所可至者而勉之》。施国祁：《元遗山诗集笺注》卷十，人民文学出版社，1958年。其下句“如我何年画得成”，乃自谦之语。

【3】元好问：《答潞人李唐佐赠诗》。施国祁：《元遗山诗集笺注》。

【4】元好问：《希颜挽诗五首》，施国祁：《元遗山诗集笺注》卷十一。

【5】施国祁：《元遗山诗集笺注》卷二。

【6】施国祁：《元遗山诗集笺注》卷五。

【7】元好问：《涌金亭示同游诸君》。

【8】元好问：《太室同希颜赋》。

【9】元好问：《隐亭》。

【10】元好问：《啸台感遇》。

【11】施国祁：《元遗山诗集笺注》卷三。

【12】施国祁：《元遗山诗集笺注》卷四。

【13】施国祁：《元遗山诗集笺注》卷五。

【14】刘义庆：《世说新语》，中华书局，1991年。

【15】施国祁：《元遗山诗集笺注》卷七，人民文学出版社，1958年。

【16】施国祁：《元遗山诗集笺注》卷一，人民文学出版社，1958年。

【17】施国祁：《元遗山诗集笺注》卷十，人民文学出版社，1958年。

【18】元好问：《龙门公墨竹风烟夕翠二首》其二，施国祁：《元遗山诗集笺注》卷十三。

【19】施国祁：《元遗山诗集笺注》卷一。

【20】施国祁：《元遗山诗集笺注》卷二。

【21】施国祁：《元遗山诗集笺注》卷二。

【22】元好问：《示白诚甫》，施国祁《元遗山诗集笺注》卷七。

【23】施国祁：《元遗山诗集笺注》卷十四。

【24】元好问：《送诗人李正甫》，施国祁：《元遗山诗集笺注》卷一。

【25】元好问：《奚官牧马图息轩画》，施国祁：《元遗山诗集笺注》卷四。

【26】元好问：《台山杂咏十六首》之三，施国祁：《元遗山诗集笺注》卷十四。

【27】施国祁：《元遗山诗集笺注》卷四。

【28】施国祁：《元遗山诗集笺注》卷十三。

【29】施国祁：《元遗山诗集笺注》卷十。

【30】施国祁：《元遗山诗集笺注》卷一。

【31】施国祁：《元遗山诗集笺注》卷五。

【32】施国祁：《元遗山诗集笺注》卷十二。

【33】施国祁：《元遗山诗集笺注》卷十。

【34】元好问：《华光梅》，施国祁：《元遗山诗集笺注》卷十四。

【35】元好问：《李成之王彦华赵孝先以提学命见饷佳酒且求制名辄以诗记之》，施国祁：《元遗山诗集笺注》卷四。

【36】施国祁：《元遗山诗集笺注》卷二。

【37】元好问：《送李同年德之归洛西二首》之一，施国祁：《元遗山诗集笺注》卷十。

【38】元好问：《送诗人李正甫》，施国祁：《元遗山诗集笺注》卷一。

【39】刘泽：《元好问论诗三十首集说》，山西人民出版社，1992年，第13~14页。

【40】施国祁：《元遗山诗集笺注》卷二。

【41】施国祁：《元遗山诗旬笺注》卷七。

【42】施国祁：《元遗山诗集笺注》卷八。

【43】施国祁：《元遗山诗集笺注》卷八。

【44】施国祁：《元遗山诗集笺注》卷八。

【45】施国祁：《元遗山诗集笺注》卷八。
【46】施国祁：《元遗山诗集笺注》卷五。
【47】施国祁：《元遗山诗集笺注》卷二。
【48】施国祁：《元遗山诗集笺注》卷七。
【49】施国祁：《元遗山诗集笺注》卷七。
【50】施国祁：《元遗山诗集笺注》卷二。
【51】施国祁：《元遗山诗集笺注》卷二。
【52】施国祁：《元遗山诗集笺注》卷一。
【53】施国祁：《元遗山诗集笺注》卷九。
【54】施国祁：《元遗山诗集笺注》卷十三。
【55】施国祁：《元遗山诗集笺注》卷一。
【56】施国祁：《元遗山诗集笺注》卷一。
【57】施国祁：《元遗山诗集笺注》卷七。
【58】施国祁：《元遗山诗集笺注》卷十。
【59】施国祁：《元遗山诗集笺注》卷七。
【60】施国祁：《元遗山诗集笺注》卷七。
【61】施国祁：《元遗山诗集笺注》卷二。
【62】施国祁：《元遗山诗集笺注》卷九。
【63】施国祁：《元遗山诗集笺注》卷八。
【64】施国祁：《元遗山诗集笺注》卷九。
【65】施国祁：《元遗山诗集笺注》卷十二。
【66】施国祁：《元遗山诗集笺注》卷三。
【67】施国祁：《元遗山诗集笺注》卷二。
【68】施国祁：《元遗山诗集笺注》卷五。
【69】施国祁：《元遗山诗集笺注》卷十三。
【70】施国祁：《元遗山诗集笺注》卷十三。
【71】施国祁：《元遗山诗集笺注》卷一。
【72】施国祁：《元遗山诗集笺注》卷二。
【73】施国祁：《元遗山诗集笺注》卷二。
【74】施国祁：《元遗山诗集笺注》卷二。
【75】施国祁：《元遗山诗集笺注》卷九。
【76】施国祁：《元遗山诗集笺注》卷五。
【77】施国祁：《元遗山诗集笺注》卷五。
【78】施国祁：《元遗山诗集笺注》卷五。
【79】施国祁：《元遗山诗集笺注》卷十。
【80】元好问：《智仲可月下弹琴图》，施国祁：《元遗山诗集笺注》卷四。
【81】元好问：《送书记张子益从严相北上》，施国祁：《元遗山诗集笺注》卷四。
【82】施国祁：《元遗山诗集笺注》卷五。
【83】施国祁：《元遗山诗集笺注》卷八。
【84】施国祁：《元遗山诗集笺注》卷一。
【85】施国祁：《元遗山诗集笺注》卷一。
【86】施国祁：《元遗山诗集笺注》卷六。
【87】施国祁：《元遗山诗集笺注》卷一。
【88】施国祁：《元遗山诗集笺注》卷一。
【89】施国祁：《元遗山诗集笺注》卷五。
【90】施国祁：《元遗山诗集笺注》卷六。
【91】施国祁：《元遗山诗集笺注》卷七。
【92】施国祁：《元遗山诗集笺注》卷五。
【93】施国祁：《元遗山诗集笺注》卷十三。

【94】施国祁：《元遗山诗集笺注》卷十。

【95】吴景旭：《历代诗话》卷六十四，中华书局，1958年。

【96】施国祁：《元遗山诗集笺注》卷一。

【97】元好问：《继愚轩和党承旨雪诗》。

【98】陈湛铨：《元遗山论诗绝句讲疏》，《香港浸会学院学报》1968年第3卷第1期。

【99】吴景旭：《历代诗话》卷六十四，中华书局，1958年。

【100】王韶生：《元遗山论诗三十首笺释》，《崇基学报》1955年第5卷第2期。

【101】李长生：《元好问研究》，台湾文史哲出版社，1979年，第106页。

【102】成复旺、黄保真、蔡钟翔：《中国文学理论史》（二），北京出版社，1987年，第553页。

【103】即使是辑录金代文学批评资料的林明德，在所编《金代文学批评资料》（台湾成文出版社，1979年）载录元好问《东坡诗雅引》时也没有录及此句。

【104】施国祁：《元遗山诗集笺注》卷十一。

【105】赵翼：《瓯北诗话》卷五，郭绍虞编选、富寿荪校点：《清诗话续编》，上海古籍出版社，1983年，第1202页。

【106】郭绍虞：《中国历代文论选》，中华书局，1979年。

【107】叶庆炳：《评元好问论诗绝句一首》，《纯文学》1960年第10卷第1期。

【108】林明德：《元好问与苏轼》，《纪念元好问八百年诞辰学术研讨会论文集》，台湾文史哲出版社，1991年，第444~448页。

【109】杨松年：《中国文学批评研究的一宗冤案：论元好问评苏轼诗》，张高评编：《宋代文学批评研究》第五期，台湾丽文出版社，2000年。

【110】续琨：《元遗山研究》，中国台湾中华书局，1974年。

【111】叶庆炳：《评元好问论诗绝句一首》，《纯文学》1960年第10卷第1期。

【112】龚鹏程：《论元遗山与黄山谷》，《纪念元好问八百年诞辰学术研讨会论文集》，台湾文史哲出版社，1991 年，第458页。

【113】魏庆之：《诗人玉屑》引，《诗人玉屑》卷十八，中华书局，1961 年，第320页。

【114】郭绍虞编选、富寿荪校点：《清诗话续编》，上海古籍出版社，1983 年，第1547页。

【115】方东树：《昭昧詹言》卷二十。

【116】何焯：《义门读书记》昌黎集评语第一卷，石香斋刊本。

【117】元好问：《中州集》。

【118】瞿佑：《归田诗话》卷上，《历代诗话续编》，中华书局，1983年。

【119】同上注。

【120】袁枚：《随园诗话》卷五，人民文学出版社，1960年。

【121】郭绍虞等编：《万首论诗绝句》，人民文学出版社，1991年，第378页。薛雪在所作《一瓢诗话》亦曾言及此事："元遗山笑秦少游《春雨》诗：'有情芍药含春泪，无力蔷薇卧晚枝。拈出退之山石句，始知渠是女郎诗。'瞿佑极力致辩。余戏咏云：'先生休讪女郎诗，山石拈来压晚枝。千古杜陵佳句在，云鬟玉臂也堪师。'"《清诗话》，中华书局，1963年，第705页。

【122】王敬之：《读秦太虚淮海集》，郭绍虞等编：《万首论诗绝句》，人民文学出版社，1991年。

【123】郭绍虞等编：《万首论诗绝句》，人民文学出版社，1991年，第1072页。

【124】郭绍虞等编：《万首论诗绝句》，人民文学出版社，1991年，第885页。

【125】郭绍虞等编：《万首论诗绝句》，人民文学出版社，1991年，第489页。

【126】郭绍虞等编：《万首论诗绝句》，人民文学出版社，1991年，第1531页。

【127】郭绍虞等编：《万首论诗绝句》，人民文学出版社，1991年，第1207页。

明末清初诗文本末观念之新发展

前言：两个须先解决的问题

还没有进入论析诗文理论之前，我觉得有必要事先解决两个基本的问题。

问题一："明末清初"是个相当含糊的用语。为弄清"明末清初"的时限问题，我翻阅了不少有关论述明末清初的学术著作，结果发现论者对这一称谓，不是完全没有提及，就是笼统带过，没有详细说明所含括的时限；能清楚说明时限的作品并不多。从那些说明了含括时限的著作来看，说法也不一致。有的认为明末清初起自1590年至1730年，相当于万历十八年至雍正八年[1]。有的认为明末清初起自明万历三十年（1602）至清康熙四十年（1701）或康熙四十三年（1704），前后约百年[2]。有的称之为明季，始于甲申（1644）五月，止于康熙乙巳（1665）[3]。有的似指万历四十四年（1619）至南明永历十三年（1659）[4]。有的指明末和清初两段时期，其中明末包括万历至清人入关，清初包括顺治、康熙时期，相当于1573年至1722年。有的则以为是明清之际的代称。然而以“明清之际”代称的，其范围也含混不清，其中除了指上述明末清初之时期外[5]，更有把这一阶段置于清初之前的一个时期来处理的，也就是认为清顺治时段（1644—1661）是明清之际，康熙年间（1662—1722）是清初时期[6]。因此在讨论明末清初学术时，论者实有必要说明“明末清初”所涉及的范围与时限，否则会导致有关论述条理不清，意见不明。本文为凸显所涉及的阶段与当时时局的关系，显示特殊时局与文学言论互动的情形，所言及的明末清初，上限包括天启、崇祯两朝，下限止于康熙元年，即南明桂王永历被杀的那一年，约自1621年至1662年，前后约四十二年。以天启元年为上限是有原因的。一是因为天启年间，清兵夺取沈阳、辽阳，并于次年徙都辽阳，边势危急。时代动乱给予当时知识分子特殊的感触，在面对特殊的问题时，也促使他们去思考一些新的问题，从而形成他们特殊的看法。二是有从这时期开始谈明代遗民的，如陈济生所编的《天启崇祯两朝遗诗》就是如此。而南明永历被杀后，人们的“复明意识”大受打击，是年，郑成功也卒于台湾，清朝王基自此已经坚固。这是本文以此为下限的原因。

问题二，当我们将一个有机联系的学术发展置于某个时段来论述时，就应该谨慎处理有关阶段的作品与意见。不可以因为不谨慎的区分而导致对作品或言论的分析出现谬误的现象。有些分析清代文学发展的论者，他们将整个清代的历史分为明清之际（或明末清初）、清代前期、中期和晚期等阶段[7]。然而在分阶段论析各个阶段的作品或言论时，就有误差的情况出现。举个例子说，王夫之生于1619年，卒于1692年。他的重要诗文评论的作品，三种诗评选都是在七十岁左右所评注选定的，他七十岁时，已是1689年，而清代文学批评史的作者把王夫之列为明清之际的人物，其言论列为明清之际代表的言论。施闰章生于1618年（万历四十六年），较王夫之早一年，卒于1683年（康熙二十二年），较王夫之早九年，论者则将施氏列为清代前期的人物。这样的处理怎能说明诗文演变的情况与发展的痕迹呢？由于有上述的认识，在我还没有开始正文之前，有必要先将要论及的此一时期之诗文论者的生卒年列出，以免造成时期混乱的偏差：

钱谦益（1582—1664）	孙奇逢（1584—1675）
阎尔梅（1603—1679）	傅　山（1606—1684）
朱鹤龄（1606—1683）	陈子龙（1607—1647）
金圣叹（1608—1661）	黄宗羲（1610—1692）
周亮工（1612—1672）	顾炎武（1613—1682）
归　庄（1613—1673）	施闰章（1618—1683）
王夫之（1619—1692）	张煌言（1620—1644）
申涵光（1620—1677）	毛先舒（1620—1688）
魏　禧（1624—1680）	卢若腾（崇祯、南明时期人）

基本上，列为此时期的诗文论者，其生年不早于1580年，而不迟于1624年，在这之后出生者，除非可证实其诗文理论作品完成于本文所规限之期间，否则不列入此一时期讨论。

明朝末年，政治腐败，宦官专权，朝廷内种种丑案如挺击、红丸、移宫等相继发生，地方动乱更是此起彼伏。李自成攻入北京，崇祯自缢，已给当时知识分子重大的刺激；而清人入关，在中国土地上展开的民族斗争，更激起当时知识分子强烈的民族意识，不少知识分子投入民族抗争的军事行动，为数较多的文人，在后来眼见大势已去，耻事二姓，乃纷纷隐逸不出。当时逃禅的风气也很盛行，其中一部分逃禅者是对清人所下薙发令的抗议。当康熙皇帝为笼络文人而下谕设博学宏词科时，不少知识分子坚决抗命不与。

这种易代给予知识分子的打击与刺激，不是三言两语能清楚说明的。然而就是这些打击与刺激，使我们看到在那个特殊的时代背景下许多诗文概念的新诠释和诗文理念的新发展。

本文将围绕诗文本末概念在这时期所赋予的新内容、新含义来说明这个问题。

一、明末清初前论者对诗文本末概念的认识

本，原义为树木之根；末，原义为树木之上端[8]。古代学者认为，天、地、人称为三才，人与天地一样，都有他的文采，而人的文采就是文学。刘勰《文心雕龙》一开篇就谈到人之文与天地的关系，以文与天地并生，实天地之心，与天地并称三才[9]。这种观念常见于文论中，特别是唐代主张复古文学论的论著。李翱在提到天之文、地之文与人之文的关系时，更进一步以草木枯死来说明言语不能"根"教化所产生的人文纰谬[10]。其他论者如权德舆、李舟等都有此种比较天文、地文与人文从而强调人文重要性的言论[11]。

一些论者很早就了解到树木与文学之间的共通关系。王充在《论衡》中以树木来比喻文，虽然他所说的文指广义的文[12]。嗣后以此设喻而议论者不少，白居易《与元九书》中常为文论者所举称的诗者情为根、言为苗、声为花、义为果实的言论，又是另一例[13]。屠隆更以"繁枝叶而离本根"，但"秾华色泽，比物连汇，亦种种动人"来形容鲍照、谢朓、颜延之、沈约等人的作品[14]。

中国诗文论界以植物来比喻文学的基本上有三方面的处理。其一，以树木之成长过程比喻文学的发展过程。清人就喜欢以树木为喻讨论诗歌的发展问题。王尧衢《古唐诗合解》在谈到历代诗歌发展时，认为《三百篇》属于长根的阶段，苏武、李陵诗是在萌芽时期，建安时是生长期，到六朝开始长枝叶，到唐代枝叶垂荫[15]。叶燮（1627—1703）完全接受王氏的看法，在他的诗论作品中，也用王氏的字句论证他的见解，不同于王尧衢的是，他重视宋诗，认为诗发展到宋代，方始开花，而完成整个诗歌发展的程序[16]。钱泳《履园谈诗》也有此喻，不过由于他主唐诗，不满宋、元诗，因此最后乃说："至宋、元则花谢香消，残红委地矣。"[17]其二，以树木之成长说明文学本同，但在后来的发展中形成了不同体制的情形。如曹丕《典论论文》以"文本同而末异"来说明文学的各种体制，如奏议、书论、铭诔、诗赋的不同特色[18]。柳宗元言文有二道，辞令褒贬本于著述，而著述出于《书》、《易》、《春秋》；导扬讽喻本乎比兴，而比兴出于先古之咏歌，商周之风雅，

也是此理[19]。刘勰《文心雕龙·宗经》："论说辞序，则易统其首；诏策章奏，则书发其源；赋颂歌赞，则诗立其本；铭诔箴祝，则礼总其端；纪传移檄，则春秋为根。""统其首"、"发其源"、"总其端"与"立其本"和以春秋为根之义同[20]。其三，以树木之本末论述文学质素，如内容与形式、情感与景物、作品之风格等方面的问题，这是诗文论界常涉及的范畴，也是本文将要详细论析的课题。

古代学者以本末概念来论析诗文质素的问题的，或以道为文之本，文为道之末，如朱熹就有这种说法[21]；或以德行为人之本，文章为人之末[22]；或以理为文之本，法为文之末[23]；或以志为诗之本，情为诗之末[24]等。

论者都强调文学应当与树木一样，其重要的部分是本根，而不是枝叶。裴子野《雕虫论》就认为古人与当时人不同之处，在于前者重视本根，而后者专注于枝叶[25]。因此论诗文之本者为数更多，意见也更加纷纭。有以经典或六经为本的，如刘勰言文章"详其本源，莫非经典"[26]。郝经称经典为大经，并言欲求斯文之本，必自大经始，斯文大经，就是他所说的："昊天有至文，圣人有大经。"[27]有以道德为诗文之本的，如家铉翁《志堂说》表示："志乎道德者，在心之志也。"[28]又说："所贵在心之志操之而存，如水之有本，自源徂流，行地万里，一本而已。"[29]宋濂分文人为三级，其上、中者都与道有关。其上者："其文之明由其德之立，其德之立，宏深而正大，则其见于言，自然光明而俊伟。"其中者："优柔于艺文之场，餍饫于今古之家，搴英而咀华溯本而探源，其近道者则而效之，其害教者辟而绝之，俟心与理涵，行与心一，然后笔之于书，无非以明道为务。"[30]有更具体言及道德内涵、以本为仁义者，如权德舆赞荀子、孟子的著作，本乎仁义[31]；契嵩赞扬欧阳修之文，在有仁信礼义之本[32]。有以本为诚的，如元好问以唐诗能在《三百篇》之后奇绝特出，在于知本，而本就是诚。诗能诚，可以厚人伦，美教化；不诚，"其欲动天地感鬼神难矣"[33]。有以文之本是情辞结合的，如刘勰《文心雕龙·情采》："情者文之经，辞者理之纬。经正而后纬成；理定而后辞畅，此立文之本源也。"有以诗根于心的，如鹿继善就批评作者不根于心的写作缺点云："作者语非根心，读者心能强动乎？"[34]有以本乃作者之情与外界之景遇而情思畅流为诗家妙处的，如叶梦得《石林诗话》就以谢灵运之"池塘春草"句为例，说明这点[35]。但一些作者见及情性之真并不保证能写出好诗，又对诗本情性说提出怀疑。李维桢就反映一些"孤陋寡闻"之士错误认识诗本性情的含义的情形道："而孤陋寡闻之士，以为诗本性情，眼前光景口头语，无一不可成诗。"[36]有以本指情性之正的，如张拭《孟子说》以孔子取《三百篇》，据思无邪的准则，思无邪就显现了情性之正的特色[37]。因此论者乃以诗之本为《三百篇》了。方孝孺就说过"三百篇，诗之本也"[38]的话，他如此强调《三百篇》的原因，在《读朱子感兴诗》中有比较清楚的解析："三百篇后无诗矣，非无诗也，有之而不得诗之道，虽谓之无，亦可也。夫诗所以列于五经者，岂章句之云哉！盖有增乎纲常之重，关乎治乱之教者存也。非知道者孰能识之！非知道者孰能为之！"[39]至此，方孝孺则又将诗之本从对《三百篇》的推崇转至与道联系在一起了。

以上所举的还是没有办法将历代言诗文之本的意见完全集合在一起，不过从中可以了解到论者看法的一斑。由于前代论者如此重视诗文之本，"本坏"的问题遂引起他们深切的关心。石介为"文本"日坏而操心云："文之本日坏，枝叶竞出，道源益分，波派弥多，天下悠悠，其谁与归？"[40]李翱《祭吏部韩侍郎文》也抨击建武以来俪花斗叶、颠倒相上的诗坛道："建武以还，文卑质丧，气萎体败，剽剥不让，俪花斗叶，颠倒相上。"[41]基于此，一些论者就强调必须养根、养性以求本，必须去花叶以得本根。韩愈强调养根的重要性道："将蕲至于古之立言者，则无望其速成，无诱于势力，养其根而俟其实，加其膏而希其光，根之茂者其实遂，膏之沃者其光晔。"[42]李翱在上引的《祭吏部韩侍郎文》中，言及建武后文坛败坏的情形后，论到韩愈之贡献在于他"拨去其华，得其本根"，他说："及兄之为，思动鬼神，拨去其华，得其本根。开合怪骇，驱涛涌云，包刘越嬴，并武同殷。六经之学，绝而复新。学者有归，大变于文。"[43]赵汝回则强调养性对作诗的重要性云："作诗贵识体，尤在养性，不养性则无本，不识体则无法。"[44]

二、明末清初诗文论者本末概念的新发展

以上所论主要是清代以前论者对诗文本末概念的看法。从所举的言论中，可以见及强调诗文之本在道、在道德、在六经的，多数是儒学者或文论者；强调诗文之本在情性、在情景相遇的关系的，则多数是诗论者。然而，多数论者是就文论文、就诗论诗，从中固然可以感到文坛的思潮、文学的风气对诗文论者的影响，不过和明清之际的情况相比，就没有后者那么鲜明了。明清之际的改朝易代、异族入统中原，带给当时知识分子的不仅是文坛思潮、文学风气的转换变化，而且是一个时代变换带给知识分子民族意识的撞击，是一个社会动乱带给当时知识分子家庭、个人生活变化的撞击，是一个民族感情带给文学思考的撞击。这些撞击与刺激，丰富了当时诗文理论的内涵，单是从一个诗文本末基本概念在这时期变化与发展的情形，就可以见及前代诗文所没有的特色。

具有强烈民族意识、民族感情，并在这场动乱之中参与抗争活动的诗文论者，如陈子龙、归庄、黄宗羲、顾炎武、张煌言、卢若腾、王夫之等人，其诗文理论就呈现上述的特色。陈子龙（1608—1647）曾经担任当时著名的文社几社的创始人。崇祯十年进士，曾任绍兴推官，后升兵科给郎中，南明时，往南京事福王。后与权要政见不同，乞归。清兵入南京关，陈氏结太湖兵抗清，事露被捕送南京，途中赴水死。时代的变换使陈子龙的民族意识腾涨，在诗文理论上，他常言及诗文本末的问题。

他认为“明其源、审其境、达其情”为“本”，“辨其体，修其辞”为“次”。而在论及诗文之本时，他肯定“夏之五子，商之箕子，周之姬公、吉甫，卫之庄姜，楚之屈平”在“抒忠爱，寄恻隐”的表现；肯定枚、苏、曹、刘及唐杜氏，能够“怨悱独存”[45]；又说：“古人之诗也，不得已而作之；今人之诗也，得已而不已。夫苏、李之别河梁，子建之送白马，班姬明月之篇，魏文浮云之作，此境与情会，不得已而发之咏歌，故深言悲思，不期而至。今也既无钟爱恻隐之性，而境不足以启情，情不足以副境。所纪皆晨昏之常，所投皆行道之子，胡其不情而强为优之啼笑乎？故曰：明其源，审其境，达其

情，本也。”[46]基于此，所以他在诗文论著中就强调诗的忧时托志的任务。《几社六子诗序》云：“诗之本不在是，盖忧时托志之所作也。”《诗经类考序》亦云：“诗以言志，喜怒之情郁结而不能已，则发而为诗，其托辞触类不能不及于当世之务，万物之情状，此其所以为本末也。”[47]所以在评价时人的作品时，他着眼于是否反映君国时务。《余诞北先生栖白堂诗集序》云：“今观余公之诗，大抵志在君国，忧时望治之言为多，《离骚》、《九辨》之旨，盖庶几焉。”[48]时人以杜甫“当天宝之末，亲经乱离，其发为诗歌，序世变，刺当涂，悲愤峭激，深切着明，无所隐忌”而认为“无当于风骚之旨”。他为之辩护道：“当流极运，际板荡，其君子忧愤而思大谏，若震耳不择曼声，拯弱不取缓步，如昭旻雨无正之篇，何其刻急，鲜优游之度耶？乃知少陵遇安史之变，不胜其忠君忧国之心，维音哓哓，亦无倍于风人之义者也。”[49]傅山（1608—1684）的意见也是如此，他称赞遇乱世的偏才，认为他们的作品有如“喷口成波涛”，同时批判那些“不论河岳气，私各光焰豪”的文人，以他们为“直不真文曹”[50]。他的论文极重作者的人品，他说：“作字先作人，人奇字自古。……平原气在中，毛颖足吞虏。”[51]

时代的变换给归庄（1613—1673）的刺激是巨大的。他是一个血气方刚的人物，清兵南下，曾和顾炎武等佐助抗清的王永祥君。家乡昆山县丞阎茂才下薙发令，他就和县民拿杀阎县丞。此外，家难也令归庄深受刺激。兄长归昭，帮助史可法守扬州，城破殉节。叔兄守长庆，城破亦亡。两位嫂嫂陆氏、张氏均遇害。国仇家难，使归庄内心满盈悲愤，在思考诗文的问题时，他就有了新角度、新认识。在论及诗歌的原本时，他本来也和一般的诗文论者一样，接受传统的看法，以诗是本于性情，如《天启崇祯两朝遗诗序》云：“《传》曰：‘诗言志’；又曰：‘诗以道性情。’古人之诗，未有不本于其志与其性情者也。”[52]然而当论及所本的性情的内涵时，他与传统的看法就有不同的意见了。他说的性情，是由天下事所激发的愁愤，而不是个人的愁愤；个人的愁愤，诗人一生的遭遇，是愁愤最小者。在《历代遗民录序》中，他就清楚地说明了这点：“太史公言：‘虞卿非穷愁不能著书’；又以

《说难》、《离骚》，由于囚放；古诗皆发愤之作。余谓此一身之遭遇，愁愤之小者也；岂知天下之事，愁愤有十此者乎？”[53]因此同是赋秋兴，潘岳所发的是一己的情感，杜甫所发的则包含百年世变的山河之感，这在归庄心目中，自然有高下之分了[54]。所以能面对与接受时代动乱的洗礼、面对时代的考验的作者和作品，乃得到他的肯定，他称赞建安七子、杜甫的诗作，并说明他们的作品之所以有高度成就的原因在于：“诗家前称七子，后称杜陵，后世无其伦比。使七子不当建安之多难，杜陵不遭天宝以后之乱，盗贼群起，攘窃割据，宗社鼿阢，民生涂炭，即有慨于中，未必其能寄托深远，感动人心，使读者流连不已如此也。”[55]因此诗文论者要求写作者必须面对动乱的时代，因为时愈穷可使作品愈工。张煌言就有这种看法。张氏大半生都在戎马间与清兵周旋度过，最后被清兵所执，不屈殉节。他论诗就接受韩愈“欢愉之词难工，而愁苦之音易好”的见解。他说：“甚矣哉！‘欢愉之词难工，而愁苦之音易好也’。盖诗言志，欢愉则其情散越，散越则思致不能深入；愁苦则其情沉着，沉着则舒籁发声，动与天会，故曰：‘诗以穷而后工’，夫亦其境然也。”[56]他盛赞曹云霖与罗纶的诗章[57]，其依据在此。

归庄强调人之德行。曾以人之三不朽，即立德、立言、立功来论诗。他认为立德是立言的本源，人应先立德，而后才能论及立言。《黄蕴生先生文集语》云：“立德者，立言之本源也。苟但求工于文词，而不思立德，考其行事，有与文词不相似者，虽下笔语妙天下，不过文人而已，君子不贵也。”所以论作品，他表示应先看其人，他说：“当先论其人，后观其诗。夫诗既论其人，苟其人无足取，诗不必多存也。”[58]对诗文作者来说，时是重要的，但人更重要。所谓人，指的是人品。人须具有忠孝仁义之心。作品能以忠孝之心动人，就能得到他的称赞[59]。相反，“不忠不孝而工为爱君严父之辞，贼仁害义而饰为有道贤人之语”，他批评为“伪”，并说：“性情而至于荡，学问而至于伪，世道人心，不亦可悼惧乎？”[60]他轻视失节的文人，这些文人，即使诗写得杰出，也在他贬斥者之列。这从他非议一些选集的言论可知：“陆机失身逆藩，潘岳党于贼后，沈约教梁武弑故君，昭明以其诗之工，选之特多。王维、储光羲污禄山之命，皮日休受黄巢官，选唐诗者，顾津津不置，精于论诗而略于论人，此古今文人之通蔽也。”[61]

也许有些学者会认为，像归庄的这种言论，是当时偶有的现象。事实刚好相反。当时有多位论者都持有这种看法。顾炎武也强调人品，曾经说：“《宋史》言刘忠肃每戒子弟曰：士当以器识为先，一命为文人，无足观矣。仆自一读此言，便绝应酬文字，所以养其器识，而不堕于文人也。”[62]历史上失节的文人如谢灵运、王维也同样受到他的讥弹，并对史书之批谢灵运为逆表示赞同；但对杜甫之称王维为高人，就表示失望[63]。他主张言志为诗之本，他说：“舜曰：‘诗言志。’此诗之本也。”[64]因此他也强调作品性情之真，但他所说的“真”，也是一种结合时代变换而内具的忠直感愤情怀之真，他说：“《黍离》之大夫，始而摇摇，中而如噎，既而如醉，无可奈何，而付之苍天者，真也；汨罗之忠臣，言之重，辞之复，心烦意乱，而其词不能以次者，真也；栗里之征士，淡然若忘于世，而感愤之怀，有时不能自止，而微见其情者，真也。”[65]那些不能持节而又好作忠愤之论者，更受到他的抨击了：“今有颠沛之余，投身异姓至摈斥不容，而发为忠愤之论，与夫名污伪籍，而自托乃心，比于康乐、右丞之辈，吾见其愈下已。”[66]顾炎武关心时事，崇祯自缢，南都成立，顾氏都有诗表示哀痛与关怀。清兵南下，他曾与归庄等助王永祥君守苏州。顾母王氏，关心国家，常熟失陷，绝食而卒。生母被清兵砍折右臂，两位舅父俱遇难，族叔顾咸正、咸建、咸受都先后殉节，这一切对顾炎武来说，当然是不能忍受的打击了。

卢若腾为福建金门人，曾任崇祯朝兵部主事，福王时的召为佥都御史，婉辞未许。唐王时任兵部尚书，曾抗清兵坚守平阳，力战中矢。其后转战数地。永历十八年三月入台，至澎湖，病逝，享年六十六。像这么一个人物，在论及前代诗人时，也有和归庄、顾炎武同样的意见。《骆亦至诗序》云：“唐之王维，以诗鸣者也。安禄山反，常受逼为给事中矣；凝碧池之宴，梨园子弟欷泣下，维闻而作诗痛悼。贼平，以前诗闻行在，故得下迁太子中允。向使维不能诗，则六等定罪之日，不杀则窜矣。夫维既蒙面而污伪命，虽有痛悼之诗，其为真痛悼与否，未可知也。若乐工雷海青，掷器恸哭，身被支解，此真痛悼者也。维自太子中允，三迁至尚书右丞，千载而下，有遗憾焉。自维作俑，而后世贰心者，遂施以笔墨为护身之符。今通邑大都之中，沦陷虏秽者，或戢影以明志，或奴颜而献媚，至其摛词播韵，率皆怨苦辛酸，忠义盈愤。然有识者，必不引是而略其立身遇变之本末。”[67]

以人为重、作品为轻也成了当时选诗者的标准。卓尔堪《明遗民诗》就是如此。其凡例云：“人与诗并重，然更重于诗。其有以人传诗者，诗不过数首，虽有微瑕，亦所必录。”[68]陈济生选天启、崇祯两朝遗诗的原则亦同，其凡例云：“是选以人为重，人以节义为主。”[69]而以此为标准的选者，乃被人赞誉为具《春秋》之志。叶襄《天启崇祯两朝遗诗序》云：“陈子网络放佚，采辑旧闻。诗系以人，人系以传。《诗》亡然后《春秋》作焉。若此者亦《春秋》之志也。”[70]吴珄因而表示选集应当摒弃失节的人物。《天启崇祯两朝遗诗序》云：“选唐音者，不黜王、储。王、储失身禄山者，而诗亦至今脍炙矣。陈子奚其然？陈氏盖录其人以存其诗也焉耳。”[71]一些论者也极力强调诗人人品的重要性。孙奇逢《寄丁野鹤》云：“弟谓非忠孝人，不能作诗人。”阎尔梅在论析诗传人、人传诗之关系时，也说：“古人有以诗传其人者，亦有以人传其诗者。以诗传其人者，诗重于人；以人传其诗者，人重于诗。二者殆不能以相兼。然诗重于人者，传其诗未必传其人；而重于诗者，传其人，即以传其诗。盖人足以重诗，诗不足以重人也。”[72]

黄宗羲经历了晚明党祸与明清易代的两大巨变。他的父亲黄尊素，是东林党中坚人物，天启间御史，因弹劾魏忠贤被削籍，又遭宦官陷害致死。崇祯时，黄宗羲携铁锥草疏入京鸣冤，在刑部会讯时，出袖锥击打外戚许显纯与李实，又锥打害死其父的牢子叶咨、颜文仲，轰动一时。他也曾以南都太学诸生领袖人物与阮大铖斗争。清兵南下，他纠合黄氏子弟数百人，号“世忠营”抗敌。军败，入四明山，结寨自守，任鲁王监察御史，军再败，四处逃窜。之后他避居乡下，讲学著书。黄宗羲论诗文，充满着时代的烙印。他也从诗之本原来思考有关的问题。在

《朱人远墓志铭》中，他认为诗的原本，就是韩愈所说的物不得其平则鸣。然而他所认识的这句话，比韩愈的原本意思要丰富得多。他所说的不平则鸣，其中包括“天道之显晦，人事之治否，世变之污隆，物理之盛衰”对他的推荡撞击。因此这种由不平则鸣生发之性情，不是一时之性情，而是万古之性情。他说：“盖有一时之性情，有万古之性情。夫吴歈越唱，怨女逐臣，触景感物，言乎其所不得不言，此一时之性情也。孔子删之以合乎兴观群怨无邪之旨，此万古之性情也。”[73]他认为写作者必须以孔子的性情为性情，而不能“徒逐逐于怨女逐臣”之情感，他表示这种情感，“其为性情亦末矣”。由此他更强调言诗者必须知道“性”，他说：“彼知性者，则吴、楚之色泽，中原之风骨，燕、赵之悲歌慷慨，盈天地间，皆恻隐之流动也。”[74]由“性”而发之情，是“可以贯金石，动鬼神”的情。他所肯定的古人所抒发之情就是如此，他说：“古之人情与物游，而不能相舍，不但忠臣之事其君，孝子之事其亲，思妇劳人结不可解，风云月露，草木虫鱼，无非真意之流通，故无曼言滥辞以入章句，无谄笑柔色以资应酬。”[75]换句话说，这种由“性”而发之情，是充满忠孝仁义内涵之情，可以与物游而不懈之情；这种由“性”而发之情，是充满天地元气之情，是充满阳刚之气之情。从他在《谢皋羽年谱游录注序》与《缩斋文集序》中以元气鼓荡而出，激愤之情奔放，而文章产生[76]，阴阳之气撞击而为风为雷，言阳刚之文的特性[77]，可知其论点。由性而发之万古性情既然能够反映其时之变化，因此以诗补史就成为当然之理。在《万履安先生诗序》中，他说：“非《指南集》在，何由知闽广之兴废？非《水云》之诗，何由之亡国之惨？”[78]

重性主情而非欲与意，也是王夫之（1619—1692）的论点。王夫之也和归庄一样，民族感情极为强烈，曾为甲申五月北都之变，乙酉、丙戌、壬寅诸王被害四次写了《悲愤诗》一百韵[79]。因此论诗时，王夫之在重视诗的政治作用的前提下，强调诗情之贞的重要性，认为诗情的贞与淫是国家兴亡的枢纽。在《诗广传》论《诗经·采葛》时云：“《采葛》之情，淫情也，以之思而淫于思，以之惧而淫于惧。”[80]而要治导人情，他认为必须依靠诗作方能见其效，他说：“夫因诗以起乐，于诗而用诗，所以兴起人之性情，而使歆于为善之乐，其不可使荡泆而流于淫与伤也，明矣。”[81]因此，能引导人情进入贞情正流之诗就受到他的肯定了。

钱谦益是一个令人议论纷纷的人物。在明代，他仕途不顺，曾经几次被削籍还乡，又几度复起。在天启、崇祯时期，他是受士林尊敬的敢于力撼权贵的人物。南都立，他却亲贵权臣马士英与阮大铖。清人南下，他甚至亲至城门迎降。时人对他已多讥评。吴乔曾作《正钱录》以抨击；归庄原本师事钱谦益，后来作有一诗咏钱“眼看鹅眼样，不是旧时钱”，当亦是针对钱氏而发。前举顾炎武所说的“今有颠沛之余，投身异姓至摈斥不容，而发为忠愤之论，与夫名污伪籍，而自托乃心，比于康乐、右丞之辈，吾见其愈下已”，我想这也和钱谦益脱离不了关系。然而在这一时期，最能够令人感到时代气息的诗文理论，也是钱氏的作品。钱谦益在探讨当时诗文的走向时，也从根本的范畴思考，或者言诗人根志、深根养志的重要性，如《周孝逸文稿序》云：“根于志，溢于言，经之以经史，纬之以规矩，而文章之能事备矣。”《胡致果诗序》云：“学殖以深其根，养气以充其志。”而诗之根本，又须和世运联系在一起。他说：“古之为诗者有本焉，《国风》之好色，《小雅》之怨诽，《离骚》之疾痛呼叫，结轖于君臣夫妇朋友之间，而发作于身世逼侧时命连蹇之会。梦而噩，病而吟，春歌而溺笑，皆是物也。故曰有本。”[82]“《国风》之好色，《小雅》之怨诽，《离骚》之疾痛呼叫”，言性情之真；“结轖于君臣夫妇朋友之间”言性情之内涵；“而发作于身世逼侧时命连蹇之会”言触发诗人性情之时与境；“梦而噩，病而吟，春歌而溺笑”则言抒发性情之状况。在钱氏的其他篇章中，对此有更加清楚的阐述。《冯定远诗序》云：“古之为诗者，必有独至之性，旁出之情，偏诣之学，轮囷逼塞，偃蹇排奡，人不能解而己不自喻者，然后其人始能为诗而为之必工。”[83]这偏重于说明诗人应具之性情。《虞山诗约序》云：“古之为诗者，必有深情蓄积于内，奇遇薄射于外，轮囷结轖，朦胧萌析，如所谓惊澜奔湍，郁闭而不得流，长鲸苍虬，偃蹇而不得伸，浑金璞玉，泥沙掩匿而不得用，明星皓月，阴云蔽蒙而不得出，于是乎不能不发之为诗，而其诗亦不得不工。”[84]《题燕市酒人篇》云："诗言志，志足而情生焉，情萌而气动焉，如土膏之发，如候虫之鸣，欢欣噍杀，纡缓促数，穷于时，迫于境，旁薄曲折而不知其使然者，古今之真诗也。"[85]这清楚地说明了触发性情之时和境以及抒发性情之状况。

钱氏更以"有诗"来称谓这些有本之作，而以"无诗"来批评那些无本的作品。《书瞿有仲诗卷后》云："余常谓论诗者不当趣论其诗之妍媸巧拙，而先论其有诗无诗。所谓有诗者惟其志意偪塞，才力偾盈，如风之怒于土囊，如水之壅于息壤，傍魄结辖不能自喻，然后发作而为诗；凡天地之内恢诡谲怪，身世之间交互纬繣，千容万状，皆用以资为状，夫然后谓之有诗，夫然后可以叶其宫商，辨其声病，而指陈其高下得失，如其不然，其中枵然无所以而极其挦扯采撷之力以自命为诗，剪采不可以为花也，刻楮不可以为叶也，其或矫厉矜气，寄托感愤，不疾而呻，不哀而悲，皆象物也，皆馀气也，则终谓之无诗而已矣。"[86]谈到时对诗作的影响，钱谦益在《纯师集序》中道："夫文章者，天地之元气也。忠臣志士之文章，与日月争光，与天地俱磨灭，然其出也，往往在阳九百六、沧亡颠覆之时。宇宙偏沴之运，与人心愤盈之气，相与轧磨薄射，而忠臣之士之文章出焉。有战国之乱，则有屈原之《楚辞》，有三国之乱，则有诸葛武侯之《出师表》。"[87]《胡致果诗序》："宋之亡也，其诗称盛，皋羽之恸西台，玉泉之悲竹国，水云之苕歌，谷音之越吟，如穷冬冱寒，风高气慄，悲噫怒号，万籁杂作，古今之诗莫变于此时，亦莫盛于此时。"[88]这种言论和黄宗羲与归庄的说法没有根本的区别，因此有人遂以黄、归之说实本钱谦益了。特别是《纯师集序》所说的天地元气，忠臣文章作于阳九百六、沧亡颠覆之时等说法，在黄宗羲的言论中有更进一步的发展。

由于归庄、黄宗羲、钱谦益都一致强调有本之诗，故他们强烈反对无视本而只求末之作。黄宗羲强调万古之性情，而批评今人之一己的、肤浅的情为"无性情"或"不及情"。《黄孚先诗序》云："今人亦何情之有！情随事转。事因世变，干啼湿哭，总为肤受。……其发于心着于声者，未可便谓之情也。由此论之，今人之诗，非不出于性情也，以无性情之可出也。"又说："以不及情之情与情至之情，较其离合于长吟高啸之间，以为同出于情也，窃恐似之而非矣。”[89]归庄更把这些诗之末之性情分为二类：一称为“荡”，另一称为“伪”。他说：“《玉台》、《香奁》之体，好色而淫；感事述怀之作，怨诽而乱，此不学问而逞其性情者也，谓之荡；不忠不孝而工为爱君严父之辞，贼仁害义而饰为有道贤人之语，地借学问以诬其性情者也，谓之伪。性情而至于荡，学问而至于伪，世道人心，不亦可悼惧乎！”[90]钱谦益在这方面的意见更多，评论也较深入。如《族孙遵王诗序》评今人作诗过于人为之弊道：“今之名能诗者，庀材唯恐其不博，取境唯恐其不变，引声度律唯恐其不谐美，骈枝斗叶唯恐其不妙丽，诗人之能事可谓尽矣，而诗道固愈远者，以其诗皆为人所作，剽耳佣目，追嗜逐好，标新领异之思侧出于内，哗世炫俗之习交攻于外，摛词拈韵，每怵人之我先，累牍连章，犹虑已之或后，虽其中写繁会，铺陈绮雅，而其中之所存者，固已薄而不美，索然而无馀味矣。此所谓勇于为人者也。生生不息者灵心也，过用之则耗；新新不穷者景物也，多取之则陈。”[91]《娄江十子诗序》批评今之为诗者昧本逐末之所为及其原因道：“今之为诗者……才益驳，心益粗，见益卑，胆益横，此其病中于人心，乘于劫运，非有反经之君子，循其本而救之，则终于胥溺而已矣。”[92]《赠别胡静夫序》论诗人之昧于本者云：“今之称诗者掉鞅曲踊，号呼叫嚣，丹铅横飞，旗纛竿立，捞笼当世，诋谰古学，磨牙凿凶，莫敢忤视。譬诸狂易之人，中风疾走，眼见神鬼，口吞水火，有物冯之，懵不自知。已而晨朝引镜，清晓卷书，黎丘之鬼销亡，演若之头具现，试令旋目思之，有不哑然失笑乎？”《答徐巨源书》评诗者昧于本而显现之霸气云：“兼并古人未已也，已而复排击之以自尊，称量古人未已也，已而复教责以从我。榷史则哗寿庐陵折抑为皂隶，评诗则李杜长吉鞭鞑如群儿。”[93]

然而，是不是这个时期的诗文论者都有如顾炎武、黄宗羲、归庄、钱谦益等人的论调呢？答案当然是不尽然。世态多样，人亦多种，论诗论史，不能一概而论。以这个时期的情形来说，有一些知识分子虽然也受到当时时局变动的感染，但言辞没有像上述论者那样激烈。朱鹤龄（1606—1683）赞赏世变后遗民之作，如《俞无殊诗集序》赞无殊诗云："世变以后，甾遯空山，荆扉土锉，穅籺不充，意顾萧然安之，据槁梧煨榾柮时，出其清文丽句，与山光云影相映发于芗林药谷之间。其气静，故其音和平而肆好；其神闲，故其体窈窕而善变。"[94]朱鹤龄谈及时人多论及的诗穷而后工，也自有他的角度和看法。他说："唐孟郊、贾岛之徒，皆以诗而穷，其诗又皆以穷而工。今之穷于诗者，率不能工，何也？乱离之厄其身，羁孤疲苶之挫其气，往往神智耗沮而不能发；间有所发矣，而或学短才弱，枯毫燥吻，又无以写其中感慨悲愁之致，而极人情之所难言若是者。岂非能诗而不能穷之故耶？是故，其人非矫志厉学，冢笔巢书者不能穷，非简栖遥集，淡泊自守者不能穷。视其能穷与否，而其诗可知已。"也有一些论者不太受到时代律动的影响，施闰章（1618—1683）就是一个例子。他论诗强调作者的根柢，认为这是诗文能够永久流传的关键。他的诗论之作[95]《蠖斋诗话》中有一则"诗有本"，就多论及这方面的问题，但仅是就诗论诗，如认为本指可以影响诗作内容的经史[96]，或指不着形迹之道气，或指情感表露之含蓄手法[98]等。另外还有一篇文章《诗原序》，该文专谈诗之原本的问题，而将诗之原归于具思无邪之旨的三百篇[99]。魏禧（1624—1680）多谈文章之本末，但所说的多儒学之道理，缺乏那个时代的刺激，如云："文章之道，必先立本，本丰而末茂。"[100]然而所说之本，其意为："文章之本，必先正性情，治行谊，使吾之身不背于忠孝节义，则发之言者，必笃实而可传。"[101]周亮工（1612—1672）言本俱从纯作诗之依据立论[102]，也没有前述几位论者那种浓烈的时代感。金圣叹（1608—1661）论诗主情真，有如公安派的说法，非常重视情感的真实流露。他说的诗之原本，即"不过只是人人心头舌尖万不获已而必欲说出之一句说话"[103]。纯粹从就诗言诗的角度来谈诗情。毛奇龄（1620—1688）《诗辩坻》言作诗观诗须求见诗之本质，也是纯粹就诗来申说有关的问题的[104]。这些意见都缺乏那个动乱时局带给论者的撞击与刺激。而缺乏时局撞击与刺激的论者，有时还会提出与前引论者非常不同的论见，如朱鹤龄谈诗穷而后工，其见解就和归庄、张煌言有很大的不同。如云："唐孟郊、贾岛之徒，皆以诗而穷，其诗又皆以穷而工。今之穷于诗者，率不能工，何也？乱离之厄其身，羁孤疲苶之挫其气，往往神智耗沮而不能发；间有所发矣，而或学短才弱，枯毫燥吻，又无以写其中感慨悲愁之致，而极人情之所难言若是者。”

结语

本文所确定的明清之际，虽然所包含不过短短的几十年，然而在这几十年间所发生的事，对当时许多知识分子来说，是天崩地裂的巨大变化。在那样的时代背景之下，人们思考问题的方式、探寻问题答案的内容、抒发意见的气度，的确与平时不太一样。我们从前文所论析的言论中，还可以见及当时的诗文论者气魄之宏大。举个例子说，当黄宗羲在思考诗的内涵与发展的道路时，诗在他心目中的领域极为宽广，用他的话来说，如同宇宙一样的无边无际。他说：“诗之为道，从性情而出，性情之中，海涵地负，古人不能尽其变化，学者无从窥其隅辙。”[105]对他来说，诗道深大，诗途深宽，诗人写作当然不必出于一途[106]。而基于这样的抱负，他在批评只徒以文字声韵来作诗的作者时，当然慷慨激昂，振振有辞了，如他说：“上天下地曰宇，古往今来曰宙。自有此宇，便不能无宙。今以其性情下徇家数，是以宙灭宙也。又障其往来者，而使之索是非于黄尘，是以宙灭宙也。”又如：“诗也者，联属天地万物而畅吾之精神意志者也。俗人率抄贩模拟，与天地万物不相关涉，岂可为诗！”[107]而从动乱时代对诗人撞击的角度来评论当时诗论界的不良风气，也跟一般太平时期的诗论有很大的不同，如钱谦益《尊拙斋诗集序》：“夫诗之为道，性情、学问参会者也。性情者，学问之精神也；学问者，性情之孚尹也。春女哀秋，士悲物化，而情丽者譬诸春蚕之吐丝，夏虫之蚀字。文人学士之词章，役使百灵，感动鬼神，则帝珠之宝网，云汉之文章也。执性情而弃学问，采风谣而遗着作，舆歌巷讴，皆被管弦；挂枝打枣，咸播郊庙；胥天下用妄失学、有目无睹之徒者，必此言也。”[108]

这时期之后，诗文论者谈“本”“末”之问题，又回到过去的路线上。多从一般学理或专从诗文之理来探讨有关的问题。如宋大樽《茗香诗论》以“本”为《六经》之旨或平日读书游历之内心铸炼[109]。翁方纲以“本”为内容而以“末”为形式，大力反对遗“本”逐“末”的晚唐诗人如皮日休、陆龟蒙等人[110]。赵执信虽然以“本”指《六经》，特别是《六经》中《春秋》之志，但所说的与钱谦益、叶襄重《春秋》之意不同，赵氏乃偏于诗文写作技巧立论[111]。这些论者对有关问题的讨论，或有较前代超越与突出的地方，但不论怎么样说，总缺乏明清之际论析者那种慷慨激昂的气势和气魄。

注释：

【1】Jonathan D. Spence and John E. Wills, Jr.（ed.）From Ming to Ching: Conquest, Region and Continuity in Seventeenth Century China. New Haven: Yale University Press, 1979.

【2】谢国祯认为此时期为万历三十年至康熙四十年，见谢国祯：《明末清初的学风》，人民出版社，1982年。包遵信认为此时期为1602年至1704年，见包遵信：《十七世纪中国社会思潮》，《中国传统文化的再估计：首届国际中国文化学术讨论会文集》，上海人民出版社，1987年。

【3】计六奇：《明季南略》，北京商务印书馆，1958年。

【4】[日]稻叶君山：《清朝全史》，中华书局，1915年。

【5】台湾“中央大学”文学院举办之两届明清之际中国文化的转变与延续研讨会所收论文，有研究明末问题的作品，也有探讨康熙年间问题的著作，但所取的仍是较为宽松的范围。见台湾“中央大学”共同学科主编：《明清之际中国文化的转变与延续学术研讨会论文集》，台湾文史哲出版社，1991年；《第二届明清之际中国文化的转变与延续学术研讨会论文集》，台湾文史哲出版社，1993年。

【6】王镇远、邬国平：《清代文学批评史》，上海古籍出版社，1994年，第1页。

【7】王镇远、邬国平：《清代文学批评史》，上海古籍出版社，1994年，第1~2页及论析王夫之与施闰章之章节。该书于明清之际这一时期论析王夫之之《诗广传》是可以接受的，但将其诗话及诗评选之言论与施闰章之论说分为两个前后时期来处理，则有待商榷。

【8】本，《说文》：“木下曰本，从木，一在其下。”这是意指树木之根。《礼记·少仪》：“绝其本末。”《疏》：“本，根也。”这里有始、初等引申之意。末，《说文》：“木上曰末，从木，一在其上。”这里有尽、端等引申之意。

【9】刘勰《原道篇》：“文之为德也大矣，与天地并生者何哉？夫玄黄色杂，方园体分，日月叠迭，以垂丽天之象；山川焕绮，以铺理地之形，此盖天之文也。仰观吐曜，俯察含章，高卑定位，故两仪既生矣。惟人参之，性灵所钟，是谓三才。为五行之秀，实天地之心。心生而言立，言立而文明，自然之道也。”（范文澜：《文心雕龙注》，香港商务印书馆，1960年，第694~695页。）

【10】李翱《杂说》：“日月星辰经乎天，天之文也。山川草木罗乎地，地之文也。志气言语发乎人，人之文也。志气不能塞天地，言语不能根教化，是人之文纰缪也。山崩川涸，草木枯死，是地之文裂绝也。日月晕蚀，星辰错行，是天之文乖盭也。天文乖盭，无久覆于上，地文裂绝，无久载乎下；人文纰缪，无久立乎天地之间，故文不可以不慎也。”（李翱：《李文公集》卷五，第6页，《四库全书》，台北商务印书馆影文渊阁本。）

【11】参阅权德舆：《唐御史大夫赠司徒赞皇文献公李栖筠文集序》，《权文公集》，《全唐文》卷四百九十三，第15页，中华书局，1983年。梁肃：《常州刺史独孤及集后序》，《全唐文》卷五百一十八，第3页，中华书局，1983年。

【12】《超奇篇》云："察文之人，人之杰也。有根株于下，有荣叶于上，有实核于内，有皮壳于外。文墨辞说，士之荣叶皮壳也。实诚在胸臆，文墨着竹帛，外内表里，自相副称，意奋而笔纵，故文见而实露也。"（《论衡》卷十三，第19~20页，《四库全书》，台湾商务印书馆影文渊阁本。）

【13】白居易《与元九书》："感人心者，莫先乎情，莫始乎言，莫切乎声，莫深乎义。诗者，根情，苗言，华声，实义。"（《白氏长庆集》卷四十五，第2页，《四库全书》，台湾商务印书馆影文渊阁本。）

【14】屠隆《文论》："由建安下逮六朝，鲍、谢、颜、沈之流，盛粉泽而掩质素，绘面目而失神情，繁枝叶而离本根，周汉之声，荡焉尽矣。然而秾华色泽，比物连汇，亦种种动人。"（《由拳集》卷二十三，第2页，《四库全书存目丛书》，浙江图书馆藏明万历龚尧惠刻本。）

【15】王尧衢《古唐诗合解凡例》："譬之于木，《三百篇》，根也；苏、李发萌芽，建安成拱把，六朝长枝叶，至唐而枝叶垂荫，始花始实矣。"（香港百新，1960年。）

【16】叶燮《原诗》："譬诸地之生木然，《三百篇》则其根，苏、李诗则其萌芽由蘖，建安诗则生长至于拱把，六朝诗则有枝叶，唐诗则枝叶垂荫，宋诗则能开花，而木之能事毕矣。"（霍松林、杜维沫注：《原诗·一瓢诗话·说诗语》，人民文学出版社，1979年，第34页。）

【17】钱泳《履园谈诗》："诗之为道，如草木之花，逢时而开，全是天工，并非人力。溯所由来，萌芽于《三百篇》，生枝叶布叶于汉、魏，结蕊于六朝，而盛开于有唐一代，至宋、元则花谢香消，残红委地矣。"（郭绍虞编选、富寿荪校点：《清诗话续编》，上海古籍出版社，1983年，第872页。）

【18】曹丕《典论·论文》："夫文本同而末异，盖奏议宜雅，书论宜理，铭诔尚实，诗赋欲丽。"《文选》，台湾艺文印书馆影宋淳熙胡克家藏本。

【19】柳宗元《大理评事杨君文集后序》："文有二道，辞令褒贬，本乎着述者也；导扬讽喻，本乎比兴者也。著述者流，盖出于书之谟训，易之象系，春秋之笔削，其要在于高壮广厚，词正而理备，谓宜藏于简册也。比兴者流，盖出于虞夏之咏歌，殷周之风雅，其要在于丽则清越，言畅而意美，谓宜于谣诵也。"（《全唐文》卷五十七，中华书局，1983年，第5~6页。）

【20】范文澜：《文心雕龙注》，香港商务印书馆，1960年。又颜之推在《颜氏家训》也论及各种文体始原的问题，虽用到本字，其含义实与本文其他各家同。兹列此备考。颜之推《文章》："夫文章原出五经，诏命策檄，生于书者也；序述论议，生于易者也；歌咏赋诵，生于诗者也；祭祀哀诔，生于礼者也；书奏箴铭，生于春秋者也。"（《颜氏家训》）

【21】《朱子语类》："道者文之根本，文者道之枝叶。惟其根本乎道，所以发之于文者皆道也。"（王钺辑：《朱子语类纂》，《四库全书存目丛书》，北京大学图书馆藏康熙五十三年刻世德堂遗书本。）

【22】袁枚《答惠定宇书》："夫德行本也，文章末也，六经者亦圣人之文章耳；其本不在是也。故之圣人，德在心，功业在世，顾肯为文章以自表者耶？"（《小仓山房文集》卷十八。）

【23】郝经《答友人论文法书》："夫理，文之本也；法，文之末也。有理则有法矣，未有无理而有法者也。"（《陵川集》卷二十三，第8页，《四库全书》，台湾商务印书馆影文渊阁本。）

【24】家铉翁《志堂说》："序诗者即心而言志，志，其诗之源乎？本志而言情，情，其诗之派乎？自心而志，由情而诗，有本而末不汩不迂。"（家铉翁：《则堂集》卷三，第16页，《四库全书》，台湾商务印书馆影文渊阁本。）

【25】裴子野《雕虫论》："古者四始六艺，总而为诗，既形四方之风，且彰君子之志，劝美惩恶，王化本焉。后之作者，思存枝叶，繁华蕴藻，用以自通。"（《全梁文》卷

五十三。）

【26】刘勰：《文心雕龙·序志篇》，范文澜：《文心雕龙注》，香港商务印书馆，1960年。

【27】郝经：《原古录序》，《陵川集》卷二十九，《四库全书》，商务印书馆影文渊阁本。

【28】家铉翁：《则堂集》卷三，第17页，《四库全书》，台湾商务印书馆影文渊阁本。

【29】同上注，卷三，第17~18页。

【30】宋濂：《赠梁建中序》，《宋学士全集》卷九，《四库全书》，台湾商务印书馆影文渊阁本。

【31】权德舆《崔君文集序》："荀况、孟轲修道等书，本于仁义，经术之枝派也。"（《权文公集》卷三十三，《四库全书》，台湾商务印书馆影文渊阁本。）

【32】契嵩《文说》："仁义礼智信，人文也；章句文字，言文也。文章得本，则其所出自正。……欧阳氏之文，大率在仁信礼义之本也。"（《镡津集》卷八，第3页，《四库全书》，台湾商务印书馆影文渊阁本。）

【33】元好问：《杨叔能〈小亨集〉序》，《遗山先生文集》卷三十六，《四部丛刊初编》，上海商务印书馆缩印乌程蒋氏密韵楼藏明初弘治刊本，第378页。

【34】鹿继善：《俭持堂诗序》，《三归草》卷一。

【35】叶梦得《石林诗话》："池塘生春草，园柳变鸣禽。世多不解此语为工，盖欲以奇求之耳。此语之工，正在无所用意，猝然与景相遇，借以成章，不假绳削，故非常情所能到。诗家妙处，当须以此为根本。"（《历代诗话》，中华书局，1981年，第426页。）

【36】李维桢：《二酉洞草序》，《大泌山房集》卷二十，第17页，《四库全书存目丛书》，北京师范大学图书馆藏明万历三十九年刻本。

【37】张拭《癸巳孟子说》："诗三百篇夫子所取，以其本于情性之正而已，所谓思无邪也。"《四库全书》，台湾商务印书馆影文渊阁本。

【38】方孝孺：《时习斋诗集序》，《逊志斋集》卷十二，第42页，《四库全书》，商务印书馆影文渊阁本。

【39】方孝孺：《逊志斋集》卷四，第42页，《四库全书》，商务印书馆影文渊阁本。

【40】石介：《与裴员外书》，《徂徕集》卷十六，第7页，《四库全书》，台湾商务印书馆影文渊阁本。

【41】李翱：《祭吏部韩侍郎文》，《李文公集》卷十六，第1页，《四库全书》，商务印书馆影文渊阁本。

【42】韩愈：《答李翊书》，《全唐文》卷五百五十二，第4~5页，中华书局，1983年。

【43】李翱：《李文公集》卷十六，《四库全书》，台湾商务印书馆影文渊阁本。

【44】赵汝回：《云泉诗序》，《南宋群贤小集》，《四库全书》，台湾商务印书馆影文渊阁本。

【45】陈子龙：《青阳何生诗稿序》，《陈子龙文集》，华东师范大学出版社，1988年。

【46】同上注。

【47】陈子龙：《诗经类考序》，《安雅堂稿》卷三，《陈子龙文集》，华东师范大学出版社，1988年。

【48】陈子龙：《佘诞北先生栖白堂诗集序》，《安雅堂稿》卷三，第11页，《陈子龙文集》，华东师范大学出版社，1988年。

【49】陈子龙：《左伯子古诗序》，《安雅堂稿》卷三，第11页，《陈子龙文集》，华东师范大学出版社，1988年。

【50】傅山：《偶借法字翻杜句答补岩》之二，《傅山全集》，山西人民出版社，1991

年，第45页。

【51】傅山：《作示儿孙》，同上注，第50页。

【52】归庄：《归庄集》卷三，中华书局，1962 年，第181页。

【53】归庄：《归庄集》卷三，中华书局，1962 年，第170页。

【54】归庄《梁公狄秋怀诗序》："潘安仁之赋《秋兴》也，惟于归芜吟蝉，游氛槁叶，清露流火，禽虫草木，物色之间，津津不置，其所感者浅也。若杜少陵之八诗，则宫阙山河之感，衣冠人物之悲，百年世变，一生行藏，皆在焉；而感时起兴之意，不过玉露、寒衣数言而已。"归庄：《归庄集》卷三，中华书局，1962 年，第188页。

【55】归庄：《吴余常诗稿序》，《归庄集》卷三，中华书局，1962 年，第182页。

【56】张煌言：《曹云霖中丞从龙诗集序》，《张苍水集》卷一，中华书局，1959，第3页。

【57】赞曹云霖语，见上注。赞罗纶语，见张煌言：《罗子木诗序》，《张苍水集》卷一，中华书局，1959年，第17页。

【58】归庄：《天启崇祯两朝遗诗序》，《归庄集》卷三，中华书局，1962 年，第181页。

【59】归庄评《春帆草序》云："是集清辞杰句，称名山水，而凭吊古墓，伤悼骨肉，读之动人忠孝之心，岂寻常词人之诗，可同日论哉！"（《归庄集》卷三，中华书局，1962年，第205页。）申涵光也有此说。《马旻徕诗引》云："《三百篇》多忠臣孝子文章，至性所激，发而为声，不烦雕绘而恻然动物，是真理学即真诗也。"（《聪山集》卷二，第9页，《四库全书存目丛书》，影吉林大学图书馆藏清康熙刻本。）

【60】归庄：《顾伊人诗序》，同上书，卷三，第204页。

【61】归庄：《天启崇祯两朝遗诗序》，《归庄集》卷三，中华书局，1962 年，第181页。

【62】顾炎武：《与人书》，《亭林文集》卷四，《四部丛刊初编》本。

【63】顾炎武：《日知录》："古来以文辞欺人者，莫若谢灵运，次则王维。灵运身为元勋之后，袭封国公。宋氏革命，不能与徐广、陶潜为林泉之侣。既为宋臣，又与庐陵王义真款密……何先后之矛盾乎？史臣书之以逆，不为苛矣。王维为给事中，安禄山陷两都，拘于普陀寺，迫以伪署。……文墨交游之士，多护王维， 如杜甫谓之高人王右丞，天下有高人而仕贼者乎？"（《日知录集释》卷十九，《四部备要》，中华书局据原刻本校刊，第353页。

【64】顾炎武：《日知录》，《日知录集释》卷二十一，《四部备要》，中华书局据原刻本校刊，第377页。

【65】顾炎武：《日知录》，《日知录集释》卷十九，《四部备要》，中华书局据原刻本校刊，第353页。

【66】同上注。

【67】卢若腾：《骆亦至诗序》，《岛噫诗》，第45页，《台湾文献丛刊》第245 种，台湾银行经济研究室，1968年。

【68】卓尔堪：《明遗民诗》，采华书屋本。

【69】陈济生：《天启崇祯两朝遗诗凡例》，《天启崇祯两朝遗诗》，中华书局，1958年，第1页。

【70】同上书，第15页。

【71】同上书，第5~6页。

【72】阎尔梅：《泊水斋诗序》，《徐州二遗民集》卷九，台湾文海景印本。

【73】黄宗羲：《马雪航诗序》，《黄宗羲全集》第十集，浙江古籍出版社，1994年。

【74】同上注。

【75】黄宗羲：《黄孚先诗序》，《南雷文集》卷二，第22页，《四部丛刊初编》，上海

商务印书馆编印孙氏藏初刻本。

【76】黄宗羲《谢皋羽年谱游录注序》："夫文章，天地之元气也。元气之在平时，昆仑旁薄，和声顺气，发自廊庙而畅浃于幽遐，我所见奇。逮夫厄运危时，天地闭塞，元气鼓荡而出，拥勇郁遏，坌愤激讦，而后至文生焉。"（第32页）

【77】黄宗羲《缩斋文集序》："泽望之文，……盖天地之阳气也。阳气在下，重阴锢之，则击而为雷；阳气在下，重阳包之，则抟而为风。商之亡也，《采薇》之歌，非阳气乎？然武王之世，阴阳之世也。以阳遇阳，则不能为雷。宋之亡也，谢皋羽、方韶卿、龚圣予之文，阳气也，其时遁于黄钟之管，微不能吹纩转鸡羽，未百年而发为迅雷。"（《南雷文定前集》卷一，《四部备要》，中华书局据《粤雅堂丛书》校刊本，第9页。）

【78】黄宗羲《万履安先生诗序》，此段比较详细之文字为："今之称杜诗者以为诗史，亦信然矣。然注杜者但见以史证诗，未闻以诗补史之阙。虽曰诗史，史固无借乎诗也。逮夫流极之运，东观、兰台但记事功，而天地之所以不毁，名教之所以仅存者，多在亡国之人物，血心流注，朝露同晞，史于是亡矣。犹幸野制遥传，苦语难销，此耿耿者明灭于烂纸昏墨之余，九原可作，地起泥香，庸讵知史亡而后诗作乎？是故景炎、祥兴，宋史且不为之立本纪，非《指南集》在，何由知闽广之兴废？非《水云》之诗，何由知亡国之惨？"（《南雷文定》，《四部备要》，中华书局据《粤雅堂丛书》本校刊，第10页。）

【79】甲申三月，李自成进克北京，明崇祯帝自缢；五月，吴三桂引清兵入北京，王夫之悲愤之极，数日不食，作《悲愤诗》一百韵。乙酉五月，清兵攻陷南京，福王遇害，也作《悲愤诗》一百韵，这是第一续。丙戌八月，清兵攻陷福建汀州，唐王被执，作《续悲愤诗》一百韵，这是第二续。壬寅四月，吴三桂在昆明杀害永历帝，又作《续悲愤诗》一百韵，这是第三续。

【80】王夫之：《诗广传》卷一，中华书局，1964年，第37页。

【81】王夫之：《四书训义》卷七，第15页，《船山遗书》，太平洋出版社，1933年。

【82】钱谦益：《周元亮赖古堂合刻序》，《有学集》卷十七，《四部丛刊初编》，商务印书馆缩印康熙甲辰初刻本。

【83】钱谦益：《冯定远诗序》，《初学集》卷三十二，《四部丛刊初编》，商务印书馆缩印崇祯癸未刻本，第350页。

【84】钱谦益：《虞山诗约序》，《初学集》卷三十二，《四部丛刊初编》，商务印书馆缩印崇祯癸未刻本，第340页。

【85】钱谦益：《题芜市酒人篇》，《有学集》卷四十七，《四部丛刊初编》，商务印书馆缩印康熙甲辰初刻本，第462页。

【86】钱谦益：《书瞿有仲诗卷后》，《有学集》卷四十七，《四部丛刊初编》，商务印书馆缩印康熙甲辰初刻本，第464页。

【87】钱谦益：《纯师集序》，《初学集》卷四十，《四部丛刊初编》，商务印书馆缩印崇祯癸未刻本，第443页。

【88】钱谦益：《胡致果诗序》，《有学集》卷十八，《四部丛刊初编》，商务印书馆缩印康熙甲辰初刻本，第169页。

【89】黄宗羲：《黄孚先诗序》，《南雷文案》卷二，《四部丛刊初编》，上海商务印书馆缩印无锡孙氏藏初刻本。

【90】归庄：《顾伊人诗序》，《归庄集》卷三，中华书局，1962年，第204页。

【91】钱谦益：《族孙遵王诗序》，《有学集》卷十九，《四部丛刊初编》，商务印书馆缩印康熙甲辰初刻本，第181页。

【92】钱谦益：《娄江十子诗序》，《有学集》卷二十，《四部丛刊初编》，商务印书馆缩印康熙甲辰初刻本，第191页。

【93】钱谦益：《赠别胡静夫序》，《有学集》卷二十二，《四部丛刊初编》，商务印书馆缩印康熙甲辰初刻本，第210页。

【94】朱鹤龄：《俞无殊诗集序》，《愚庵小集》卷八，《四库全书》，台湾商务印书馆影文渊阁本。

【95】施闰章《李屺瞻诗序》："立言之可传者，本之有物，出之有章，而其拟议变化，要眇而不可测，故箫韶之乐，非一器之音；易牙之庖，非一俎之味；诗书六艺之文，非一言之美，其所积者深以广，则其所发者大而该也。"（《愚山先生文集》，清宣统二年上海国学扶轮社刊本。）

【96】施闰章《蠖斋诗话》："山谷言：近世少年不肯深治经史，徒取助诗，故致远则泥，此最为诗人针砭。"（《清诗话》，中华书局，1963年，第378页。）

【97】同上书："诗不可无道气，稍著迹，辄败人兴。右丞体具蝉蜕，供奉身有仙骨，靖节则近乎道矣。"同上注。

【98】同上书："江之永矣四句，止咏叹江、汉，而文王化行南国，许多难言处含蕴略尽。汉、魏、六朝以来，诗人多用景语，是其遗意，纯用赋而无比兴，则索然矣。"同上注。

【99】施闰章《诗原序》："孔子删《诗三百》，以思无邪蔽之。诗之原，其在兹乎。发情止义，深思而兼蓄之，严择而善变之，毋徒为优孟之衣冠，则几矣。"（《愚山先生文集》卷三，清宣统二年上海国学扶轮社刊本，第15页。）

【100】魏禧：《答蔡生书》，《魏叔子文集》卷六，《宁都三魏全集》，原刊本。

【101】同上注。

【102】周亮工《学文堂集序》云："椒峰莫不根据六经，而出入《左》《国》《史》《汉》，一篇如是，千百篇如是，岂不可与荆川并驾而驰耶？"

【103】金圣叹：《与家伯长文昌》，《金圣叹选批唐诗》，浙江古籍出版社，1985年，第502页。《答沈匡来元鼎》云"作诗须说其心中之所诚然者"（同上书，第512页）也是此意。

【104】毛奇龄：《诗辩坻》卷一，郭绍虞编选、富寿荪校点：《清诗话续编》，上海古籍出版社，1983 年，第11页。

【105】黄宗羲：《寒村诗稿序》，《南雷文定》后集卷一，《四部备要》，中华书局据《粤雅堂丛书》校刊本，第86页。

【106】黄宗羲《诗历题辞》："夫诗之道甚大，一人之性情，天下之治乱，皆所藏纳；古今志士学人之心思愿力，千变万化，各有至处，不必出于一途。"《南雷诗历》，《南雷文案》附，《四部丛刊初编》，商务印书馆缩印无锡孙氏藏初刻本，第220页。

【107】黄宗羲：《黄宗羲全集》第十集，浙江古籍出版社，1994年，第86~87页。

【108】钱谦益：《有学集佚文》。

【109】宋大樽《茗香诗论》："知始则知本，漱六艺之芳润，非本也；约《六经》之旨，乃本也。"又云："善读书，纵游山水，周知天下之故而养心气，其本乎？"（《清诗话》，中华书局，1963年，第102、104页。）

【110】翁方刚《石洲诗话》："晚唐之渐开松浮者，莫如皮、陆之可厌。此所谓不揣其本而齐其末也。后之不从事于大本大原，而专以挦扯斗凑为事者，实此一种启之。"（该书卷二，《粤雅堂丛书》，南海伍氏刊清咸丰元年本。）

【111】赵执信《谈龙录》："文章原本《六经》。诗亦文也。余尤重《春秋》，非《春秋》则取舍乖而体不立矣。"（《清诗话》，中华书局，1963年，第315页。）

范仲淹的文学思想

讨论范仲淹的文学思想之前，我们不得不承认研究界以下的现象：在现有的文学批评史的著作中，都没有提及范仲淹的文学理论，更不曾分析他的文学思想。这是不是意味着范仲淹的文学理论真的在中国文学评论史上没有地位？还是有其他的原因？

我的看法是：其一，一般文学批评史的写作，多以文学批评人物或文学批评作品为主来讨论一个时期的文学批评状况，而不是从文学的思潮或文学风气演变的角度来论析有关的问题。范仲淹的文学论作，主要的贡献是对一个时期的文学风气起了振兴启蒙的作用，当然为一般文学批评史的著作所忽略。其二，研究范仲淹的学者对他的认识，往往只停留在对他的教育主张、军功政业、哲学思想的分析上，即使言及他的文学，也仅限于散文之作，如《岳阳楼记》、《严先生祠堂记》和诗词之作，如《渔家傲》、《苏幕遮》、《御街行》等的分析。因为范仲淹在这些方面的成就掩盖了他在文学思想上的贡献，以致学者忽略了对他的文学思想的进一步分析。其三，范仲淹论诗文的作品相对而言不多，而文学批评学者又没有充分掌握有关资料与细心分析他的文学评论作品。因此要确切地认识与分析范仲淹的文学思想，以下几点必须细加考虑：

第一，必须将他的文学意见置于当时的社会、政治、文化的层面来确定它的意义和价值。

第二，必须将他的文学思想置于唐宋文学的承传与沿革的层面来审视它的意义和价值。

第三，必须仔细地阅读传统所认定的他的序跋、书信等来发掘他的文学思想，同时也应该全面搜集和他的文学思想有关的资料，如诗词之作来揣摩他对文学的意见。

第四，范仲淹是一位智者，他论析问题的逻辑思维极强，因此在他论文的意见中，要考虑是否有他的一套体系；如果有的话，应当如何将这一体系整理出来。

天圣五年（1027）范仲淹写了《赋林衡鉴序》。这篇文章虽然主在论赋，其中所谈及的问题却具有宽广的涵盖性，例如他说："人之心也，发而为声；声之出也，形而为言。声成文而音宣，言成文而诗作。"[1]这段引自《礼记·乐记》的话，就有广阔的涵盖性，是针对一般诗文的写作而发的，而且不止言诗文，也论及音乐，都是在说明诗文与音乐形成的历程。这段引文可以用以下的图表表示：

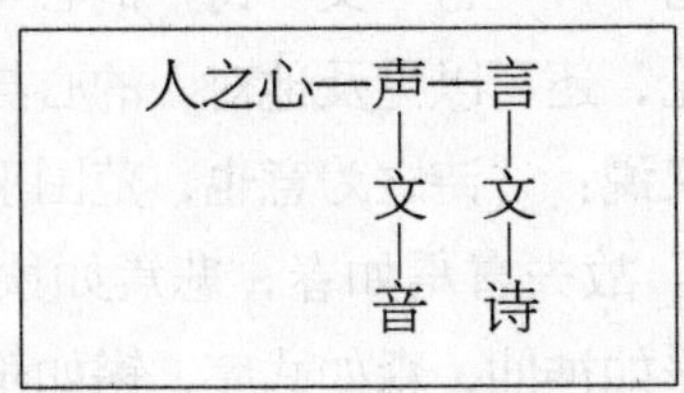

一

就"人之心—声—言—文—诗"的写作过程来说，人之心是占据着非常重要的地位的。一切诗文的创作都离不开"人之心"，心的状态如何，一定直接反映到他的作品的言辞上。在前一年，也就是天圣四年（1026）范氏所作的《唐异诗序》中，他曾说："诗家者流，厥情非一。"[2]因为"厥情非一"，作者心态的各种变化，乃历历地反映在他们的言辞上："失志之人，其辞苦；得意之人，其辞逸；乐天之人，其辞达；觏闵之人，其辞怒。"其情况可由下表显示：

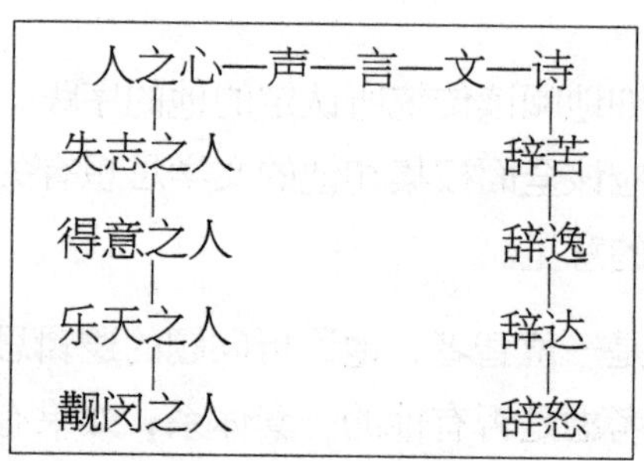

《礼记·乐记》与《毛诗·关雎序》中关于时代之变动影响至诗风或音乐风格变化的言论，在这里转为诗人心态变动形成其作品言辞变化的言论。而作品言辞的变化，是建立在诗人心态真挚变动的基础上的。

二

以上是就"人之心—声—言—文—诗"的心与诗（言辞）的关系来说的，从范仲淹的言论，还可以见及他对人的心与诗风关系的看法。在《唐异诗序》中，他又说："诗之为意也，范围乎一气，出入乎万物，卷舒变化，其体甚大。故夫喜焉如春，悲焉如秋，徘徊如云，峥嵘如山，高乎如日星，远乎如神仙，森如武库，锵如乐府。"关于诗和气的进一步说明，将会在后文加以论析。这里只强调诗人情感的变动所造成的诗风"喜焉如春，悲焉如秋，徘徊如云，峥嵘如山，高乎如日星，远乎如神仙，森如武库，锵如乐府"的众多变化，一方面表明他对诗风会有繁富变化的重视，另一方面也体现出他对影响这类繁富变化的诗风的诗人情感之真的强调。其情况也可以由下表显示：

人之心—声—言—文—诗

气出入万物卷舒变化

喜焉如春
悲焉如秋
徘徊如云
峥嵘如山
高乎如日星
远乎如神仙
森如武库
锵如乐府

三

从“诗之为意也，范围乎一气，出入乎万物”一句，我们又可以了解到范仲淹对诗人情感生成与作品关系的另一种见解。他显然认为：人之心可以与万物往来，大自然可以与诗人的情思共游。在《送欧伯起》一诗中，他说：“天与神交忽解携，一溪风月更同谁？”[3]“天与神交”就是这个意思。山水不但能动人之情，如《送湛公归四明讲席》云“满面南风指四明，山长水曲不胜情”[4]，“山长水曲”能让诗人“不胜情”，而且山水也能领会人之情，所以《登表海楼》道：“好山深会诗人意，留得夕阳无限时。”[5]从诗人的角度来说，诗人从山水中也能得到它的神气，《依韵和苏之翰对雪》云：“爱君妙山水，所得是神气。尺素写林峦，邈有千里意。”[6]所以他对江山有助诗文创作的说法是支持的，如《送谢景初廷评宰余姚》云：“文藻凌云处，定喜江山助。”[7]而诗人能与万物往来，全赖“一气”，故云：“诗之为意也，范围乎一气，出入乎万物。”就在气“出入乎万物，卷舒变化”时，诗风也呈现诸如“故夫喜焉如春，悲焉如秋，徘徊如云，峥嵘如山，高乎如日星，远乎如神仙，森如武库，锵如乐府”等的变化。

四

范仲淹不但重视具有宇宙本体与诗人情思含义的“气”字，在对作品的要求上，他也非常强调“气”的重要性。他极为重视气豪力壮的作品，他肯定杜甫的作品原因就在于此。《祭石学士文》盛赞石曼卿之能独嗣杜甫道：“曼卿之诗，气雄而奇，大爱杜甫，独能嗣之。”[8]他赞扬友人的诗作，也说：“公慷慨有英气，善为唐律诗。”[9]在《太清宫九咏序》[10]中，他曾经引用曹丕《典论·论文》“文以气为主”的话语来说明文学的问题。曹丕“文以气为主”之说，是针对文学作品的风格和作者的个性间的关系而言的，表示文学作品的风貌（文）主要决定于作者的个性（气）。但范仲淹引用此语，则在说明作者“诗力之雄”；所引用的“气”字之意，已转为豪迈雄伟的笔力之意。

五

在“人之心一声一言一文一诗”的心与诗（言辞）的关系上，范仲淹除了强调诗文作者心之“真”与作品之“真”外，也非常重视“心”与“作品”的道德品质。在《唐异诗序》中，他一方面说明诗文作者与诗文风度的关系，如：“诗之为意也，范围乎一气，出入乎万物，卷舒变化，其体甚大。故夫喜焉如春，悲焉如秋，徘徊如云，峥嵘如山，高乎如日星，远乎如神仙，森如武库，锵如乐府。”另一方面又说：“羽翰乎教化之声，献酬乎仁义之醇。”从诗文之风转述至文学作品的道德内涵与功能的范畴。在这个范畴中，他强调“仁义”的素质，强调“教化”的功能。由于他认为，人之心与文学作品的密切关系，文学作品是否具有“仁义”的素质、“教化”的功能，又决定于文学作者是否具备这样的素质。所以他也非常注意对文学作者进行这方面的要求。他曾说：“前王诏多士，咸以德为先。道从仁义广，名由忠孝全。”[11]他也自言：“平生仗忠信，尽室任风波。”[12]他之所以歌颂松桂、松柏，因为：“松桂有佳色，不与众芳期。”这“佳色”就是它所具备的像人类中的“尧舜”那样“德高”的素质。他说：“尧舜受命于天，松柏受命于地，则物之有松柏，犹人之有尧、舜也。”[13]于是他称呼松树为“君子树”。此外，由于他的先人的庐居植有此树，乃称其西斋为“岁寒堂”；树侧有楼阁，称之为“松风阁”，并云：“持松之清，远耻辱矣；执松之劲，无柔邪矣；秉松之色，义不变矣；扬松之声，名彰显矣；有松之心，德可长矣。念兹在兹，我族其光矣。子子孙孙，勿剪勿伐，惟吾家之旧物在，严寒而后知天地怜其材，而况于人乎？”[14]因此范仲淹在评论作者时，除论其文之外，亦重其行，如《祭陈相公文》云：“惟公挺生圣时，素怀伟志，高文醇醇，得圣贤之粹；大节落落，钟公辅之器。”他说：“经曰：君子之道，暗然而日章。尝试观之。士果有文与行，不据高享大而后显，虽林壑之幽，逝而不泯者，盖有称焉。”[15]

对范仲淹来说，诗文虽可以表露作者的心灵活动，但并不是所有显露情感的诗文都可以成为他所肯定的诗文。受他肯定的诗文必须具有“道”之情。他说：“君子著雅言，以道不以时。”他所称的“道”，即“得圣贤之粹”的“道”，也就是儒家的“道”。《赋林衡鉴序》云：“圣人稽四始之正，笔而为经，考五声之和，鼓以为乐。是故言依声而成象，诗依乐而宣心，感于人神，穆乎风俗。”他赏鉴与举荐当时的士子，其中最主要的条件就是是否具备“道”或“得圣贤之粹”——通经术。如荐李觏云：“（李觏）竭力养亲，不复干禄，乡曲俊异，从而师之，善讲论六经，辩博明达；释然见圣人之旨，著书立言，有孟轲、扬雄之风义，实无愧于天下之士。”[16]荐孙复云：“素负词业经术；今退隐泰山，著书不仕，心通圣奥，迹在穷谷。”[17]他称赞文学作者，也是本此准绳，如赞曹使君云：“泉南曹使君，诗源万里长。复我百馀言，疑登孔子堂。闻之金石音，纯纯自宫商。念此孤鸣鹤，声应来远方。相期养心气，弥天浩无疆。铺之被万物，照之谐三光。此道果迂阔，陶陶吾醉乡。”[18]《太清宫九咏序》云：“夫人托文而志深，物乘文而名远。如扬子云之《緜竹》，王文孝之《灵光》，孙兴公之《天台》，皆挥藻一时，腾照千载者矣。哦！彼物也，庇圣贤之居而能长久，后果动君子之风雅，以发乎名。矧人也，庇圣贤之道则能高明，果亦动天下之颂声，以扬其烈。”[19]从“彼物也，庇圣贤之居而能长久，后果动君子之风雅，以发乎名。矧人也，庇圣贤之道则能高明，果亦动天下之声，以扬其烈"之语，不但可以清楚范仲淹的看法，更可以明白他持论的思维与逻辑。

六

范仲淹强调文学作者的道德素质，要求他们必须得到"圣贤之粹"。而"圣贤之粹"是汇集在经书之中（圣人稽四始之正，笔而为经）的，因此他也和过去的文学论者如刘勰一样，肯定"宗经"的重要性，"宗经则道大，道大则才大，才大则功大"，并细说各经书意义与功能。他说："圣如法度之言存乎《书》，安危之鉴存乎《易》，得失之鉴存乎《诗》，是非之辨存乎《春秋》，天下之制存乎《礼》，万物之情存乎《乐》。"学者学习六经，则：

学《书》	可以"服法度之言"
学《易》	可以"察安危之几"
学《诗》	可以"陈得失之鉴"
学《春秋》	可以"析是非之辨"
学《礼》	可以"明天下之制"
学《乐》	可以"尽万物之情"

并因此而能"辅成王道"[20]。

七

在论及"人之心—声—言—文—诗"上，范仲淹也没有疏忽文学作品和时代关系这一重要课题。在《礼记·乐记》和《毛诗·关雎序》这些经典的儒学著作中，文学作品与时代关系是作为一个主要课题立论的。《礼记·乐记》说："治世之音按以乐，其政和；乱世之音怨以怒，其政乖；亡国之音哀以思，其民困。"同样的文字也出现在《毛诗·关雎序》中。范仲淹指出："某闻天下盛衰，与文消息。观虞、夏之纯，则可知王道之正；观南朝之丽，则知《国风》之衰。"[21]他说学《诗》可以"陈得失之鉴"，就是由于《诗》具备反映时代社会情况的功能。对时风崩坏、文风浮滥，范仲淹十分感慨，他批评五代以来及宋初的文风道："五代以还，斯文大剥，悲哀为主，风流不归。皇朝龙兴，颂声来复，大雅君子，当抗心于三代。然九州之广，庠序未振；四始之奥，讲议盖寡。其或不知而作，影响前辈，因人之尚，忘己之实，吟咏性情，而不顾其分。风赋比兴，而不观其时。故有非穷途而悲，非乱世而怨。华车有寒苦之迹，白社为骄奢之语，学步不至，效颦则多；以致靡靡增华，愔愔相滥。仰不主乎规谏，俯不主乎劝戒，抱《郑》、《卫》之奏，责夔、旷之赏，游西北之流，望江海之宗者有矣。"[22]正是基于他对文学作品道德内涵的强调，对文学创作气势的要求，对文学感情真挚的肯定，他才大力抨击"其体薄弱"、"刻镂辞意"、"专事藻饰，破碎大雅"的作品，而赞扬那些能够扭转文风时风的作者如韩愈、柳开、欧阳修等人。《尹师鲁河南集序》云："予观尧典舜歌而下，文章之作，醇醨迭变，代无穷乎！惟抑末扬本，其郑复雅，左右诗人之道者难之。近则唐贞元、元和之间，韩退之主盟于文，而古道最盛。懿、僖以降，浸及五代，其体薄弱。皇朝柳仲涂起而麾之，髦俊率从焉。仲涂门人能师经探道，有文于天下者多矣。洎杨大年以应用之才独步当世，学者刻辞镂意，有希仿佛，未暇及古也。其间甚者，专事藻饰，破碎大雅，反谓古道不适于用，废而弗学者久之。洛阳尹师鲁少有高识，不逐时辈，从穆伯长游，力为古文，而师鲁深于《春秋》，其文谨严辞约而理精。章奏疏议，大见风采，士林方耸慕焉，遽得欧阳永叔从而大振之，由是天下之文一变，而其深有功于道欤？"[23]

八

本节第一则曾言及范仲淹《赋林衡鉴序》所说的话："人之心也，发而为声；声之出也，形而为言。声成文而音宣，言成文而诗作。"并说这句受到《礼记·乐记》影响的话语不止言诗文，也论及音乐，意在说明诗文与音乐形成的历程。而且曾用以下图表来表示这句话的意含：

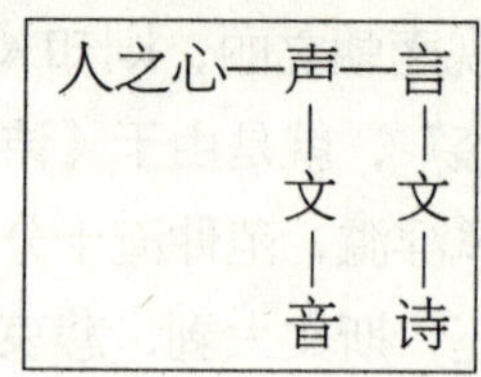

从图表中，我们不但可以了解到范仲淹的观点：音乐和诗歌一样，都是因为文学作者内心波动、情感向外表露，而通过不同媒介呈现的不同艺术作品。通过“声”而有节奏地表露的是“音”，通过文字而有文采地表露的是“诗”。范仲淹对乐是高度重视的，特别是琴，他自己也能奏琴。他曾在东宫故谕德崔公门下学琴，也曾向友人唐异学“弦歌”。所交朋友如汝南周道士，精于篆，善琴；临海屈道士，深于《易》，善琴；唐异，善画工诗，精于琴道。他显然认为，圣人治理天下，有两个管道，其一是以他的文字著作来教育人民，治理民心；其二是以乐来引导民性，治理民情。所以他说：“盖闻圣人之作琴也，鼓天下之和而和天下，琴之道大乎哉！”[24]又在《听真上人琴歌》一诗中表示：“乃知圣人情虑深，将治四海先治琴。”[25]对乐之佳者，他称之为“正始音”。同诗云：“感君遗我正始音，何以报之千黄金。”与他称赞松柏一样，他称琴之达臻至境者为“尧舜曲”，如《鸣琴》诗云：“思古理鸣琴，声声动金玉。何以报昔人，传此尧舜曲。”[26]他也以“韶乐”来比拟友人的作品，如《得李四宗易书》云：“秋风海上忆神交，江外书来慰寂寥。松柏旧心当化石，埙篪新韵似闻韶。”[27]在论析范仲淹的文学思想上，我认为绝对不能忽视他对音乐（琴）的意见和看法。这是范仲淹文学理论中另一条平行的动力，虽然他对音乐（琴）的议论文字不多。试看下面他所提出的文化与政治的理想境地就可以清楚我的见解：“人乐名教，复邹、鲁之盛；士为声诗，登周、召之美。”[28]

文前指出，要确切地认识与分析范仲淹的文学思想，有四点必须细加考虑，我们在第二节，基本上已解决了第三与第四个问题。本节拟讨论第一与第二个问题，这也是范仲淹文学思想的重要的课题。

第二节的论析给大家一个印象，即范仲淹所言及的问题，很多是过去儒学者的文论经常讨论的课题，虽然他谈得很集中、很突出，但不是新的课题。我认为，如果只是从文论作品的文本来看范仲淹的意见，那是看不到他言论的精粹的。所以我在文前就表明，要认识范仲淹文学思想的意义，必须将他的文学意见置于当时的社会、政治、文化的层面来确定，必须将他的文学思想置于唐宋文学的承传与沿革的层面来审视它的意义和价值。

宋初，胡化冲击汉化，道德败坏，世风不古。“在中晚唐时期，河北三镇几乎成了化外之区，五代时期，后唐李氏、后晋石氏、后汉刘氏都是沙陀人，沙陀族的势力统治了中原。在这二百年中，先秦以来的儒家文化受到严重的冲击，道德标准改变，价值观念颠倒，忠孝节义之风备受抑制。”[29]文风最能反映社会风气，用范仲淹的话说，就是：“国之文章，应于风化；风化厚薄，见乎文章。”[30]他甚至表示，要端正文风，改变社会风气，则应从推广教育、培养人才、提倡经学、崇尚名教等方面入手。他批评当时的社会状况与缺点说：“今文庠不振，师道久缺，为学者不根乎经籍，从政者罕乎教化，故文章柔靡，风俗巧伪，选用之际，常患才难。”

中唐的社会很有特色，它和之前的唐代社会有很大的不同。中国社会发展至中唐，商业的迅速发展造成了都会与市民的勃兴，土地兼并造成了庄园的发展，贫民知识阶层亦因之兴起，科举制度也造就了一批新的知识阶层人士。它使得世族欲取得权位，必须借之以登进，而形成世族知识阶层；寒门欲提升社会地位，也须借之达到目的。知识阶层的勃兴遂成为中唐以后社会的一个特色。安史之乱后，外族入侵、流寇四起，国家面临重重危机，这一切刺激了当时的知识分子对各种文体的深刻反思，也就是一些学者所说的当时士阶层的觉醒[31]。仇视异族的民族思想致使他们主张严夷夏之防，而排斥外来的佛学致使他们主张儒学，进而强调道统文统的意义[32]。为了在政坛上能扮演更重要的角色，他们发扬政谏之风，主张教化为政治之本，以达到化成天下的目的；甚而在学术上，大胆疑古，以求创新。

上述的这一切深深地影响到宋代文化。唐人严夷夏之防而重视《春秋》；宋人的民族意识更为强烈，也好谈《春秋》，鄙视外族。中唐人提倡儒学，然其学说实亦多谈佛学之义；宋代儒学更获得高度发展，不但强调尧舜孔孟之道，其学亦与佛道融合，而成为高度发展的理学。中唐人认识到士人政谏的重要性，而宋人重文人政治，在科举制度复兴之下，士人更以政谏为己任。中唐人主张教化为政治之本，这些意见更是许多宋代学者经常言及的话题。所以一些学者认为宋代文化本之于中唐以后的文化，是有其根据的。

然而，唐、宋士风之变，并非如易朝换代般立即焕然一新。晚唐五代是武人政治，社会秩序混乱，人伦关系大坏，当时的士人士气消沉。王夫之《读通鉴论》云："生斯时也，郑遨尚矣；陈抟托仙以自逸，其亦可矣；司空图、韩偓进不能自靖，而退以免于污辱，其尚瘗乎！又其下者，梁震、罗隐、孙光宪之寓食于偏方，而不为乳首；更不能然，则周庠、严可求、韦庄小效于割据之主，犹知延祸之非，而免于天人之怨怒。"[33]龚鹏程在《江西诗社宗派研究》中亦指出："五代处晚唐士气极销之后，'得全节之士三，死事之臣十有五，而怪士之被服儒以学古自名而享人之禄任人之国者多矣'（《新五代史·杂传》第四十二）。其达者不为和成绩之浮艳，则为杨少师之纵诞：冯正中厕身五鬼之列，韩熙载著名夜宴之图；花间名集，稽神著录，求其化成人文，以圣贤道义自期者，盖不数数觏也。其他如贯休、可朋、齐已隐于僧；谭峭、林光庭隐于道；孟贯、刘洞、史虚白、沈彬、陈陶、陈贶、唐求、黄损、翁宏、廖融、王元，隐于山。既脱屣于政局，乃抛心力于诗篇，所作则类乎孟郊、贾岛也。……足见五代诗风，因袭晚唐，而尤不足以自报，以士风已销也。"[34]

不仅如此，士风也大坏，范祖禹言及唐代的士风云："汉之党尚风节，故政乱于上，而俗清之下，及其亡也，人犹畏义而有不为；唐之党趋势利，穷势利尽而止，故其衰季，士无操行。"王应麟比较汉、唐的士风而慨叹云："汉党锢以节义，群而不党之君子也；唐朋党以权利，比而不周之小人也。"王夫之《读通鉴论》比较唐、宋之士风云："唐自立国以来，竞为奢侈，以衣裘仆马亭榭歌舞相尚，而形之歌诗论记者，夸大言之，而不以为怍。韩愈氏自诩以知尧、舜、孔、孟之传者，而戚戚送穷，淫词不忌，则人心士气概可知矣。迨及白马之祸，凡锦衣珂马，传觞挟妓之习，熸焉销尽。继以五代之凋残，延及有宋，膻风已息。故虽有病国之臣，不但王介甫之清介自矜，务远金银之气；即如王钦若、丁谓、吕夷甫、章惇、邢恕之奸，亦终不若李林甫、元载、王涯之狼藉，且不若姚崇、张说、韦皋、李德裕之豪华；其或毒民而病国者，又但以名位争衡，而非宠络官邪之害。此风气之一变也。”[35]

因此，处于宋初社会安定，而朝廷又重视文人政治的背景之下的知识分子，自然希望能有一番革兴。晏殊兴学以求复兴道统，即为一例。而田锡、王禹偁、范仲淹、欧阳修等人，尤有杰出的贡献，是宋代学风、文风的创立者。而在他们的努力之下，宋代文化逐渐形成。《宋史·忠义传》云：

> 士大夫忠义之气，至于五季，变化殆尽。宋之初兴，范质、王溥，犹有馀憾，况其他哉！艺祖首褒韩通，次表卫融，足示意向。厥后西北疆场之臣，勇于死敌，往往无惧。真、仁之世，田锡、王禹偁、范仲淹、欧阳修、石介诸贤，以直言谠论倡于朝。于是中外缙绅，知以名节相高、廉耻相尚，尽去五季之陋矣。

范仲淹言诗论文的作品不多，正面论及文学问题的作品，仅有《唐异诗序》、《尹师鲁河南集序》、《太清宫九咏序》、《赋林衡鉴序》等可数的几篇。其余的意见只能在他的论著、墓铭、诗句中的片言只语中搜集而得。然而，其论诗谈文的见解与他的哲学思想、教育思想、政治思想实有共同共通的关系。这些思想显然继承了中唐韩愈等人提出的尊儒重道、强调教化的看法，发挥了士人的文化自觉意识，注重知识分子在那个特殊的时代、特殊的政治文化背景下的价值与地位，抨击了缺乏根基只重形式、疲弱、萎靡的时风、文风和士风。范仲淹又是一位注重躬行实践的人，他重视教育挽救世风的作用，因此在任官各处，积极兴学；他重视士人对国家政治的作用，因此积极举荐具有经术学识、人品端正且有文采的知识分子；他向往圣贤时期的文风，除了再三赞美三代纯美的正音、敦厚的正道之外，亦对具有这种特色的作者与作品大加赞扬，同时，他抨击五代以来的颓废尚美的文风。在范仲淹的努力之下，当时的风气有了显著的改变。陈傅良《温州淹补学田记》云：

宋兴，士大夫之学亡虑三变，起建隆至天圣、明道间，一洗五季之陋，知乡方矣！而守故蹈常之习未化，范子始与其徒抗之以名节，天下靡然从之，人人耻无以自见也。[36]

朱熹云：

汉之名节，魏、晋之旷荡，隋、唐之辞章，皆惩其弊为之，不然，此只是正理不明，相衮将去，遂成风格。……本朝道学之盛，岂是衮缠？亦有其渐。自范文正以来，已有好议论。如山东有孙明复，徕有石守道，潮州有胡安定，到后来，遂有周子、程子、张子出，故程子平生不敢忘此数公。[37]

李祁《文正书院记》云：

学校之遍天下，自公始。若其察泰山孙氏于贫窭中，使得以究其业。延安定胡公如太学，为学者师。卒之泰山以经术大鸣于时；安定之门，人才辈出。而华南程叔子诱遇赏拔，公之造就人才已如此。其后横渠张子，以盛气自负，公复折之以儒者名教，且授之以《中庸》，卒之关、陕之教，与伊、洛相表里。盖自《六经》晦蚀，圣人之道不传，为治者不知所尊尚，寥寥整至于公，而后开学校，隆师儒，诱掖劝奖，以成就天下之士，且以开万世道统之传，则公之有功名教，夫岂少哉？

而傅乐成《唐型文化与宋型文化》云：

民族意识、儒家思想和科举制度是构成中国本位文化的三大要素。这些要素都在宋代发展至极致。儒家思想学说受了民族意识和科举制度的保护支持，成为举世独尊的显学。从北宋起，儒家支配中国的政治动向及社会人心垂千年之久，其尊崇与强固，较两汉犹有过之。

龚鹏程《江西诗社宗派研究》云：

宋文化基本为一知性反省之文化，讲求秩序之建构，理智之沈思。[38]

又论宋诗之自觉云：

其基本即藉物以启我之自觉之过程，而此自觉，又隐含一文化之观念，期使为之自觉与传统文化之道相吻合为一。[39]

范仲淹的诗文理论，坚持表露圣贤之道，强调天下之和，借松桂之音以发扬坚贞之品格与先圣之精神，借江山景物以言天人之道理，即与宋文化之强调儒学精神、知性反省相贴合，其有功于宋代文化之形成，于斯可见。

注释：

【1】范仲淹：《范文正公集》，《别集》卷四，《四部丛刊初编》，商务印书馆缩印江南图书馆藏明翻元刻本，第170页。

【2】范仲淹：《范文正公集》卷六，《四部丛刊初编》，商务印书馆缩印江南图书馆藏明翻元刻本，第54页。

【3】范仲淹：《范文正公集》，《别集》卷一，《四部丛刊初编》，商务印书馆缩印江南图书馆藏明翻元刻本，第156页。

【4】同上注。

【5】范仲淹：《范文正公集》卷四，《四部丛刊初编》，商务印书馆缩印江南图书馆藏明翻元刻本，第38页。

【6】同上注。

【7】范仲淹：《范文正公集》卷二，《四部丛刊初编》，商务印书馆缩印江南图书馆藏明翻元刻本，第24页。

【8】范仲淹：《范文正公集》卷十，《四部丛刊初编》，商务印书馆缩印江南图书馆藏明翻元刻本，第83页。

【9】范仲淹：《太府少卿知处州事孙公墓表》，《范文正公集》卷十四，《四部丛刊初编》，商务印书馆缩印江南图书馆藏明翻元刻本，第118页。

【10】范仲淹：《范文正公集》卷六，《四部丛刊初编》，商务印书馆缩印江南图书馆藏明翻元刻本，第52页。

【11】范仲淹：《四民诗·士》，《范文正公集》卷一，《四部丛刊初编》，商务印书馆缩印江南图书馆藏明翻元刻本，第14页。

【12】范仲淹：《赴桐庐郡淮上遇风三首》其一，《范文正公集》卷三，《四部丛刊初编》，商务印书馆缩印江南图书馆藏明翻元刻本，第29页。

【13】范仲淹：《岁寒堂三题》，《范文正公集》卷二，《四部丛刊初编》，商务印书馆缩印江南图书馆藏明翻元刻本，第17页。

【14】同上注。

【15】范仲淹：《范文正公集》卷十，《四部丛刊初编》，商务印书馆缩印江南图书馆藏明翻元刻本，第84页。

【16】范仲淹：《范文正公集》卷十九，《四部丛刊初编》，商务印书馆缩印江南图书馆藏明翻元刻本，第143页。

【17】范仲淹：《范文正公集》卷十八，《四部丛刊初编》，商务印书馆缩印江南图书馆藏明翻元刻本，第139页。

【18】范仲淹：《范文正公集》卷二，《四部丛刊初编》，商务印书馆缩印江南图书馆

藏明翻元刻本，第21页。

【19】范仲淹：《范文正公集》卷六，《四部丛刊初编》，商务印书馆缩印江南图书馆藏明翻元刻本，第52页。

【20】范仲淹：《上时相议制举书》，《范文正公集》卷九，《四部丛刊初编》，商务印书馆缩印江南图书馆藏明翻元刻本，第73页。

【21】同上注。

【22】范仲淹：《唐异诗序》，《范文正公集》卷六，《四部丛刊初编》，商务印书馆缩印江南图书馆藏明翻元刻本，第54页。

【23】范仲淹：《范文正公集》卷六，《四部丛刊初编》，商务印书馆缩印江南图书馆藏明翻元刻本，第53~54页。

【24】范仲淹：《与唐处士书》，《范文正公集》卷九，《四部丛刊初编》，商务印书馆缩印江南图书馆藏明翻元刻本，第75页。

【25】范仲淹：《范文正公集》卷二，《四部丛刊初编》，商务印书馆缩印江南图书馆藏明翻元刻本，第18页。

【26】范仲淹：《范文正公集》卷一，《四部丛刊初编》，商务印书馆缩印江南图书馆藏明翻元刻本，第19页。

【27】范仲淹：《范文正公集》卷三，《四部丛刊初编》，商务印书馆缩印江南图书馆藏明翻元刻本，第27页。

【28】范仲淹：《范文正公集》，《别集》卷六，《四部丛刊初编》，商务印书馆缩印江南图书馆藏明翻元刻本。

【29】郭英德：《范仲淹与庆历兴学》，景范教育基金会统筹：《范仲淹研究文集之二》，香港新亚洲文化基金会，2001年，第148页。

【30】范仲淹：《奏上时务书》，《范文正公集》卷三，《四部丛刊初编》，商务印书馆缩印江南图书馆藏明翻元刻本，第58页。

【31】龚鹏程：《江西诗社宗派研究》，台湾文史哲出版社，1983年，第111、117~118页。

【32】傅乐成：《唐型文化与宋型文化》，《汉唐史论集》，台湾联经出版事业。

【33】王夫之：《读通鉴论》卷二十六，《船山遗书》，上海太平洋书店，1933年。

【34】龚鹏程：《江西诗社宗派研究》，台湾文史哲出版社，1983年，第148~149页。

【35】王夫之：《读通鉴论》卷二十六，中华书局，1975年，第933页。

【36】陈傅良：《止斋先生全集》卷三十九，《四部丛刊初编》，上海商务印书馆缩印乌程刘氏藏明弘治本。

【37】《朱子语类》卷二十五，台湾正中书局影黎氏本，第4~5页。

【38】龚鹏程：《江西诗社宗派研究》，台湾文史哲出版社，1983年，第157页。

【39】同上注，第184页。

若即若离，诗鉴赏的原则与方法：据王夫之的诗歌鉴赏说论析《毛诗·关雎》篇

诗是一种重在通过语言文字表露作者情感的文学形式。《毛诗·关雎序》云：“诗者，志之所之也。在心为志，发言为诗。”然而诗章在作者完成创作之后，就是一项独立的存在，一项独立的艺术存在。它和读者的关系，是建立在一种“若即若离”的基础上的。所谓“若即”，指的是它既然是通过语言文字写下的作品，读者就不得不受诗作的语言文字、声律、结构等的制约。所谓“若离”，指的是读者在赏鉴作品的过程中，必须超越诗作的制约，通过联想来取得自我创造的美感。

读者赏诗，不能离开作品语言文字的制约。因此读诗时，就必须准确掌握作品语言文字的意思。而读古书，更要识字，因此训诂学就显得更加重要了。兹以《毛诗·关雎》篇为例说明：

关关雎鸠 在河之洲 窈窕淑女 君子好逑

参差荇菜 左右流之 窈窕淑女 寤寐求之

求之不得 寤寐思服 悠哉悠哉 辗转反侧

参差荇菜　左右采之　窈窕淑女　琴瑟友之

参差荇菜　左右芼之　窈窕淑女　钟鼓乐之

今人析解此诗，有以今义解古字者，如“君子好逑”之“逑”字，将“好”字释为“喜好”，将“逑”字解为“追求”，实为一大谬误。“逑”，《传》释为：“匹也。”齐、鲁“逑”作“仇”。释诂：“仇，匹也。”“逑”、“仇”训“匹”，亦皆借字，而非本字。《说文》：“仇，雔也。”“雔”亦非“逑”、“仇”之本字。《说文》中有“雔”字。释云：“双鸟也。”雔、雔古今字。今雔行而雔废。《说文》释“雔”为双鸟。鸟双成匹，故“匹”之本义为“雔”。“雔”字下段注云：“《释诂》：仇、雔、敌、妃、知、仪，匹也。”此“雔”字作“雔”，则义尤切。今人但知逑、仇同义，而不识其本字。

又如“左右流之”之“流”字，一些释者只根据“流”字之常义，而释为“流动”或“漂流”，又陷于片面释解古字之谬误。以此句与下二章之“左右采之”、“左右芼之”比较，可知此处之“流”字亦当有采择之意。高本汉以此“流”字之本字为“罶”，可从。“罶”见于《小雅·鱼罶》，本义为捕鱼器，从网留声。留、流，中古力求切，上古同幽部。故《邶风·旄丘》：“流离之子。”“流离”亦作“鹠离”。《庄子·天下篇》：“留动而生万物。”释文：“留，或作流。”“罶”为捕鱼器，用为动词，其义为捕取、取摘。宋朱熹《诗集传》显然不明白此字之含义。一方面见及“流”字之义当与后文之“左右采之”之“采”字与“左右芼之”之“芼”字有关，但另一方面又不能摆脱“流”字字面之义之影响，乃释“流”为“流而采之”，则又陷于添字解经之谬误了。

释解古诗，也需要清楚古代之社会文化习俗。《毛诗·关雎》篇末句云：“钟鼓乐之。”郑玄笺云：“钟鼓在庭。”唐孔颖达引《大射礼》云：“颂钟在西阶之西，笙钟在东阶之东，是钟鼓在庭也。”可见钟鼓之奏，是当时上层人士举行的一种仪式，因此简单地把这一首诗纯理解为民间之作，又陷入不了解当时社会文化的谬误。

在赏析与研究诗作的过程中，理解诗中的语言文字、声律、结构等的制约只是一项基础的工作，更重要的是要以“若离”的态度来看待诗。诗这种体制与一般的文学作品不同。王夫之《明诗评选》评徐渭《严先生祠》道：

诗以道性情，道性之情也。性中尽有天德、王道、事功、节义、礼乐、文章，却分派与《易》、《书》、《礼》、《春秋》去，彼不能代性而言性之情，诗亦不能代彼也。[1]

严羽在《沧浪诗话》中也说：

夫诗有别材，非关书也。诗有别趣，非关理也。[2]

王夫之的上述言论表示：论诗必须认识诗和其他文体不同的特色。而诗的特色，在于它抒情的本质，同时它篇幅短小，用字不多，讲求含蕴丰富。严羽进一步言及别材、别趣说时，就特别强调诗的写作必须空灵，不落形迹，言有尽而意无穷，可让读者发挥联想，以取得自我创造的无穷美感。严羽在《沧浪诗话》中道：

所谓不涉理路，不落言筌者，上也。诗者，吟咏情性也。盛唐诸公惟在兴趣，羚羊挂角，无迹可求、故其妙处，透彻玲珑，不可凑泊。如空中之音，相中之色，水中之月，镜中之象，言有尽而意无穷。[3]

严羽反对“以文字为诗，以议论为诗”。诗的欣赏与研究，何尝不是如此。如果只是从文字来解诗，来求诗，也将无法领会诗中的妙致。因此读者赏诗，自然必须具有超越的态度。就作者的层面来说，一部文学作品当它离开作者之后，就是一项独立的存在，一件艺术品。就读者的层面来说，欣赏者可由不同的角度、不同的标准进行赏鉴，这是欣赏者的自由。王夫之《姜斋诗话》曾经说：“作者以一致之思，读者各以其情而自得。……人情之游也无涯，而各以其情遇，斯所贵于有诗。”

欣赏者不是机器，不是由同一模型制造出来的产品，也不是没有生命、没有感情的无机物。每一个人都有他们不同的心灵活动。他们的个性不同、出身不同、际遇不同、所受的教育不同、平时所阅读的作品不同，因此，虽面对同样的一件艺术品、同样的一篇诗作，谁敢说他们的感受是千篇一律的呢？这也是王夫之所说的“读者各以其情而自得”[4]。

因此，拘泥于文字的训释以求诗，困缚于字句之出处以析诗，热衷于附会政治、史实以解诗，或者立定一套诗的欣赏模式，一直遵守而不能变换，甚至要求其他的欣赏者也必须根据同样的模式来赏析作品，这一切都是陷于“若即”而不能自拔的赏诗析诗的表现。这不是欣赏诗的正确态度。王夫之就曾经批评好求出处以析诗者云：

> “落日照大旗，马鸣风萧萧。”岂以“萧萧马鸣，悠悠旆旌”为出处邪？用意别，则悲愉之景原不相贷，出语时偶然凑合耳。必求出处，宋人之陋也。其尤酸迂不通者，既于诗求出处，抑以诗为出处考证事理。杜诗：“我欲相就沽斗酒，恰有三百青铜钱。”遂据以为唐时酒价。崔国辅诗：“与沽一斗酒，恰用十千钱。”就杜陵沽处贩酒，向崔国辅卖，岂不三十倍获息钱邪？求出处者，其可笑类如此。[5]

又曾经批评好附会政治、史实以解诗者云：

> 诗有必有影射而作者，如供奉《远别离》，使无所为，便成吃语，其源自左徒《天问》，平子《四愁》来；亦有无为而做者，如右丞《终南山》，非有所为岂可不以此咏终山也？宋人不知比赋，句句为之牵合，乃章惇一派舞文陷人机智。谢客：“池塘生春草”，是何等语，亦坐以讥刺，瞎尽古今人眼孔，除真眼人迎眸不乱耳。[6]

况且，诗作通常写得含蓄，诗的文字常有多义性，存有拓展的空间，其佳者诗中脉络，变化难测，可由读者或研究者从不同的方面、不同的角度鉴赏与论析。王夫之论《小雅·出车》末章批评训诂者泥于字句以析此诗之毛病云：

> 唐人《少年行》云：“白马金鞍从武皇，旌旗十万猎长杨。楼头少妇鸣筝坐，遥见飞尘入建章。”想知少妇遥望之情，以自矜得意，此善于取影者也。“春日迟迟，卉木萋萋，仓庚喈喈，采蘩祁祁。执讯获丑，薄言还归。赫赫南仲，猃

犹于夷。”其妙正在此。训诂家不能领悟，谓妇方采蘩而见归师，旨趣索然矣。建旌旗，举矛戟，车马喧阗，凯乐竞奏之下，仓庚何能不惊飞，而尚闻其喈喈？六师在道，虽曰勿扰，采蘩之妇亦何事暴面于三军之侧邪？征人归矣，度其妇采蘩，而闻归师之凯旋，故迟迟之日，萋萋之草，鸟鸣之和，皆为助喜；而南仲之功，震于闺阁。室家之欣幸，遥想其然，而征人之意得可知矣。乃以此而称“南仲”，又影中取影，曲尽人情之极至者也。[7]

再以《毛诗·关雎》篇说明此理。

此诗之旨意，就有种种的释解。单是毛诗与齐、鲁、韩三家诗，就有不同的解析。《毛诗序》以之乃赞美“后妃之德”，并表示：

“《关雎》乐得淑女以配君子，忧在进贤，不淫其色。哀窈窕，思贤才，而无伤善之心焉。是《关雎》之义也。”三家诗则以为是刺讽之作。《后汉书·皇后纪》云：“康王晚朝，《关雎》作讽。”

《汉书·杜周传》亦云：“是以佩玉晏鸣，《关雎》叹之。”注引《鲁诗》：“后夫人鸡鸣佩玉去君所，周康王后不然，故诗人叹而伤之。”其他如姚际恒《诗经通论》作美世子娶妃初婚，方玉润《诗经原始》作一般之“咏新婚”。今人则多以此为写男女恋情，男子追求淑女之作。以此为写男女之情，同中也有歧异：或以为是写男子追求女子，由思慕至婚娶的过程；或以为是写男子思慕女子之单思情形。

就篇章的结构上说，也有种种不同的说法，或分三章，或分五章。《毛诗注疏》就曾注明：“《关雎》五章，章四句。故言三章。一章四句。二章八句。”《毛诗注疏》虽认为此诗分五章，但也说明旧说有分三章者。分五章者，此诗当为：

关关雎鸠 在河之洲 窈窕淑女 君子好逑
参差荇菜 左右流之 窈窕淑女 寤寐求之
求之不得 寤寐思服 悠哉悠哉 辗转反侧
参差荇菜 左右采之 窈窕淑女 琴瑟友之

参差荇菜　左右芼之　窈窕淑女　钟鼓乐之

聂石樵的《漫谈〈关雎〉》一文就从这样的分章法读此诗，他认为此诗为“男女言情之作，是写一个男子对女子爱情的追求”。解析此诗的结构时，他以首章为起兴，“以雎鸠和鸣于河之洲上，其匹偶不乱之意，而兴淑女是君子的好匹配”。在第二章中，他将“流”字解为“流动”，以此诗用“荇菜流动无方，喻淑女之难求”。析三章为男主角“抒发求之不得的忧思”。第四章、五章“写求而得之的喜悦”。[8]

分三章者，此诗当为：

关关雎鸠　在河之洲　窈窕淑女　君子好逑

参差荇菜　左右流之　窈窕淑女　寤寐求之
求之不得　寤寐思服　悠哉悠哉　辗转反侧

参差荇菜　左右采之　窈窕淑女　琴瑟友之
参差荇菜　左右芼之　窈窕淑女　钟鼓乐之

首章四句，第二、三章各八句。屈万里的《诗经释义》、周锡䪖的《诗经选》即以此分章法读此诗。屈万里以此诗“一章泛言淑女为君子之好逑，二章言思淑女之切，三章言得淑女之乐”。周锡䪖以此诗“第一段以雎鸠之和鸣，引出对淑女的追求”，第二段“写男子对女方的追求未达目地时那种烦闷不安的心情”，第三段“写那个男子彻夜不眠时产生的幻想”。

至于诗的写作手法，或以全诗为实写，如吕晴飞云：“通篇写一个男子向一个女子求爱的过程。”[9]或以首章、二章实写，第三章虚写，如上举周锡䪖之意见[10]。此外也有不同的看法。

《毛诗·关雎》篇之所以会引起赏析者种种不同的释解，反映了这首诗存有极大的空间让读者可作种种不同的联想与创作，符合诗作必须“言有尽而意无穷”的艺术效果。王夫之《姜斋诗话》道：

作者用一致之思，读者各以其情而自得。……人情之游也无涯，而各以其情遇，斯所贵于有诗。[11]

就是这个意思。

不过，不论读者应如何“各以其情得”？诗毕竟是一种艺术创作，赏析诗作的关键还是要从艺术的角度领略，体会诗篇的美学效果。以附会政治、史实来析解这首诗，或是就引诗义或赋诗义来解说这首诗，是会抹杀对这首诗的艺术领略的价值的。很明显，这是一首有关男女恋情之作，不过诗中的男子当非一般平民。至于此诗是写男子追求女子直至婚娶的过程，还是只是写男子思慕女子的单思情况，则要看欣赏者对此诗的理解以及欣赏此诗所据的角度了。我个人是较偏向于从男子单思女子的角度来赏析此诗的。理由何在？后文会加说明。

诗的结构既有两种不同的理解，当然也不能排斥有两种以上的解说。我就认为此诗分为四章更合乎我欣赏的思路。此四章的划分当为：

关关雎鸠　在河之洲　窈窕淑女　君子好逑

参差荇菜　左右流之　窈窕淑女　寤寐求之
求之不得　寤寐思服　悠哉悠哉　辗转反侧

参差荇菜　左右采之　窈窕淑女　琴瑟友之

参差荇菜　左右芼之　窈窕淑女　钟鼓乐之

与将此诗分为三章不同的是，我将三章分法中的第三章分为两章，成为此诗的第三章与第四章。和五章分法不同的是，我将五章分法中的第二章与第三章合为一章，成为此诗的第二章[12]。

将此诗分为四章有我的理由，这和我对此诗诗义的理解有密切关系。我认为这是一首写男子思慕女子的单思情况的作品。将三分法的第三章分为两章，更可呈现与强调男子单思的状况。每章中都嵌有“窈窕淑女”四字，令人形象地感觉到在男子思念女子的脑海中，“窈窕淑女”是无处不在的。这也加强了男子单思女子至于疯狂境地的描写。诗分四章，后三章都以“参差荇菜，左右X之”开头，与首章不同，首章的作用在于起兴，后三章在于写男子之单思，可使诗的章法显得更有次

第。后三章中，先写男子思念女子的心态与形态，后写拟与女子成友，再写想与女子成婚。全为虚写，但层次有序，且有层层增强的艺术功能。

至于分四章后，如何就全诗与诗作中各句、词、字的写作手法再作进一步分析，解的人不同，也当有不同的析解。这里，我不打算加以论析。

读诗应当识字，掌握诗之句字与诗义之后，则应从超越的艺术鉴赏角度，通过联想的发挥，取得自我创造的无穷的美感。欣赏者的欣赏程度有高下之分，但欣赏的世界是自由的，如何在自由的欣赏世界中，作出卓越的诗作鉴赏，则又有赖于赏析者的文学素养了。

注释：

【1】王夫之：《明诗评选》卷五，上海太平洋书店，1933年，第39页。

【2】郭绍虞：《沧浪诗话校释》，人民文学出版社，1983年，第26页。

【3】同上注。

【4】王夫之：《姜斋诗话》卷上，郭绍虞等编：《清诗话》，中华书局，1963年，第3页。

【5】同上注。

【6】王夫之：《唐诗评选》卷三，上海太平洋书店，1933 年，第18页。

【7】王夫之：《姜斋诗话》，郭绍虞等编：《清诗话》，中华书局，1963年，第4页。

【8】聂石樵：《漫谈〈关雎〉》，《诗经鉴赏集》，人民文学出版社，1986年，第2~3页。

【9】周锡馥：《诗经选》，香港三联，1980年，第4~5页。

【10】《中国历代诗歌名篇鉴赏辞典》，唐山农村读物出版社，1989年，第2~3页。屈万里意见也是如此，见《诗经释义》，中华文化出版事业委员会，1958年。

【11】同注【4】。

【12】裴普贤《诗经评注读本》也分为四章。参见裴普贤：《诗经评注读本》，台湾三民，1982年，第4~7页。